PRISON DE GLACE

DU MÊME AUTEUR
CHEZ POCKET

dans la même collection

FIÈVRE DE GLACE
LA MAISON INTERDITE
LE MASQUE DE L'OUBLI
MIROIRS DE SANG
LA MORT À LA TRAÎNE
LA NUIT DES CAFARDS
LA NUIT DU FORAIN
LA PESTE GRISE
UNE PORTE SUR L'HIVER
LA VOIX DES TÉNÈBRES
LES YEUX DES TÉNÈBRES
LUNE FROIDE
LA CACHE DU DIABLE
MR MURDER
ÉTRANGES DÉTOURS
DÉMONS INTIMES
LES LARMES DU DRAGON
LE RIDEAU DES TÉNÈBRES
LE VISAGE DE LA PEUR
TIC-TAC
L'HEURE DES CHAUVES-SOURIS
SPECTRES
L'ANTRE DU TONNERRE

DEAN R. KOONTZ

PRISON DE GLACE

POCKET

Titre original
ICE BOUND

Traduit de l'américain
par Jacques Guiod

ISBN 2.266.06815.6

Cette nouvelle version de
Prison de glace
est toujours dédiée à cette femme si singulière,
Winona Garbrick.
Je suis sûr que tu es là-haut.
Et que tu me regardes. Ton stylo rouge à la main.

NOTE AU LECTEUR

Mes lecteurs m'adressent plus de dix mille lettres par an et bon nombre d'entre eux m'incitent à poursuivre la réédition de mes premiers livres, épuisés depuis quelque temps déjà. Certains ne se contentent pas de l'incitation. Ils font de sinistres allusions à des malédictions vaudou ou à un impitoyable tueur à gages surnommé la Balafre. Ils me laissent entendre que ce serait une bonne idée de ressortir certains titres avant que l'on ne m'arrange le portrait – même si, question cheveux, cela ne me ferait peut-être pas de mal. D'autres menacent de me kidnapper et de me contraindre à regarder vingt-quatre heures sur vingt-quatre des épisodes de *The Partridge Family* jusqu'à ce que je sombre dans l'aliénation la plus totale.

Je suis enchanté de constater que mes lecteurs apprécient mes livres au point de vouloir tous les lire. J'ai déjà autorisé la réimpression de quelques titres épuisés dont *Feux d'ombre, L'heure des chauves-souris* et *La voix des ténèbres* – tous publiés à l'origine sous un nom d'emprunt.

La version primitive, plus brute aussi, de *Prison de glace* était parue en 1976 sous le pseudonyme de « David Axton ». J'en ai révisé le texte, j'ai aussi mis à jour les références technologiques et culturelles tout en m'efforçant de ne pas modifier l'intrigue originale et de n'en pas trahir l'état d'esprit.

Ce livre était pour moi une sorte d'hommage à Alistair MacLean, ce maître de l'aventure et du suspense dont on connaît principalement *Les canons de Navarone, Quand les aigles attaquent* et *Zébra station polaire*. J'ai pris plaisir à les lire et c'est un peu par défi personnel que j'ai écrit la première version de *Prison de glace*.

Dans un roman d'aventure et de suspense, les éléments primordiaux sont, bien entendu, la tension nerveuse, le rythme et l'intrigue – laquelle doit être ponctuée de surprises et d'épreuves physiques toujours plus grandes pour les principaux personnages. Ces mêmes personnages doivent être déterminés, en tout cas moins complexes que ceux qui habitent la plupart de mes autres livres.

Comme toujours, je m'efforce de traiter respectueusement les aspects techniques, historiques et géographiques – bien entendu, quand je parle de sous-marins, je ne cherche pas à atteindre une précision phénoménale, comme le ferait Tom Clancy, par exemple. Dans un récit d'aventure dont le style rappelle MacLean, l'authenticité doit parfois être sacrifiée à la rapidité.

J'espère que vous avez aimé *Prison de glace*, mais j'espère surtout que vous préférerez mes nouveaux livres. Ce roman est, après tout, le seul du genre que j'aie écrit. Si mes lecteurs insistaient pour en découvrir d'autres, je ne pourrais strictement rien faire pour les empêcher de me ligoter devant un écran pour me faire subir une multi-diffusion de *The Partridge Family*.

DEAN KOONTZ, mai 1994

AVANT...

Extraits du *New York Times* :

[1]

LA GLACE POLAIRE
EST L'EAU LA PLUS PURE DU MONDE

Moscou, 10 février. – Pour les scientifiques russes, l'eau qui constitue la calotte glaciaire arctique renferme bien moins de bactéries que celle utilisée pour la consommation ou l'irrigation des cultures. Cette découverte pourrait faire de l'immense réservoir gelé une ressource appréciable pour l'avenir. Le recours aux glaces du pôle serait bien moins coûteux que tout processus de désalinisation, puisque les eaux n'auraient pas besoin d'être purifiées. Certains chercheurs russes pensent que la fonte des icebergs pourrait, au cours de la prochaine décennie, permettre d'irriguer des millions d'hectares de terres cultivables.

[2]

LES SCIENTIFIQUES PENSENT QUE LES ICEBERGS PEUVENT FOURNIR DE L'EAU DOUCE

Boston, 5 septembre. – Lors de la convention annuelle de la Société américaine des Ingénieurs environnementalistes, le docteur Harold Carpenter a déclaré que les grandes pénuries d'eau que connaissent la Californie, l'Europe et d'autres régions du globe pourraient trouver une solution partielle dans la fonte d'icebergs arrachés au cercle arctique. Son épouse, le docteur Rita Carpenter, a ajouté que les nations concernées devraient trouver le financement nécessaire à la recherche et au développement de tels procédés. Selon elle, un tel investissement serait « remboursé au centuple en moins de 10 ans ».

Pour les Carpenter, colauréats l'année dernière du National Science Foundation Prize, le principe de base est assez simple. Un gros iceberg devrait être « arraché » à la lisière des champs de glace avant d'être entraîné vers le sud par les courants naturels. Ensuite, d'énormes câbles d'acier seraient fixés à l'iceberg et un remorqueur le conduirait jusqu'à l'usine de traitement la plus proche des terres frappées par la sécheresse. « Le Pacifique nord et l'Atlantique nord sont des océans froids, de sorte que moins de 15 % de la glace fondrait avant d'être convertie et amenée aux terres arables », a expliqué le docteur Harold Carpenter.

Les Carpenter ont toutefois précisé qu'ils ne savaient pas si une telle idée était réalisable. « Bien des problèmes n'ont pas encore trouvé de solution, a dit le docteur Rita Carpenter, et les recherches effectuées sur la calotte glaciaire... »

[3]

SÉCHERESSE RECORD EN CALIFORNIE

Sacramento, Californie, 20 septembre. – Le département de l'Agriculture de Californie estime que la sécheresse a fait déjà perdre plus de 50 millions de dollars aux producteurs d'oranges, de citrons, de melons, de laitues...

[4]

L'AFRIQUE FRAPPÉE PAR LA SÉCHERESSE : DES DIZAINES DE MILLIERS DE VICTIMES

Nations Unies, 18 octobre. – Le directeur du Bureau des catastrophes naturelles aux Nations Unies a annoncé que les mauvaises récoltes que viennent de connaître les États-Unis, le Canada et l'Europe n'ont pas permis aux Africains et aux Asiatiques, eux-mêmes frappés par la sécheresse, de se fournir en céréales auprès des nations occidentales. Selon les dernières estimations, il y aurait déjà plus de 200 000 victimes...

[5]

LES NATIONS UNIES ENVOIENT DES SCIENTIFIQUES SUR LA CALOTTE POLAIRE

Nations Unies, 6 janvier. – Onze pays membres des Nations Unies viennent de contribuer au financement d'une série d'expériences scientifiques qui auront pour cadre la calotte glaciaire arctique. Ce projet doit étudier la possibilité de faire dériver vers le sud d'immenses icebergs qui seraient ensuite fondus en vue de l'irrigation des terres cultivables.

« On peut prendre cela pour de la science-fiction, a dit l'un des représentants britanniques, mais, depuis les années 60, la plupart des spécialistes de l'environnement pensent qu'il y a là un potentiel non négligeable. » Si un tel projet se révélait réalisable, les grandes nations agricoles ne devraient plus jamais connaître de mauvaises récoltes. Les icebergs ne pourraient pas pénétrer dans les mers chaudes du continent austral, mais le monde entier tirerait profit des excellentes récoltes dont les pays occidentaux bénéficieraient directement...

[6]

UNE ÉQUIPE SCIENTIFIQUE INSTALLE UNE BASE DE RECHERCHES AU PÔLE NORD

Thulé, Groenland, 28 septembre. – Ce matin même, une expédition scientifique dirigée par les docteurs Harold et Rita Carpenter, colauréats du prix Rothschild pour les sciences de la Terre, s'est posée sur la calotte arctique à mi-chemin entre le Groenland et le Spitzberg (Norvège). Elle a entrepris la construction d'une station de recherches à trois kilomètres de la lisière des champs de glace et s'y livrera pendant au moins neuf mois à des études spécialement financées par les Nations Unies...

[7]

L'EXPÉDITION DANS L'ARCTIQUE
DOIT ARRACHER DEMAIN
UN MORCEAU DE CALOTTE GLACIAIRE

Thulé, Groenland, 14 janvier. – Demain, à minuit, les scientifiques de la station Edgeway (entièrement financée par les Nations Unies) déclencheront une série d'explosions destinées à séparer de la calotte glaciaire un iceberg de 1 300 hectares. L'expérience se situera à quelque 560 kilomètres au nord-est du littoral norvégien. Deux remorqueurs des Nations Unies équipés de systèmes de pistage électronique les attendront à 230 milles marins de là afin d'étudier la progression de l'iceberg à la dérive.

Lors d'une expérience permettant d'étudier plus précisément la variation des courants de l'Atlantique au cours de l'hiver...

I

LE PIÈGE

12:00
EXPLOSION DANS DOUZE HEURES

Avec des hurlements suraigus à faire se briser un verre en cristal, la foreuse s'enfonçait dans la glace de l'Arctique. Une vapeur gris clair s'échappait du trou pour se déposer sur la croûte de neige et geler à nouveau en quelques secondes. L'extrémité rougeoyante de la foreuse était invisible et la majeure partie du long foret d'acier avait également disparu dans le trou d'une dizaine de centimètres de diamètre.

Harry Carpenter regardait la foreuse et ne parvenait pas à chasser le mauvais pressentiment qui l'habitait. Cela ressemblait au tintement d'une cloche d'alarme dans le lointain, à l'ombre d'un oiseau qui recouvre un paysage lumineux. Malgré l'épaisseur de ses vêtements isolants, il ne pouvait s'empêcher de frissonner.

En bon scientifique, Harry respectait ces outils fondamentaux que sont la logique, la méthode et la raison, mais il avait aussi appris à ne jamais négliger l'intuition – sur la glace, principalement, où les choses les plus étranges peuvent survenir. Il était bien incapable d'identifier la cause de son malaise soudain, même si tout travail faisant appel aux explosifs suscitait obligatoirement de sombres réflexions. Les chances de voir l'une des charges exploser prématurément et tuer tout le monde étaient quasiment nulles. Malgré cela...

Pete Johnson, l'ingénieur électronicien qui servait aussi à l'équipe d'expert en démolitions, coupa la foreuse et s'en éloigna. Avec sa combinaison en Gore-Tex/Thermolite, sa parka doublée de fourrure et sa capuche fourrée, Pete ressemblait à un ours blanc – mis à part mon visage noir comme l'ébène.

Claude Jobert éteignit la batterie portative qui alimentait la foreuse. Le silence qui s'ensuivit fut si intense que Harry se retourna et leva les yeux en se demandant si quelque chose n'allait pas lui foncer dessus.

Si la Mort devait frapper aujourd'hui, ce serait plutôt en venant du sol qu'en tombant du ciel. En ce morne début d'après-midi, les trois hommes se préparaient à insérer au cœur de la glace les cinquante derniers kilos d'explosifs. C'était le seizième paquet de ce type qu'ils manipulaient depuis la veille au matin, et tous n'étaient que trop conscients de marcher sur une quantité de plastic suffisante pour déclencher l'Apocalypse.

Nul besoin d'une imagination fertile pour concevoir sa propre mort dans un climat aussi hostile : la calotte glaciaire, également appelée inlandsis, était une tombe parfaite qui encourageait les idées les plus sombres. Des plaines d'un blanc bleuté assez spectral s'étendaient dans toutes les directions, tristes et monotones au cours de cette interminable saison marquée par une nuit quasi permanente, de brefs crépuscules et un ciel perpétuellement chargé. Pour l'instant, la visibilité était plutôt bonne : en effet, un vague croissant de soleil teintait l'horizon derrière le filtre des nuages. Le soleil n'avait cependant pas grand-chose à illuminer dans ce paysage lugubre. Les points les plus élevés étaient les crêtes déchiquetées et les centaines de dalles de glace – certaines grandes comme un homme, d'autres plus hautes que des maisons – qui se dressaient comme de gigantesques pierres tombales.

Pete Johnson rejoignit Harry et Claude auprès des scooters spécialement conçus pour les rigueurs du pôle.

« Le puits a près de vingt-sept mètres de profondeur, leur dit-il. Une dernière rallonge et on y est !

– Tant mieux ! » Claude Jobert frissonna comme si sa combinaison protectrice ne lui servait à rien. Sous la vaseline qui lui protégeait le visage de la morsure du froid, il était pâle et avait les traits tirés. « On sera de retour ce soir au camp de base. Vous vous rendez compte ? Je n'ai pas eu chaud un seul instant depuis mon départ ! »

D'ordinaire, Claude ne se plaignait pas. C'était un petit homme jovial et énergique. On pouvait le croire fragile, mais ce n'était vraiment pas le cas. Avec un mètre soixante-dix pour soixante kilos, il était mince et musclé. Il avait une crinière blanche que recouvrait à présent sa capuche, un visage buriné, tanné par les années passées sous les climats extrêmes, et des yeux bleus aussi vifs que ceux d'un enfant. Harry n'y avait jamais lu la haine ou la colère. Jusqu'à la veille, il n'y avait jamais trouvé d'apitoiement sur soi-même, pas même lorsque, trois années auparavant, Claude avait brutalement perdu sa femme, Colette. Claude avait été ravagé par le chagrin, c'est vrai, mais il n'avait jamais pleuré sur son propre compte.

Pourtant, depuis qu'ils avaient laissé derrière eux le confort de la station Edgeway, Claude ne s'était montré ni jovial ni énergique et il s'était souvent plaint du froid. A cinquante-neuf ans, c'était le doyen de l'expédition ; de dix-huit ans plus âgé que Harry Carpenter, il avait dépassé depuis longtemps l'âge limite pour un travail dans des conditions aussi terribles.

C'était un excellent géologue arctique, spécialisé dans la dynamique de la formation et de la migration des glaces, mais cette expédition serait irrémédiablement sa dernière. Désormais, ses recherches s'effectueraient sur ordinateur, en laboratoire, donc bien loin du climat rigoureux des pôles.

Harry se demanda si Jobert était plus préoccupé par le froid que par les difficultés qu'il éprouvait à effectuer un travail qu'il aimait pourtant. Lui aussi serait un jour confronté au même problème, et il ne savait pas s'il pourrait quitter le pôle avec élégance. Les grands espaces vierges de l'Arctique et de l'Antarctique l'ensorcelaient : la puissance des températures extrêmes, le mystère qui enveloppe ces paysages géométriques si blancs et ces gouffres violacés d'apparence insondable, le spectacle des nuits claires où l'aurore boréale pare le ciel d'écharpes de lumière, les vastes champs d'étoiles, enfin, lorsque les rideaux de l'aurore daignent s'écarter sur leur splendeur.

A certains égards, il était toujours le petit garçon qui avait grandi dans une ferme paisible de l'Indiana, sans frère ni sœur ni compagnon de jeux : l'enfant solitaire qui trouvait son petit univers étouffant et rêvait de voyages à l'autre bout du monde, de merveilles exotiques, l'enfant qui ne voulait pas se laisser enfermer et n'avait soif que d'aventure. Il était adulte à présent, et il savait qu'aventure était synonyme de dur labeur. Pourtant, de temps en temps, l'enfant qui vivait en lui se laissait emporter par l'émerveillement ; il arrêtait son travail, tournait lentement sur lui-même pour contempler le monde blanc et pensait : *Seigneur Dieu, dire que je suis vraiment là, dire que j'ai quitté l'Indiana pour me retrouver au bout du monde, au pôle Nord !*

« Il neige », dit Pete Johnson.

Harry regarda les flocons descendre en spirales silencieuses. Il n'y avait pas de vent, mais le calme ne durerait peut-être pas très longtemps.

« On n'attendait pas la tempête avant ce soir », dit Claude Jobert, soucieux.

La station Edgeway n'était pas très éloignée – six kilomètres à vol d'oiseau au nord-est de leur camp provisoire, en réalité dix kilomètres parsemés de crêtes et de crevasses. A l'aller, le trajet n'avait pas posé de problème. En revanche, la tempête risquait de compromettre sérieusement le retour. La visibilité pouvait rapidement devenir nulle et les hommes se perdre facilement à cause des distorsions magnétiques. Si leurs scooters tombaient en panne, ils mourraient de froid, car même leurs combinaisons ne réussiraient pas à les protéger des températures extraordinairement basses qui accompagnent habituellement le blizzard.

La plupart du temps, la neige ne tombait pas au Groenland aussi dru qu'on aurait pu le croire : la température était parfois si basse que les flocons de neige se changeaient en cristaux de glace. Même alors, la visibilité était très réduite.

Harry observa le ciel. « Ce n'est peut-être qu'une bourrasque locale, dit-il.

– Oui, c'est comme ça que la météo a appelé la formidable tempête de la semaine dernière, lui rappela Claude. Les perturbations locales ne devaient survenir qu'à la périphérie. On a eu tant de neige et de glace que même le Père Noël n'aurait pu sortir faire son boulot.

– Dans ce cas, dépêchons-nous de terminer le nôtre.

– Je voudrais que ce soit déjà fini. »

Comme pour confirmer l'urgence, un vent d'ouest s'éleva, aussi vif et inodore qu'un vent peut l'être quand il a caressé des centaines de kilomètres de glaces désolées. Les flocons de neige s'amenuisaient et tombaient de manière oblique au lieu de dessiner des spirales telles qu'on en voit dans les bibelots.

Pete ôta la foreuse du puits et la dégagea de son support. Il fit cela sans le moindre effort bien que l'outil pesât quand même une quarantaine de kilos.

Dix ans plus tôt, vedette de l'équipe de foot de l'université de Pennsylvanie, il avait décliné à plusieurs reprises les propositions de la fédération. Il se voyait mal assumer le rôle que la société attribue à une star du football, surtout quand on est un colosse noir mesurant un mètre quatre-vingt-dix et pesant près de cent kilos. Il avait préféré poursuivre ses études, décrocher plusieurs diplômes et trouver un bon poste dans l'industrie informatique.

Il tenait aujourd'hui une place capitale dans l'expédition de Harry. Il s'occupait de tout le matériel électronique de la station Edgeway. C'était également lui qui avait conçu la ceinture d'explosifs : en cas de problème, il était le seul qui pût trouver une solution. Enfin, sa force herculéenne était un atout dans un milieu aussi peu hospitalier.

Pendant que Pete dégageait la foreuse, Harry et Claude prirent sur l'une des remorques accouplées aux scooters une rallonge mesurant près d'un mètre. Ils la vissèrent dans le foret, lequel se trouvait toujours au cœur de la glace.

Claude relança le générateur.

Pete remit la foreuse en place, referma les clapets autour de l'axe principal et acheva de creuser le puits de près de trente mètres de profondeur au fond duquel serait déposé un tube rempli d'explosifs.

La machine tournait et Harry en profita pour scruter le ciel. Le temps s'était considérablement dégradé en moins de cinq minutes. C'en était pratiquement fini de la lumière cendrée, et il tombait tant de neige que le ciel n'était plus pommelé de noir et de gris. La couche de nuages était entièrement occultée par le torrent cristallin. Au-dessus des hommes, ce n'était plus qu'un épais tournoiement de blanc. Pareils à de minuscules grêlons, les flocons piquaient le visage de Harry. Le vent soufflait à plus de trente-cinq à l'heure et sa chanson ressemblait à un gémissement lugubre.

Harry sentait toujours l'imminence de la catastrophe. C'était un sentiment vague, informulé, mais solide comme le roc.

Enfant, il n'avait jamais imaginé que l'aventure pût être marquée par le labeur, mais il avait toujours compris qu'elle était synonyme de danger. Pour un gosse, le danger fait partie de la séduction. En grandissant, après avoir perdu ses parents et dû affronter la violence du monde, il n'avait plus rien trouvé de romantique à la mort. Il continuait toutefois de nourrir une certaine nostalgie pour cette époque innocente où l'on trouve un plaisir extrême à prendre des risques démesurés.

Claude Jobert s'approcha de lui et dut crier pour surmonter le vacarme du vent et de la foreuse. « Ne t'en fais pas, Harry. On sera bientôt de retour à Edgeway. Un bon cognac, une partie d'échecs, un CD de Benny Goodman... la grande vie, quoi ! »

Harry Carpenter hocha la tête, mais il continuait de scruter le ciel.

12:20

Dans la cabane qui abritait le matériel de télécommunication, Gunvald Larsson mâchonnait nerveusement une pipe éteinte : par l'unique hublot, il contemplait la tempête qui ne cessait de gagner en vigueur. Des vagues de neige s'abattaient sur le campement comme les flots fantômes d'une mer qui se serait évaporée quelques milliers d'années auparavant. Une demi-heure plus tôt, il avait gratté la glace accumulée sur la vitre à triple épaisseur. Des fleurs de cristal se dessinaient à nouveau sur le cadre. Dans une heure, on ne verrait plus rien.

Le point de vue de Gunvald était relativement élevé. De là, la station Edgeway paraissait si isolée – et présentait un tel contraste avec son environnement – qu'elle pouvait passer pour le seul avant-poste de l'humanité sur une planète étrangère. C'était aussi la seule tache de couleur sur ce fond de blanc, d'argent et d'albâtre.

Les six huttes Nissen couleur jaune serin avaient été déposées par hélicoptère au prix de nombreux efforts. Chaque structure mesurait un peu plus de six mètres sur cinq. Les murs – des parois d'acier et de mousse isolante – étaient rivetés à des poutrelles en forme de cerceau tandis que le sol était profondément enfoncé dans la glace. Exiguës, semblables à des baraquements de fortune, ces cabanes en préfabriqué protégeaient remarquablement du vent.

A une centaine de mètres au nord du camp, une autre cabane abritait les réservoirs destinés aux générateurs. Ces réservoirs contenaient du gasoil qui pouvait brûler, mais ne risquait pas d'exploser ; le danger d'incendie était ainsi minimal. Malgré tout, la crainte d'être pris dans un brasier alimenté par les tempêtes arctiques était telle – surtout quand il n'y a pas d'eau, rien qu'une glace inutile – que l'on prenait des précautions excessives destinées à rassurer chacun des membres de l'expédition.

Inquiet, Gunvald Larsson l'avait été quelques heures plus tôt, mais le feu n'était pas en cause : les responsables, c'étaient les tremblements de terre. Plus précisément, des séismes subocéaniques.

Fils d'un Suédois et d'une Danoise, il avait concouru deux fois, avec l'équipe de ski suédoise, aux Jeux Olympiques et remporté une médaille d'argent. Gunvald était fier de son héritage. Il cultivait l'image du Scandinave impassible, d'autant plus que son calme intérieur correspondait parfaitement à ses gestes lents. Sa femme disait que ses yeux étaient pareils à des compas de précision, qui ne cessaient de mesurer le monde. Quand il ne travaillait pas à l'extérieur, il portait habituellement des pantalons et des pulls de ski bariolés ; pour l'instant, il ressemblait plus à un skieur qui se détend à l'hôtel après une journée passée sur les pistes qu'à un scientifique perdu sur la calotte glaciaire.

Ces dernières heures, il avait cependant perdu une bonne partie du flegme qui le caractérisait. La pipe à la bouche, il se détourna du hublot couvert de glace et regarda les ordinateurs, ainsi que le matériel de collecte de données, qui occupaient trois des murs de la cabane.

La veille, en début d'après-midi, Harry et les autres étaient partis vers le sud et la limite des glaces ; Gunvald était resté pour écouter les appels radio et s'occuper de la station. Ce n'était pas la première fois que tous les membres de l'expédition à l'exception d'un seul quittaient Edgeway, mais Gunvald n'avait jamais eu l'occasion d'être de garde. Après des semaines passées à vivre en communauté avec huit compagnons omniprésents, il avait impatiemment attendu ces quelques instants de solitude.

Le jour précédent, vers quatre heures de l'après-midi, les sismographes d'Edgeway avaient enregistré la première secousse, et Gunvald avait regretté que les autres fussent partis si près de la lisière des glaces, là où l'inlandsis rencontre l'océan. A quatre heures quatorze minutes, la secousse fut confirmée par les radios de Reykjavik en Islande et Hammerfest en Norvège. D'importants glissements s'étaient produits au niveau des fonds marins à une centaine de kilomètres au nord-est du port islandais de Raufarhöfn. La secousse avait eu lieu sur la même ligne de failles qui avait déclenché de terribles éruptions volcaniques en Islande trois décennies plus tôt. Cette fois-ci, il n'y avait pas eu de dégâts sur les terres baignées par la mer du Groenland, mais la secousse avait tout de même atteint 6,5 sur l'échelle de Richter.

Gunvald était inquiet parce qu'il se doutait bien qu'il ne s'agissait là ni d'un incident isolé, ni de l'événement principal. Il avait de bonnes raisons de croire que c'était un coup de semonce annonciateur d'un événement de plus grande magnitude.

Dès le début, l'équipe avait eu l'intention d'étudier, entre autres, les mouvements affectant le fond de la mer du Groenland pour mieux connaître les lignes de failles sub-océaniques locales. Ils travaillaient dans une partie du monde étonnamment active du point de vue géologique, il fallait donc bien la connaître avant de pouvoir lui faire confiance. Les douzaines de navires qui allaient remorquer dans ces eaux des icebergs gigantesques avaient besoin de connaître la fréquence des grandes perturbations marines et des raz de marée qui en résultaient. Un tsunami – vague gigantesque née à l'épicentre d'un séisme – pouvait mettre un péril un vaisseau de fort tonnage, même si cela était moins vrai en pleine mer que près d'un littoral.

Gunvald aurait dû être heureux de pouvoir observer d'aussi près les caractéristiques des grandes vibrations du réseau de failles de la mer du Groenland, mais ce n'était pas le cas.

Relié par un faisceau de micro-ondes aux satellites de télécommunication en orbite, il pouvait accéder à tous les ordinateurs branchés sur le réseau Infonet. Bien que géographiquement isolé, il avait à sa disposition pratiquement toutes les bases de données et les logiciels qu'il aurait pu trouver dans n'importe quelle grande ville.

La veille, il avait interrogé ces impressionnantes ressources pour analyser les données sismographiques du récent tremblement de terre. Et ce qu'il avait appris l'avait mis mal à l'aise.

La formidable énergie dégagée par la secousse avait moins été libérée par des mouvements latéraux des fonds marins que par une violente poussée verticale. C'était précisément le type de mouvement tellurique qui exerçait la plus grande pression sur les failles situées à l'est de celle qui avait été le site du premier événement.

La station Edgeway ne courait pas de danger imminent. Si un glissement de terrain sous-marin se produisait non loin de là, un tsunami pourrait courir sous la calotte et occasionner quelques modifications. Il se formerait de nouvelles crevasses et de nouvelles crêtes de pression. Si la secousse était associée à une activité volcanique sous-marine – avec des millions de tonnes de lave en fusion jaillissant du fond marin –, des trous d'eau chaude pourraient momentanément s'ouvrir dans la calotte. La majeure partie du terrain demeurerait toutefois en l'état et il était fort peu probable que le camp de base pût être endommagé ou détruit.

La sécurité des autres membres de l'expédition n'était pas aussi bien assurée que celle de Gunvald. Outre la création de crevasses et de crêtes, un tsunami chaud pouvait arracher des blocs entiers à la lisière des glaces. Harry et les autres risquaient de voir le sol se dérober sous leurs pieds et de se retrouver plongés dans une mer glaciale et sombre.

A neuf heures du soir, soit cinq heures après le premier événement, une nouvelle secousse avait affecté la ligne de failles. Son intensité était de 5,8 sur l'échelle de Richter. Les fonds marins avaient été violemment perturbés à cent soixante-dix kilomètres au nord-nord-est de Raufarhöfn. L'épicentre s'était rapproché de cinquante-cinq kilomètres.

La seconde secousse avait été moins forte que la première, mais cela ne rassurait en rien Gunvald. Ce n'était pas pour autant une réplique sismique de la secousse initiale. L'une et l'autre pouvaient être prémonitoires d'un grand événement encore à venir.

Pendant la guerre froide, les États-Unis avaient implanté une série de capteurs soniques extrêmement sensibles au fond de la mer du Groenland, mais aussi dans d'autres régions stratégiques du monde, dans le but de détecter le passage quasi silencieux des sous-marins nucléaires ennemis. Après la chute de l'Union soviétique, certains de ces appareils sophistiqués avaient également servi à fournir des renseignements d'ordre scientifique. Depuis la seconde secousse, la plupart des stations d'écoute de la mer du Groenland transmettaient une sorte de grondement à basse fréquence, assez faible mais pratiquement ininterrompu : c'était le son que produisaient les tensions toujours croissantes de la croûte terrestre.

Une réaction en chaîne s'était enclenchée, comme dans ces figures complexes où les dominos s'abattent les uns après les autres. Seulement, dans le cas présent, les dominos se dirigeaient vers la station Edgeway.

Au cours des seize dernières heures, Gunvald avait passé moins de temps à fumer sa pipe qu'à en mâchonner nerveusement le tuyau.

La veille, à neuf heures et demie du soir, alors que les radios confirmaient la localisation et l'intensité de la seconde secousse, Gunvald avait appelé le camp provisoire situé à une dizaine de kilomètres en direction du sud-ouest. Il avait parlé des secousses à Harry et lui avait expliqué quels risques ils prenaient en restant sur le périmètre des glaces polaires.

« On a notre boulot, lui avait répondu Harry. Il y a déjà quarante-six charges en place, elles sont armées et placées sous compte à rebours. Les ressortir de la glace avant qu'elles pètent ? C'est impossible – autant demander à un homme politique d'être honnête ! Si on ne met pas en place les quatorze autres charges, si les soixante paquets ne sont pas synchronisés, le morceau d'iceberg risque de ne pas se détacher. Notre mission n'aurait servi à rien.

– Cela vaudrait peut-être le coup d'y réfléchir.

– Pas question : le projet est trop coûteux pour qu'on l'annule à cause d'un hypothétique tremblement de terre. On ne nous donnera jamais une deconde chance.

– Tu dois avoir raison, dit Gunvald, mais ça ne me plaît pas trop. »

Il y eut des crachotements d'électricité statique.

« Moi non plus, ça ne m'emballe pas, fit Harry. Tu sais combien de temps mettrait un glissement de terrain à ébranler une chaîne comme celle-ci ?

– Personne ne le sait au juste, Harry. Des jours, des semaines, peut-être même des mois.

– Ah ! tu vois ? On a largement le temps. Ça pourrait même être plus long.

– Ou plus court. Quelques heures suffiraient.

– Non, pas cette fois-ci. La seconde secousse a été bien moins violente que la première, non ? dit Harry.

– Tu sais aussi bien que moi que cela ne veut rien dire. La troisième secousse peut être plus faible ou plus forte que les deux précédentes.

– De toute façon, la glace a plusieurs centaines de mètres d'épaisseur. Elle ne va pas se craqueler comme la surface d'un étang aux premiers froid.

– Je te conseille malgré tout de ne pas trop t'attarder.

– Ne t'en fais pas pour ça. A côté de ces igloos gonflables, les cabanes d'Edgeway sont aussi luxueuses que les suites du Ritz ou du Carlton ! »

Après cette conversation, Gunvald Larsson était allé se coucher. Il n'avait pas bien dormi. Dans ses cauchemars, le monde s'écroulait, il se brisait en énormes morceaux qui sombraient dans un gouffre sans fond.

A sept heures et demie du matin, alors que Gunvald se rasait et que les mauvais rêves flottaient encore dans sa tête, le sismographe avait enregistré une troisième secousse. Intensité : 5,2 sur l'échelle de Richter.

Comme petit déjeuner, il n'avait pris qu'une tasse de café noir. L'appétit lui manquait.

A onze heures, une quatrième secousse s'était produite à trois cent vingt kilomètres au sud ; 4,4 sur l'échelle de Richter.

Il n'était pas rassurant de constater que chaque événement était moins intense que celui qui le précédait. Peut-être la Terre économisait-elle son énergie pour une ultime secousse d'une violence exceptionnelle.

A onze heures cinquante, ce fut la cinquième secousse. Son épicentre se trouvait à moins de cent quatre-vingts kilomètres au sud. Bien plus près que tout ce qui avait précédé à leur porte, pour ainsi dire. Intensité : 4,2 sur l'échelle de Richter.

Gunvald avait appelé le camp provisoire et Rita Carpenter lui avait promis que l'expédition quitterait le périmètre vers deux heures de l'après-midi.

« Le temps va poser des problèmes, dit Gunvald, inquiet.

– On a de la neige. On croyait que ce n'était qu'une bourrasque locale.

– Je crains que non. La tempête change de direction et elle s'intensifie. Il y aura de fortes chutes de neige cet après-midi.

– Nous serons de retour à Edgeway à quatre heures, dit Rita Carpenter. Peut-être même plus tôt. »

A midi douze, la croûte sous-marine connut un autre glissement de terrain. La secousse, d'intensité 4,5 sur l'échelle de Richter, eut lieu à cent soixante kilomètres.

Et maintenant, à midi et demi, alors que Harry et les autres devaient implanter la dernière charge d'explosifs, Gunvald Larsson mordait si fort sa pipe que le tuyau était sur le point de se briser en deux.

12:30

A une dizaine de kilomètres de la station Edgeway, le camp provisoire se dressait sur une plaque de glace parfaitement horizontale, abritée des vents par une crête de pression.

Trois igloos gonflables, en nylon doublé et caoutchouté, étaient disposés en demi-cercle au pied d'une dalle de glace de plus de quinze mètres de haut. Deux scooters étaient garés à proximité. Chaque igloo mesurait quatre mètres de diamètre et trois mètres trente de haut en son point le plus élevé. Ils étaient solidement fixés à la glace par des pitons de belle taille et leur tapis de sol était fait de ce métal ultra-léger utilisé pour les couvertures de premier secours aux brûlés. De petits radiateurs alimentés au gasoil maintenaient l'intérieur à une température constante de dix degrés centigrades. Ces igloos n'était ni spacieux ni pratiques, mais ils ne devaient servir que pendant l'implantation des soixante charges explosives.

A une centaine de mètres de là, en direction du sud, un tube d'acier haut de deux mètres se dressait au-dessus d'un plateau quelque peu surélevé par rapport à l'ensemble du paysage. Un thermomètre, un baromètre et un anémomètre y étaient fixés.

De sa main gantée, Rita Carpenter ôta la neige de ses lunettes protectrices et essuya la surface des cadrans des trois instruments. Obligée d'utiliser une lampe torche, elle releva la température, la pression atmosphérique et la vitesse du vent. Les chiffres ne lui plaisaient pas. La tempête n'aurait pas dû les toucher avant six heures du soir, mais déjà elle s'abattait sur eux ; elle aurait redoublé d'intensité avant qu'ils ne rejoignent la station Edgeway.

Rita descendit maladroitement la pente à quarante-cinq degrés et retrouva la plaine. Comment aurait-elle pu se mouvoir autrement que maladroitement ? Elle portait l'intégralité de la panoplie de survie : sous-vêtements tricotés, deux paires de chaussettes, bottines fourrées, grosses bottes doublées de mouton, pantalon et chemise de laine fine, combinaison en nylon, anorak doublé, masque en tricot recouvrant la figure des yeux au menton, capuche doublée de fourrure, attachée sous le menton, et gants. Par un temps aussi terrible, la température corporelle devait être maintenue à tout prix ; la maladresse, la lenteur et la gêne étaient les contreparties de la survie.

Le corps de Rita était au chaud, mais elle ne se sentait pas à l'aise pour autant. C'est de leur plein gré que Harry et elle avaient passé une grande partie de leur vie professionnelle dans l'Arctique et l'Antarctique, mais elle ne partageait pas l'amour de son mari pour les vastes espaces, les paysages monochromes, l'infini du ciel et les orages dignes des premiers temps de la Terre. En fait, c'était principalement sa terreur des régions polaires qui l'avait conduite à y revenir sans cesse.

Depuis l'hiver de ses six ans, Rita refusait obstinément de céder à quelque crainte que ce soit...

Et là, tandis qu'elle se dirigeait vers l'igloo situé le plus à l'ouest du camp et que le vent la poussait dans le dos, elle connut une réaction phobique si intense et si soudaine qu'elle faillit en tomber à genoux. Cryophobie : la peur de la glace et du givre. Frigophobie : la peur du froid. Chionophobie : la peur de la neige. Rita connaissait parfaitement ces trois termes parce qu'elle souffrait d'une forme atténuée de ces trois phobies. Telle la vaccination contre une maladie, une confrontation fréquente avec la source de ses angoisses l'assurait de ne connaître qu'une gêne mineure, une crainte parfaitement surmontable. Il lui arrivait tout de même d'être submergée par des souvenirs contre lesquels aucune vaccination n'était efficace. C'était le cas à présent. Le ciel blanc et tumultueux lui tombait dessus comme une pierre, il faisait pression sur elle comme si l'air, les nuages et la neige s'étaient métamorphosés en une dalle de marbre qui allait l'enfoncer dans le sol glacé. Son cœur se mit à battre à toute allure, puis il accéléra ses mouvements, les accéléra encore jusqu'à atteindre une cadence infernale. Le sang cognait dans ses oreilles avec une telle force qu'il en couvrait les hurlements du vent.

Devant l'igloo, elle s'arrêta. Elle refusait de fuir devant ce qui la terrifiait. Elle exigeait d'elle-même d'affronter la solitude de ce sinistre domaine, un peu comme celui qui a une peur irrationnelle des chiens et se force à en caresser un jusqu'à ce que la panique disparaisse.

La solitude était ce qui troublait le plus Rita. Pour elle, et ce depuis l'âge de six ans, l'hiver était immanquablement associé à la terrible solitude des mourants, au visage gris et déformé des cadavres, au regard glacé des yeux sans éclat, aux tombes et aux cimetières, au désespoir le plus effrayant.

Elle tremblait si violemment que le faisceau de sa torche semblait danser sur la neige.

Elle se détourna de l'igloo gonflable non pas pour regarder dans la direction d'où venait le vent, mais pour observer la plaine étroite qui s'étendait entre le plateau et la crête de pression. L'hiver éternel. Sans chaleur, sans lumière. Sans espoir aussi.

C'était une contrée qu'il convenait de respecter, c'est vrai. Mais ce n'était ni un être humain ni un animal : un tel paysage n'avait aucune conscience du mal.

Rita respira profondément, méthodiquement, à travers son masque.

Pour s'aider à combattre sa peur irrationnelle de la calotte glaciaire, elle se dit qu'un problème autrement plus important l'attendait à l'intérieur de l'igloo. Franz Fischer.

Elle avait rencontré Fischer onze ans plus tôt, peu de temps après avoir décroché son doctorat et occupé son premier poste de chercheur dans une division de la compagnie International Telephone and Telegraph. Franz travaillait également pour ITT. Il était séduisant, non dépourvu de charme quand il daignait l'afficher, et ils étaient restés deux ans ensemble. Leurs relations n'avaient pas été des plus sereines, mais du moins n'étaient-elles pas ennuyeuses. Ils s'étaient séparés neuf ans auparavant, peu avant la publication du premier livre de Rita, lorsqu'il devint évident que Franz ne pourrait jamais vivre auprès d'une femme qui fût son égale du point de vue tant intellectuel que professionnel. Il aimait dominer et elle refusait ce genre de rapport. Elle l'avait donc quitté avant de rencontrer Harry et de l'épouser un an plus tard. Elle n'avait jamais regretté sa décision.

Harry était entré dans la vie de Rita après sa séparation d'avec Franz et leur histoire ne le regardait pas. Il se sentait à l'aise dans son union et sûr de lui. Bien qu'il fût au courant de leurs rapports, il avait demandé à Franz d'être le météorologue de la station Edgeway, uniquement parce que l'Allemand était le plus qualifié.

Dans le cas présent, une jalousie maladive eût davantage profité que la raison à Harry – et à tous ses compagnons. Mais la nature humaine est ce qu'elle est...

Neuf ans après leur séparation, Franz jouait toujours les amoureux éconduits. Menton qui tremble, regards douloureux... il ne manquait rien à la panoplie. Il ne se montrait ni distant ni grossier. Au contraire, il s'efforçait de donner l'impression de cajoler un cœur meurtri dans l'intimité de son sac de couchage. Il ne faisait jamais aucune allusion au passé, ne s'intéressait pas plus à Rita qu'aux autres membres de l'expédition et affichait toujours des manières de gentleman. Pourtant, dans cette base polaire, sa façon d'exhiber sa fierté blessée était aussi dérangeante qu'une scène de jalousie.

Le vent gémissait, la neige enveloppait Rita et

la glace s'étendait à perte de vue depuis des temps immémoriaux – malgré tout, son cœur reprenait peu à peu un rythme normal. Elle cessa de trembler. La terreur était passée.

Une fois de plus, elle avait gagné.

Quand Rita se décida enfin à pénétrer dans l'igloo, Franz était agenouillé pour ranger des instruments dans un carton. Il avait ôté ses bottes, son manteau et ses gants. Il ne voulait pas être en sueur parce que cela lui refroidirait la peau et qu'il subirait une grande déperdition de chaleur dès qu'il sortirait. Il leva les yeux, hocha la tête et continua d'empaqueter.

Il possédait un certain magnétisme animal et Rita savait bien pourquoi elle s'était jadis sentie attirée par lui. Une épaisse chevelure blonde, des yeux sombres bien enchâssés, des traits nordiques. Il mesurait un mètre soixante-quinze soit deux ou trois centimètres de plus qu'elle ; à quarante-cinq ans, il était aussi mince et musclé qu'un jeune homme.

« Le vent souffle à trente-huit kilomètres à l'heure, dit-elle en baissant sa capuche et en retirant ses lunettes. La température de l'air n'est plus qu'à 12 degrés au-dessous de zéro, elle ne cesse de chuter.

– Avec un tel vent, elle en sera à l'équivalent de 30, sinon davantage, quand on lèvera le camp. » Il semblait parler tout seul.

« On reviendra sans problème.

– Avec une visibilité nulle ?

– Ça ne va pas se dégrader aussi rapidement.

– Peu importe ce que tu as déjà vu, tu ne connais pas le climat polaire aussi bien que moi.

Tiens, regarde. Ce front avance bien plus vite qu'on ne l'avait prédit. On peut se retrouver dans la purée la plus totale.

– Franchement, Franz, je sais bien que les Teutons sont pessimistes par nature, mais... »

Une sorte de roulement de tonnerre ébranla le sol, une secousse venait d'agiter l'inlandsis. Le grondement était accompagné d'un hurlement suraigu, quasiment inaudible, comme si des dizaines de strates de glace se frottaient les unes aux autres.

Rita tituba mais garda l'équilibre, comme lorsque l'on avance dans le couloir d'un wagon de chemin de fer.

Le roulement disparut bientôt.

Et ce fut à nouveau le silence.

Franz la regarda enfin dans les yeux. Il se racla la gorge. « Tu crois que c'est la grosse secousse que craignait Larsson ?

– Non, elle est trop faible. Un mouvement majeur de la ligne de failles serait autrement plus important. Cette secousse-ci n'a pas une grande intensité.

– Alors c'est une secousse préliminaire ?

– Peut-être, dit-elle.

– L'événement principal, ce sera pour quand ? »

Elle haussa les épaules. « Peut-être jamais. Peut-être ce soir. Ou dans une minute. »

Il fit la grimace et continua de ranger ses instruments dans son carton imperméable. « Et c'est toi qui parles de ma nature pessimiste... »

12:45

Prisonniers des faisceaux lumineux des deux scooters, Roger Breskin et George Lin achevaient de planter deux pieux destinés à arrimer l'émetteur radio à la glace. Ils entreprirent ensuite de vérifier l'état de leur équipement. Leurs ombres allongées étaient aussi étranges, aussi déformées que celles de sauvages prosternés devant une idole, et l'étrange chanson du vent eût pu être la voix du dieu de colère qu'ils imploraient.

La pâle lueur du crépuscule hivernal avait quasiment disparu du ciel. Sans les phares des scooters, la visibilité se serait trouvée réduite à moins de dix mètres.

Le vent avait été vif pendant la matinée, mais, en soufflant plus vite, il s'était changé en un ennemi implacable. Sous ces latitudes, un vent de tempête pouvait traverser l'une après l'autre plusieurs couches de vêtements. La neige dessinait une trajectoire parallèle au sol au lieu de tomber du ciel ; elle semblait ne devoir jamais toucher terre. Souvent, les deux hommes devaient gratter leurs lunettes et briser la croûte de neige accumulée sur les masques qui leur couvraient le bas du visage.

Debout derrière les phares couleur d'ambre, Brian Dougherty se cachait le visage contre le vent. Il pliait les doigts et les orteils pour éviter l'engourdissement, mais surtout il se demandait ce qu'il était venu faire dans cette contrée perdue. Il n'appartenait pas à ces régions. Personne n'y appartenait d'ailleurs. Il n'avait jamais vu d'endroit aussi désolé ; même les grands déserts de la planète recelaient plus de vie que la calotte glaciaire. Le moindre recoin de paysage était là pour rappeler que la vie n'est qu'un long prélude à la mort inévitable et éternelle. Parfois, l'Arctique le sensibilisait à un point tel qu'il croyait entrevoir le crâne sous la peau du visage des membres de l'expédition.

C'était précisément pour cela qu'il était venu : l'aventure, le danger, la mort éventuelle. Il savait que cela l'obsédait. En revanche, il ne s'était jamais vraiment demandé d'où venait sa passion des risques extrêmes.

Il avait même toutes les raisons de rester en vie. Il était jeune. Il n'était pas d'une beauté fulgurante, mais ce n'était pas non plus Quasimodo, le bossu de Notre-Dame. Et il aimait la vie. De plus, sa famille était extraordinairement riche. Dans quatorze mois, pour son vingt-cinquième anniversaire, il prendrait le contrôle d'un fonds d'investissement de trente millions de dollars. Il n'avait pas la moindre idée de ce à quoi il emploierait cet argent, mais cela fait tout de même du bien de savoir qu'on ne se retrouve pas sans un sou.

En outre, la renommée de sa famille et la sympathie accordée au clan Dougherty lui ouvriraient toutes les portes qui refuseraient de céder à la puissance de l'argent. L'oncle de Brian, jadis président des États-Unis, avait été assassiné par un tireur solitaire. Et son père, gouverneur de Californie, avait été grièvement blessé dans un attentat neuf ans auparavant. Les tragédies des Dougherty alimentaient les plus grands magazines du pays, de *Time* à *Playboy*, de *Vanity Fair* à *People*, et cette obsession nationale avait suscité une véritable mythologie politique dans le cadre de laquelle les Dougherty n'étaient plus des hommes et des femmes ordinaires, mais des demi-dieux incarnant la vertu, la ténacité et l'abnégation.

L'heure venue, Brian pourrait se lancer à son tour dans la politique, mais il était encore trop jeune pour faire face aux responsabilités liées à son nom et à la tradition familiale. En fait, il fuyait ces responsabilités et l'idée même de devoir un jour les assumer. Quatre ans plus tôt, il avait abandonné Harvard après dix-huit mois de cours de droit. Depuis il parcourait le monde, armé de sa seule carte American Express. Ses aventures lui valaient la une des quotidiens des cinq continents. Il avait affronté un taureau dans l'une des plus grandes arènes de Madrid. Lors d'un safari en Afrique, il s'était cassé le bras quand un rhinocéros avait brusquement attaqué sa jeep. Chez les Bataks de Sumatra, il avait défié au kriss le prince d'un village indigène. En descendant le Colorado, son embarcation s'était retournée et il avait failli périr noyé. Et maintenant il subissait les rigueurs du long hiver polaire.

Son nom et les nombreux articles dont il était

l'auteur n'auraient pas suffi à faire de lui le chroniqueur officiel de cette expédition. Mais la fondation Dougherty avait accordé 850 000 dollars au projet Edgeway, et Brian était devenu sans encombre l'un des membres de l'équipe.

Les autres avaient tout fait pour qu'il s'intègre. Le seul antagonisme était le fait de George Lin, et encore pouvait-on l'attribuer à une perte de sang-froid momentanée. Le scientifique chinois s'était aussitôt confondu en excuses. Brian s'intéressait réellement à ce projet et sa sincérité suscitait l'amitié.

Son intérêt venait certainement du fait qu'il se voyait mal s'atteler un jour à une tâche qui approchât par sa rigueur le travail de ses camarades scientifiques. Même si la carrière politique faisait partie de son héritage, Brian méprisait ce vil jeu de société : pour lui, la politique était une illusion de services rendus qui ne faisait que voiler la corruption du pouvoir. Tout jeune, à Washington, il avait trop observé le dessous des cartes pour envisager de faire un jour carrière dans cette ville dévoyée. Malheureusement, la politique l'avait marqué de son cynisme, et il mettait aujourd'hui en question la valeur de toute implication et de tout engagement.

S'il trouvait plaisir à quelque chose, c'était à l'écriture, et il avait l'intention d'écrire trois ou quatre articles sur la vie au pôle. Il avait même accumulé assez de documentation pour faire un livre. L'écrire était devenu un besoin pressant.

Une entreprise aussi ambitieuse le surprenait. Qu'il eût ou non le talent et la maturité nécessaires, un livre était une entreprise de taille, et c'était précisément le genre de chose qu'il fuyait comme la peste depuis des années.

Sa famille pensait que c'était l'aspect humanitaire du projet Edgeway qui l'avait attiré : il envisageait enfin son avenir avec sérieux. Il n'avait pas voulu leur ôter leurs illusions, mais ils se trompaient complètement. Cette expédition l'avait tout de suite intéressé parce qu'elle représentait une aventure autrement plus passionnante que tout ce qu'il avait pu vivre jusqu'ici.

Et ce n'était toujours qu'une aventure, se disait-il en regardant Lin et Breskin penchés sur l'émetteur. Ce n'était qu'une manière d'éviter de penser au passé et à l'avenir. Mais, dans ce cas... pourquoi cette envie folle d'écrire un livre ? Il ne parvenait pas à se convaincre qu'il pût avoir à dire quelque chose qui valût le temps d'être lu.

Les deux hommes se redressèrent et frottèrent une fois de plus leurs lunettes.

Brian s'approcha d'eux.

« Alors » ça y est ? cria-t-il.

– Terminé ! » répondit Breskin.

L'émetteur disparaîtrait rapidement sous une épaisse couche de neige et de glace, mais cela n'affecterait en rien ses performances. L'appareil était conçu pour fonctionner dans des conditions extrêmes, et les nombreux éléments de sa batterie étaient protégés par des couches de matériau isolant conçu à l'origine pour la NASA. Il émettrait un puissant signal – durant deux secondes, dix fois par minute – pendant huit à douze jours.

Quand ce segment de glace aurait été prélevé à la calotte avec une précision quasi chirurgicale, l'émetteur dériverait avec lui avant de s'engager dans l'un des chenaux fréquentés par les icebergs et de pénétrer enfin dans l'Atlantique nord. Deux remorqueurs faisant partie de la flotte affrétée par les Nations Unies pour l'Année géophysique se tenaient prêts à quelque quatre cent vingt kilomètres de là. Aidés par des satellites géostationnaires positionnés au-dessus du pôle, ils établiraient par triangulation la position exact de l'iceberg, et ce jusqu'à ce qu'il fût visible à l'œil nu (pour qu'il n'y ait pas le moindre doute possible, la majeure partie de sa surface avait été badigeonnée d'une peinture rouge spéciale).

Cette expérience devait permettre de mieux comprendre comment les courants marins hivernaux affectaient les glaces déplacées. Avant de songer à remorquer des morceaux d'iceberg vers les terres frappées par la sécheresse, les scientifiques devaient savoir comment la mer se comporterait à l'égard des navires et ce qu'il convenait de faire pour accroître leur solidité.

Il n'était pas facile d'envoyer des remorqueurs chercher les icebergs tout près de l'inlandsis. L'océan Arctique et la mer du Groenland étaient encombrés de glaces flottantes et la navigation y était délicate à cette époque de l'année. Selon ce que révéleraient les expériences, il ne serait peut-être pas nécessaire de prendre les icebergs en charge à la sortie du chenal ; on pourrait les laisser dériver pendant encore deux ou trois cents kilomètres avant qu'ils ne soient récupérés par les navires et remorqués jusqu'au littoral.

« Je peux faire quelques photos ? demanda Brian.

– Pas le temps », répondit sèchement George

Lin. Il se frotta les mains et brisa les plaques de glace qui se formaient sur ses gants.

« Je n'en ai que pour une minute.

– Il faut rentrer à Edgeway, dit Lin. On va être coincés par la tempête. Avant demain matin, on sera transformés en statues de glace.

– On peut quand même prendre une minute », dit Roger Breskin. Il ne criait pas autant que ses deux compagnons, mais sa voix de basse parvenait à dominer le vent, lequel avait changé son grognement sourd en une sorte d'ululement.

Brian eut un sourire de remerciement.

« Tu es dingue ? dit Lin. Tu vois cette neige ? Si nous tardons...

– George, tu viens déjà de perdre une minute à discuter. » Breskin n'avait pas dit cela sur un ton accusateur, c'était plutôt la remarque impartiale d'un scientifique en observation.

Roger Breskin avait quitté les États-Unis pour le Canada huit ans auparavant, mais il se comportait toujours avec le calme et la sérénité propres aux Canadiens de naissance. Discret, secret même, il ne se liait pas facilement d'amitié – mais il ne se faisait pas d'ennemis pour autant.

Derrière ses lunettes, Lin ferma à demi les yeux.

« Allez, prends-les, tes photos, dit-il d'un air moqueur. Je suis sûr que Roger a envie de voir son portrait dans tes magazines. Mais fais vite. »

Brian n'avait pas vraiment le choix. Les conditions météo ne permettaient pas des réglages infinis.

« C'est bon ? lui demanda Roger, debout à côté de l'émetteur.

– J'y suis. »

Roger dominait tout le cadrage. Avec son mètre quatre-vingts et ses quatre-vingt-cinq kilos, il était un peu plus petit et plus léger que Pete Johnson, mais il n'était pas moins musclé que l'ancienne star du football. Agé de trente-six ans, il faisait des poids et haltères depuis une vingtaine d'années. Ses biceps énormes étaient parcourus de veines semblables à des tuyaux d'acier. Avec sa tenue polaire, il était particulièrement impressionnant et ressemblait à une sorte d'ours qui ne détonnait absolument pas dans ces étendues glacées.

Debout à gauche de l'émetteur, George Lin était tout l'opposé de Breskin. On eût dit un aigle et un colibri. Il était plus petit et plus mince que Roger, mais ces différences n'étaient pas seulement d'ordre physique. Roger était calme, impassible, aussi froid qu'un pain de glace. En revanche, Lin ne cessait de se balancer d'un pied sur l'autre. Il ne témoignait en rien de cette patience qu'on attribue habituellement aux Asiatiques. Contrairement à Breskin, il n'appartenait pas à ces plaines glacées, et il le savait.

Le véritable nom de George Lin était Lin Shenyang et il était né à Canton en 1946, peu de temps avant que la révolution maoïste ne chasse le Kuomin-tang et n'établisse son régime totalitaire. Sa famille ne parvint à rejoindre Taiwan que lorsque George eut sept ans. Au cours des années passées à Canton, il avait vécu quelque chose de monstrueux qui l'avait traumatisé à tout jamais et avait façonné son caractère. Il y faisait parfois allusion, mais refusait d'en parler explicitement – soit parce qu'il était incapable d'affronter l'horreur de ses souvenirs, soit parce que Brian n'était pas un journaliste assez talentueux pour réussir à le faire parler malgré lui.

« Dépêche-toi », le pressa Lin. Son souffle se changeait en une buée cristalline que le vent emportait.

Brian fit le point et appuya sur le déclencheur. Le flash électronique se refléta dans la neige. L'ombre dansait avec la lumière. Puis l'obscurité reprit le dessus.

« Encore une, commença Brian, c'est pour... »

La calotte se souleva brusquement comme le sol d'une maison hantée de fête foraine. Elle s'inclina sur la gauche, puis sur la droite, avant de s'affaisser aussi soudainement.

Brian tomba si lourdement sur la glace que même les couches épaisses de ses vêtements ne parvinrent pas à absorber le choc et que ses os s'entrechoquèrent comme des baguettes divinatoires dans une coupe de métal. La glace se souleva à nouveau comme si elle cherchait à se débarrasser de lui en le projetant dans l'espace.

Un des scooters se renversa à quelques centimètres de lui et des aiguilles de glace se fichèrent dans la peau de son visage. L'engin gisait sur le côté tel un insecte blessé et son moteur s'étouffait.

Abasourdi, le cœur battant à tout rompre, Brian leva lentement la tête et vit que l'émetteur était toujours solidement fixé. Breskin et Lin étaient couchés dans la neige ; ils avaient été projetés à terre comme des poupées de chiffon. Brian voulut se remettre sur pied, mais il retomba quand le terrain se souleva encore plus violemment que la première fois.

Le séisme subocéanique tant redouté par Gunvald s'était produit !

Brian chercha à se coucher dans un pli de glace, dont les contours naturels lui éviteraient d'être projeté contre l'émetteur ou l'un des scooters. Il était clair qu'un monstrueux tsunami passait directement sous eux – des centaines de millions de mètres cubes d'eau précipités avec toute la fureur d'un dieu de colère que l'on a tiré de son sommeil.

Inévitablement, des vagues secondaires impressionnantes, quoique de moindre importance, allaient s'ensuivre avant que la calotte glaciaire ne se stabilise.

Le scooter renversé tournait sur lui-même. Ses phares balayèrent Brian à deux reprises avant de s'arrêter brusquement sur les autres membres de l'équipe.

Derrière Roger Breskin et George Lin, la glace craqua avec un bruit assourdissant et s'entrouvrit comme une bouche démoniaque. Le monde se brisait.

Brian hurla quelque chose.

Roger saisit l'un des gros piquets d'acier servant à fixer l'émetteur et s'y cramponna de toutes ses forces.

La glace se souleva pour la troisième fois. L'étendue blanche s'inclina en direction de la crevasse béante.

Malgré ses efforts désespérés pour ne pas se laisser entraîner, Brian fut chassé du pli dans lequel il s'était réfugié. La crevasse l'attirait, mais il agrippa l'émetteur et s'y tint de toutes ses forces. Il percuta tout de même Roger Breskin.

Roger lui cria quelque chose à propos de George Lin, mais les hurlements du vent et les grondements de la glace couvrirent ses paroles.

Brian ne voulut pas prendre le risque d'ôter ses lunettes pourtant couvertes de glace. Il cligna les yeux et regarda autour de lui.

George Lin hurlait, emporté vers la crevasse qui venait de s'ouvrir. Ses doigts cherchèrent à s'enfoncer dans la glace, mais, quand la dernière vague du tsunami passa juste au-dessous d'eux, Lin lâcha prise et disparut dans le gouffre.

Franz avait proposé à Rita de terminer d'emballer le petit matériel tandis qu'il chargerait les caisses dans les remorques. Il faisait malgré lui preuve de tant de condescendance à l'égard du « sexe faible » que Rita rejeta sa proposition. Elle remonta sa capuche, chaussa ses lunettes et souleva l'un des cartons sans lui laisser le temps de discuter.

Elle était en train de ranger la caisse dans l'une des remorques quand la première secousse ébranla la glace. Elle fut projetée dans les cartons et s'écorcha la joue au coin de l'un d'eux. Puis elle roula hors de la remorque et tomba sur la neige qui, depuis une heure, s'était accumulée autour de l'engin.

Étourdie, effrayée, elle parvint à se redresser, mais c'est alors que passa la première vague du tsunami. Les moteurs des scooters tournaient au ralenti avant le retour sur Edgeway ; leurs phares crevaient le rideau de neige et le peu de lumière qu'ils fournissaient permit à Rita de voir une grande faille se dessiner dans la paroi de la crête qui avait protégé – et maintenant menaçait – leur campement provisoire. Haut de plus de quinze mètres, le mur de glace allait s'effondrer.

Franz se trouvait toujours dans l'igloo, dans la partie ouest du campement.

« Vite, hurla-t-elle, sors de là ! Sauve-toi ! »

Elle-même détala à toutes jambes.

La soixantième charge ne différait pas des cinquante-neuf autres précédemment déposées dans les trous : elle avait des extrémités arrondies et mesurait six centimètres de diamètre pour un mètre cinquante de long. Une horlogerie et un détonateur occupaient la partie inférieure du cylindre. Sa mise à feu était synchronisée avec celle des cinquante-neuf autres cylindres. La majeure partie du tube était remplie de plastic. La partie supérieure se terminait par une boucle dans laquelle était passée une chaîne en acier trempé.

Harry Carpenter laissa doucement se dérouler la chaîne fixée autour d'un petit treuil à main et la charge descendit lentement dans le puits. Les quinze kilos du tube renfermaient une cinquantaine de kilos de plastic, soit l'équivalent de près d'une tonne et demie de TNT. Quand un peu plus de vingt-sept mètres de chaîne se furent déroulés, Harry sentit le cylindre toucher le fond. Il actionna alors une manette et la chaîne se décrocha de la boucle avant de remonter doucement le long du puits.

Pete Johnson était accroupi à côté de Harry. Il se tourna vers le Français et cria pour couvrir le bruit du vent : « C'est bon, Claude. »

Dans l'une des remorques, un tonneau qu'ils avaient rempli de neige était posé sur un chauffage électrique. De l'eau bouillante s'échappait une vapeur, qui se changeait instantanément en une nuée de cristaux scintillants. Le vent s'empressait de les disperser et l'on eût dit une interminable procession de spectres expulsés d'un chaudron magique.

Claude Jobert fixa un tuyau à bague métallique à la bonde du tonneau. Il ouvrit la bonde et tendit le tuyau à Carpenter.

Harry tourna l'ajutage et l'eau brûlante se déversa dans le puits. En trois minutes, le trou fut rempli et scellé. La bombe reposait au cœur d'une glace nouvellement formée.

Avec un trou qui n'aurait pas été refermé, l'explosion aurait été dirigée vers le haut, ce qui n'aurait servi à rien. L'énergie de la charge devait se libérer vers le bas et les côtés. A minuit, lorsque cette charge exploserait en même temps que les cinquante-neuf autres, la glace neuve serait peut-être éjectée comme un bouchon de champagne, mais la quasi-totalité de sa puissance ne se dissiperait pas inutilement.

Pete Johnson frotta ses gants sur la surface du puits. « Et voilà, on va pouvoir rentrer à Edge... »

La calotte glaciaire ondula brusquement, se souleva devant eux en poussant un monstrueux hurlement, puis s'affaissa pour recouvrer sa position initiale.

Harry tomba tête la première. Ses lunettes s'écrasèrent sur ses joues et ses sourcils. Une onde de douleur lui déchira les pommettes et les larmes lui vinrent aux yeux. Il sentit le goût du sang dans sa bouche, quelque chose de chaud sourdait de ses narines.

Pete et Claude étaient tombés, eux aussi, et ils s'agrippaient l'un à l'autre, grotesquement enlacés comme une paire de lutteurs.

La glace s'ébranla de nouveau.

Harry alla rouler contre l'un des scooters. L'engin plongea de l'avant, puis de l'arrière. Harry s'y accrocha des deux mains en espérant qu'il ne se retournerait pas.

Il pensa tout d'abord que la charge lui avait explosé en plein visage et qu'il était mort ou agonisant. Mais, quand la glace se souleva une deuxième fois, il comprit que la calotte était secouée par un raz de marée, né d'un séisme sous-marin.

Ce fut la troisième onde : tout autour de Harry, le monde blanc se craquela et se dressa comme poussé par quelque créature préhistorique. Il se retrouva au sommet d'une rampe de glace. A tout moment, il pouvait glisser au bas de la dalle et être broyé par le scooter.

Dans le lointain, le grondement et le grincement de la glace perçaient le vent et la nuit comme autant de sinistres protestations de la part d'un monde en pleine débâcle. Le bruit terrible se rapprochait de seconde en seconde et Harry s'attendait au pire.

Soudain, tout s'arrêta, aussi brusquement que cela avait débuté moins d'une minute plus tôt. La plaine de glace s'affaissa pour redevenir immobile.

Rita avait couru assez loin pour échapper à la paroi de glace au cas où celle-ci s'effondrerait. Elle s'arrêta et se retourna pour voir ce qui était advenu du campement provisoire. Elle était seule. Franz n'était pas sorti de l'igloo.

Un bloc de glace de la taille d'un camion se détacha et tomba avec une grâce surprenante avant de s'écraser sur l'igloo inoccupé situé tout au bout du campement désert. Le dôme gonflable explosa comme un ballon de baudruche.

« Franz ! »

Un fragment encore plus gros s'arracha de la crête. Des aiguilles, des dalles, des blocs de glace s'abattirent sur le campement avant d'exploser en tous sens, de broyer l'igloo central, de renverser un scooter et de déchirer l'igloo situé à l'ouest. Des milliers d'aiguilles acérées fusaient de toute part en scintillant comme une averse d'étincelles.

Franz n'avait pas réussi à en sortir.

Une fois de plus, elle avait six ans et elle hurlait jusqu'à ce que la gorge lui fît mal – mais elle ne savait pas si elle avait appelé Franz, son père ou sa mère.

En tout cas, qu'elle l'eût averti ou pas, Franz s'extirpa en rampant du dôme de nylon dévasté alors même que le déluge s'abattait autour de lui. Il se dirigea vers elle. Des bombes de glace explosaient de toutes parts, mais il avait la grâce d'un coureur de cross et la vélocité que suscite la terreur. Il réussit à échapper à l'avalanche et à se mettre à l'abri.

Quand la crête se stabilisa et que la glace cessa de tomber, Rita fut assaillie par une vision terrible, celle de Harry écrasé par un lourd monolithe d'un blanc éblouissant. Elle tituba, non pas à cause des mouvements du sol, mais parce que la peur de perdre Harry lui ôtait tout sens de l'équilibre. Elle renonça à lutter, s'assit sur la glace et se mit à trembler de tous ses membres sans pouvoir se contrôler.

Seuls les flocons de neige étaient mobiles, émergeant en cascade des ténèbres l'ouest pour se précipiter vers l'est tout aussi obscur. Et l'on n'entendait rien d'autre que la voix lugubre du vent.

Harry se cramponna au scooter et réussit à se relever. Son cœur battait si fort qu'il semblait sur le point de lui rompre les côtes. Il chercha à avaler un peu de salive pour humidifier sa gorge desséchée. La peur avait eu sur lui le même effet qu'un coup de sirocco. Il reprit son souffle, essuya ses lunettes et regarda autour de lui.

Pete Johnson aidait Claude Jobert à se remettre sur pieds. Le Français avait les jambes en coton, mais il n'était pas blessé. Pete se tenait bien droit sur ses pieds : peut-être était-il aussi indestructible qu'il en avait l'air.

Les deux scooters étaient debout, intacts. Leurs phares tentaient de crever la nuit polaire, mais ils ne révélaient rien par-delà la muraille de neige.

Harry se sentait tout excité comme un gamin dopé par le danger et, surtout, le bonheur d'y avoir survécu.

Puis il pensa à Rita et son sang se glaça dans ses veines plus vivement que s'il s'était retrouvé nu au contact des impitoyables vents polaires.

Le campement temporaire avait été établi à l'abri d'une grande crête de pression. C'était l'endroit idéal... en temps ordinaire. Mais avec toutes les secousses qui venaient de se produire, la crête risquait de s'être écroulée...

Le petit garçon disparut à nouveau dans le passé, et il rejoignit au rayon des souvenirs les champs de l'Indiana, les vieux exemplaires du *National Geographic* et les nuits d'été passées à contempler le ciel étoilé.

Remue-toi, se dit-il en proie à une terreur bien plus grande que celle qu'il venait d'éprouver. Rassemble tes affaires, remue-toi et rejoins-la.

« Tout va bien ? cria-t-il aux autres.

– Un petit peu secoué, c'est tout », dit Claude. C'était un homme qui non seulement refusait de céder à l'adversité, mais se sentait piqué au vif quand celle-ci survenait. Avec un sourire plus éclatant que jamais, il lança : « Quelle balade ! »

Pete jeta un coup d'œil en direction de Harry. « Et toi ?

– Ça va.

– Tu saignes. »

Harry toucha sa lèvre supérieure et de petites paillettes de sang figé, pareilles à des rubis, se collèrent aux doigts de ses gants.

« Le nez. C'est déjà fini.

– Dommage, j'avais un excellent remède contre les saignements de nez.

– Ah oui ? C'est quoi ?

– Un sac de glace sur la nuque.

– On devrait t'abandonner sur place !

– Allez, on emballe et on s'en va.

– Ils ont peut-être de gros problèmes au campement », dit Harry. A l'idée de perdre Rita, il sentit son estomac se retourner.

« C'est ce que je me disais. »

Le vent soufflait en rafales et la neige tombait dru. Le blizzard faisait preuve d'une violence inhabituelle. Conscients du danger, ils se hâtèrent de finir de ranger leurs affaires.

Pete appela Harry alors que celui-ci mettait en place le dernier carton d'instruments dans la remorque du deuxième scooter. Il essuya ses lunettes et s'approcha de l'autre véhicule.

Malgré la pauvre lumière, Harry lut l'inquiétude dans les yeux de Pete.

« Qu'est-ce qu'il y a ?

– Pendant les secousses... est-ce que les scooters ont beaucoup bougé ?

– Plutôt, oui, ils caracolaient comme sur un trampoline.

– De haut en bas ?

– Pourquoi ?

– Ils n'ont pas tourné ?

– Quoi ?

– Ils auraient pu tourner sur eux-mêmes. »

Harry se pencha vers Pete. « Ecoute, j'étais accroché à l'un d'eux, je suis sûr qu'il n'a pas tourné. Quel est le problème ?

– Attends. Avant le tsunami, les scooters faisaient face à quelle direction ?

– A l'est.

– Tu es sûr ?

– Certain.

– Moi aussi, j'ai noté que c'était vers l'est.

– Oui, vers le campement provisoire. »

Le souffle des deux hommes forma une sorte de

nuée de vapeur qui se cristallisa aussitôt. Pete le chassa d'un revers de la main. Il se mordit la lèvre. « Je ne comprends plus...

– Quoi ?

– Eh bien... » Il tapota le cadran de plexiglas de la boussole du scooter, laquelle boussole était fixée au capot, juste devant le pare-brise.

Harry regarda la boussole. D'après l'aiguille, le scooter était orienté vers le sud – à quatre-vingt-dix degrés de la direction qui était sienne avant que la glace ne fût ébranlée par les secousses sismiques.

« Ce n'est pas tout, dit Johnson. Quand nous nous sommes garés, le vent frappait le scooter par-derrière, un peu sur la gauche peut-être.

– C'est vrai, je m'en souviens.

– Maintenant, il souffle sur le côté droit. Ça fait une sacrée différence, non ? Les vents de blizzard sont stables. Ils ne varient pas comme ça de quatre-vingt-dix degrés en quelques minutes. Ça n'arrive jamais, Harry.

– Alors... si le vent n'a pas tourné et que le scooter n'a pas bougé, cela veut dire que la glace... »

Il ne put achever sa phrase. Il ne voulait pas donner forme à sa terreur.

Ce fut Pete qui s'en chargea. « ... oui, que la glace sur laquelle nous nous trouvons a fait un quart de tour.

– Comment est-ce possible ?

– J'ai une idée sur la question.

– Oui, fit Harry en hochant tristement la tête, moi aussi.

– Il n'y a qu'une explication possible.

– Allons voir la boussole de mon scooter.

– On est dans la merde, Harry.

– Ça, je ne te le fais pas dire. »

Ils se hâtèrent de rejoindre l'autre véhicule. La neige fraîche crissait sous leurs bottes.

Pete tapota le plexiglas. « L'aiguille marque le sud. »

Harry essuya ses lunettes, mais ne dit rien. La situation était si terrible qu'elle en était inexprimable.

Pete observa le paysage inhospitalier qui les entourait. « Si ce fichu vent continue de souffler et que la température tombe encore... ce qu'elle va faire, c'est sûr... combien de temps va-t-on pouvoir tenir ?

– Avec les provisions qu'on a, pas plus d'une journée.

– Le secours le plus proche...

– Ce sont les remorqueurs de l'ONU.

– Ils sont à deux cents nautiques d'ici.

– Deux cent trente.

– Ils ne vont pas faire cap au nord avec un orage magnétique, il y a trop de glaces à éviter. »

Ils se turent. Les cris stridents du vent déchiraient le silence. Des rafales de neige fouettaient Harry au visage. Heureusement qu'une épaisse couche de vaseline lui protégeait la peau.

« Alors ? se décida enfin à dire Pete.

– On n'est sûrs que d'une chose, dit Harry en secouant la tête. On ne rentrera pas cet après-midi à la station Edgeway. »

Claude Jobert venait de les rejoindre. Il n'avait entendu que la dernière phrase de leur dialogue. Son nez et sa bouche étaient recouverts d'un masque, ses yeux protégés par des lunettes, mais la panique se lisait quand même sur son visage. Il posa une main sur le bras de Harry.

« Qu'est-ce qu'il y a ? »

Harry se tourna vers Pete.

« Le tsunami, dit Pete à Claude. Il a brisé le bord de la calotte. »

Le Français serra davantage le bras de Harry.

Il était évident que Pete ne voulait pas croire à ses propres paroles, mais il dit tout de même : « Nous dérivons sur un iceberg.

– C'est impossible, fit Claude.

– C'est dingue, oui, mais c'est malheureusement vrai, ajouta Harry. A chaque minute, nous nous éloignons un peu plus de la station Edgeway... et nous fonçons tout droit vers la tempête. »

Claude avait du mal à admettre la réalité. Il regarda ses deux compagnons, puis le paysage menaçant comme si quelqu'un allait en surgir pour leur apporter la contradiction.

« Vous n'en êtes pas sûrs.

– Si, dit Pete en hochant la tête.

– Mais... sous nos pieds, il y a...

– Oui.

– ... les bombes...

– Exactement, fit Harry, il y a les bombes. »

II

LE RADEAU

13:00
EXPLOSION DANS ONZE HEURES

Un des scooters était renversé sur le flanc. Le système de sécurité avait coupé le contact quand le véhicule s'était couché, de sorte que le feu n'avait pas pris. L'autre engin était plaqué contre une barrière de glace. Les quatre phares déchiraient les rideaux de neige, mais n'illuminaient rien.

George Lin avait disparu dans le précipice. Brian Dougherty était convaincu que l'on perdrait son temps en le recherchant, mais il se rendit tout de même au bord de la crevasse nouvellement formée. Il s'allongea sur le sol, bientôt rejoint par Roger Breskin. L'un à côté de l'autre, ils contemplaient le gouffre obscur.

Brian sentait ses intestins se tordre. Il tenta d'enfoncer dans une glace dure comme du béton les bouts métalliques de ses bottes. A la moindre secousse, au moindre tsunami, il serait lui aussi précipité dans l'abysse.

Roger braqua le faisceau de sa torche vers l'endroit où devait se trouver la paroi opposée de la crevasse. Excepté la neige qui ne cessait de tomber, la lumière jaune ne révélait rien. Elle ne rencontrait que le noir absolu.

« Ce n'est pas une crevasse, dit Brian, c'est un véritable canyon !

– Ce n'est pas cela non plus. »

Le faisceau balayait les ténèbres. Non, il n'y avait rien à voir – encore moins que ce que des astronautes peuvent contempler par le hublot de leur capsule.

Brian était surpris.

« Je ne comprends pas...

– Nous nous sommes séparés de la banquise. »

Roger avait prononcé ses mots avec un calme étonnant.

Brian mit plusieurs secondes avant de réaliser pleinement l'horreur de la situation. « Séparés... tu veux dire qu'on est à la dérive ?

– Oui, comme sur un radeau de glace. »

Le vent souffla si violemment pendant une demi-minute que Brian n'aurait pu se faire entendre même s'il avait crié de toutes ses forces. Les flocons de neige étaient aussi agressifs que des milliers d'abeilles, ils piquaient les parties exposées de son visage et il dut remonter son masque pour dissimuler sa bouche et son nez.

Quand la bourrasque connut enfin une accalmie, Brian se pencha vers Roger Breskin.

« Et les autres ?

– Ils sont peut-être aussi sur l'iceberg, mais espérons qu'ils sont restés sur la calotte.

– Seigneur... »

Roger éloigna le faisceau de sa torche de la crevasse noire dont ils avaient espéré entrevoir l'autre bord.

Pour voir la paroi de la falaise sur le haut de laquelle ils se tenaient, il leur aurait fallu se pencher de manière inconsidérée au-dessus du vide. Ni l'un ni l'autre n'était décidé à prendre de tels risques.

La lumière pâle se dirigea sur la gauche, puis sur la droite avant de toucher les flots noirs qui faisaient rage vingt-cinq ou trente mètres plus bas. Des dalles de glace déchiquetée semblables à des radeaux de fortune plongeaient entre les vagues ou remontaient sur leurs crêtes : caressées par le faisceau, elles resplendissaient brièvement comme des diamants posés sur du velours noir.

Hypnotisé par le chaos que révélait la torche, Brian dit d'une voix grave : « George est tombé dans la mer. Il a été emporté.

– Peut-être pas. »

Brian n'avait plus le moindre espoir. Il sentait la nausée lui monter à la gorge.

Roger rampa sur le sol en poussant sur ses coudes jusqu'à ce qu'il pût se pencher et voir la paroi de la falaise de glace.

Oublieux de sa nausée et de l'appréhension de voir un autre tsunami soulever l'iceberg et le précipiter à son tour dans ce qui était devenu la tombe de George Lin, Brian imita Roger.

Le faisceau de la lampe trouva l'endroit où l'île de glace rencontrait la mer. La falaise ne pénétrait pas nettement dans l'eau. A sa base, elle formait trois plates-formes grossières d'un peu plus de deux mètres de large, séparées les unes des autres par une distance de deux à trois mètres. Comme l'iceberg s'enfonçait à plus de deux cent cinquante mètres sous le niveau de la mer, les vagues ne pouvaient passer sous l'île de glace et s'abattaient sur les plates-formes en nuées de givre et d'écume.

Pris au piège de ce maelstrom, Lin aurait été mis en pièces. Il aurait connu une mort plus paisible en tombant directement dans ces eaux d'un froid inimaginable : la crise cardiaque l'aurait surpris avant même que les vagues n'eussent la possibilité de le fracasser sur les arêtes de glace.

Le faisceau remonta lentement pour révéler une autre partie de la falaise. Au-dessus des trois corniches et sur une quinzaine de mètres, la pente faisait un angle de soixante degrés – même si ce n'était pas trop abrupt, seul un alpiniste expérimenté et bien équipé aurait pu l'escalader. A sept mètres des deux hommes, une autre plate-forme, très peu large celle-ci, faisait saillie. Ils en étaient séparés par une paroi de glace strictement verticale.

Après s'être arrêté pour gratter la neige dure qui recouvrait ses lunettes, Roger Breskin braqua sa lampe sur la corniche la plus proche.

A trois mètres sur leur droite et à sept mètres en contrebas, George Lin gisait là où il était tombé. Il était couché sur le flanc gauche, le visage tourné vers la mer. Son bras gauche était coincé sous lui et son bras droit rabattu sur sa poitrine. Il avait pris la position du fœtus et remonté les genoux autant que le lui permettaient ses épais vêtements.

Roger mit sa main en porte-voix et cria : « George ! Tu m'entends ? George ! »

Immobile, Lin ne répondait pas.

« Tu crois qu'il est vivant ? demanda Brian.

– Il y a des chances. Il n'est pas tombé de très haut. Ses vêtements ont dû amortir le choc. »

A son tour, Brian appela Lin en mettant comme son camarade ses mains en porte-voix.

La seule réponse, c'était le vent qui ne cessait de souffler, et il eût été facile de croire que son hurlement était empli de malveillance, qu'ils avaient affaire à un être vivant les défiant de rester plus longtemps au bord du précipice.

« Il faut descendre le chercher », dit Roger.

Brian observa le mur de glace de sept mètres de haut. « Comment ?

– On a des cordes et des outils.

– Ce n'est pas du matériel d'alpinisme.

– On va improviser.

– Improviser ? répéta Brian. Tu as déjà pratiqué l'escalade ?

– Non.

– C'est complètement dingue.

– On va trouver une solution. »

Brian était silencieux.

« Voyons ce qu'on a comme outils, dit Roger.

– On risque notre peau en essayant de le sauver.

– On ne peut quand même pas le laisser. »

Brian regarda son camarade allongé sur la glace.

Une arène espagnole, le veldt africain, le Colorado, un village batak, Bimini et ses eaux infestées de requins... dans les endroits les plus invraisemblables et les situations les plus délicates, il avait affronté la mort sans trop de crainte. Il se demandait pourquoi il hésitait à présent. En fait, les risques qu'il avait pris étaient la plupart du temps inutiles. Chaque fois, ce n'était qu'un jeu. Et là, s'offrait enfin à lui une bonne raison de risquer son existence : une vie humaine se trouvait en danger. Où était donc le problème ? Il ne voulait donc plus être un héros ? Était-ce parce qu'il y en avait déjà tant dans la famille Dougherty, de ces politiciens avides de puissance que les livres d'histoire transforment en héros...

« Mettons-nous au boulot, dit finalement Brian. George va crever de froid si on le laisse là plus longtemps. »

13:05

Harry Carpenter se pencha au-dessus du guidon et regarda le paysage blanc à travers le plexiglas du pare-brise. D'épais flocons de neige, mais aussi de minuscules glaçons voletaient devant les phares. L'essuie-glace émettait un bruit monotone ; couvert de givre, il fonctionnait pourtant de manière assez satisfaisante. La visibilité était réduite à dix ou douze mètres.

Le moteur répondait bien et pouvait être stoppé en quelques secondes, mais Harry passa en marche arrière. Il craignait de tomber de la falaise, n'ayant aucun moyen de savoir où s'arrêtait l'iceberg.

Les véhicules des membres de l'expédition Edgeway étaient des scooters pourvus d'un grand nombre de roues motrices, disposées sur trois essieux, et d'un moteur à combustion rotatif. Chaque engin pouvait transporter deux adultes assis l'un derrière l'autre sur un siège rembourré de quatre-vingt-dix centimètres de long.

Les machines avaient été tout particulièrement adaptées à l'hiver polaire et à des conditions autrement plus rudes que celles habituellement rencontrées par les amateurs de scooter des neiges. En plus du double starter et des batteries supportant de très basses températures, la principale modification apportée à chaque scooter était l'adjonction d'une cabine qui allait du capot à l'arrière de la banquette. Des plaques de plexiglas étaient montées sur une structure en aluminium riveté. Un petit chauffage avait été adapté au moteur et deux ventilateurs poussaient l'air chaud vers le conducteur et son passager.

Le chauffage était peut-être un luxe ; en revanche, la cabine close n'en était absolument pas un. Sans elle, l'action prolongée du vent aurait littéralement frigorifié les utilisateurs, qui n'auraient pas survécu à un trajet supérieur à sept ou huit kilomètres.

Certains scooters avaient subi d'autres modifications. C'était justement le cas de celui de Harry, car il devait transporter la foreuse. La plupart des outils étaient entreposés dans le petit coffre disposé sous le siège du passager ou encore dans la petite remorque découverte. En revanche, la foreuse était trop grosse pour être rangée dans le coffre et d'un intérêt trop évident pour être exposée aux chocs subis par la remorque. La partie arrière du siège avait été dotée d'arceaux de sécurité et la foreuse était fermement arrimée derrière Harry, occupant tout l'endroit normalement réservé au passager.

Les scooters étaient parfaitement adaptés aux glaces du Groenland. A la vitesse de cinquante kilomètres à l'heure, ils pouvaient s'arrêter en moins de trente mètres. Chaque scooter pesait dans les trois cents kilos, ce qui ne lui interdisait pas, en théorie, des pointes à quatre-vingts kilomètres à l'heure.

Une telle vitesse était pour l'instant inimaginable. Harry roulait très lentement. Si le bord de l'iceberg surgissait brusquement de la bourrasque, il pourrait freiner et immobiliser son véhicule en une dizaine de mètres. Il lui serait impossible de s'arrêter s'il avait roulé trop vite. En freinant à la dernière seconde, il aurait dérapé sur le sol et plongé dans la mer. Hanté par une telle perspective, Harry ne dépassait pas les huit kilomètres à l'heure.

Une extrême prudence était nécessaire, mais il fallait tout de même se hâter. Chaque minute perdue augmentait leurs chances de s'égarer, voire de se perdre à tout jamais.

Ils s'étaient dirigés plein sud après le soixantième puits et avaient fait de leur mieux pour conserver ce cap : ils partaient du principe que ce qui se trouvait à l'est avant le tsunami était maintenant au sud. Au cours des quinze ou vingt minutes qui avaient suivi le raz de marée, l'iceberg avait dû tourner sur lui-même, mais il s'était ensuite stabilisé ; logiquement, il filait en ligne droite à présent.

Si leur hypothèse de base était erronée et que l'iceberg continuât de tourner sur lui-même, le campement temporaire ne se situait pas davantage au sud ; ils passeraient bien au large des igloos et ne tomberaient dessus que par le plus grand des hasards.

Harry aurait aimé retrouver son chemin en faisant appel à des références visuelles, mais la nuit et la tempête effaçaient tout repère. Au pôle, un paysage ressemblait à un autre : même en plein jour, sans boussole, on pouvait facilement se perdre.

Il jeta un coup d'œil au rétroviseur latéral. Les phares du second scooter – celui de Pete et de Claude – brillaient dans le froid et la nuit.

Harry s'empressa de scruter à nouveau le paysage. A chaque instant, il redoutait de voir un gouffre béant s'ouvrir devant lui.

Il espérait aussi entrevoir les lumières du campement temporaire. Rita et Franz devaient se douter que le camp était impossible à trouver sans la présence de feux de signalisation. Ils allumeraient les phares des scooters et les braqueraient sur la grande dalle de glace : réfléchis, intensifiés, les faisceaux de lumière constitueraient la meilleure des balises.

Mais Harry était incapable de voir la moindre lumière devant lui. Ces ténèbres l'inquiétaient au point qu'il en venait à imaginer que le camp avait disparu, enseveli sous des tonnes de glace.

Il était habituellement de nature assez optimiste, mais il lui arrivait de céder à la peur morbide de perdre sa femme. Au plus profond de lui-même, il était persuadé de ne pas vraiment la mériter. Elle avait apporté à son existence plus de joie qu'il n'en avait jamais espéré. Elle lui était précieuse ; or le destin avait des façons bien à lui d'arracher aux hommes ce à quoi ils tenaient le plus.

De toutes les aventures qui avaient coloré la vie de Harry depuis qu'il avait quitté la ferme de l'Indiana, sa relation avec Rita était, de loin, la plus exaltante et la plus gratifiante. Rita était plus exotique, plus mystérieuse et plus surprenante que toutes les merveilles du monde réunies.

Il se dit alors que l'absence de signalisation était plutôt positive. Il y avait des chances pour que les igloos fussent toujours sur la banquise et non pas sur l'iceberg. Dans le cas où le campement provisoire se trouverait encore sur la calotte, Rita regagnerait dans quelques heures la sécurité de la station Edgeway.

Il se pouvait aussi que la crête de glace se fût écroulée et eût tout enseveli...

Penché sur le guidon, il fouillait l'horizon : rien.

S'il trouvait Rita vivante, même si elle était comme lui prisonnière de l'iceberg, il louerait Dieu jusqu'à la fin de ses jours – en supposant qu'il eût encore plusieurs jours à vivre ! Comment pourraient-ils quitter ce radeau de glace ? Comment survivraient-ils à la nuit ? Une fin rapide serait encore préférable à une mort lente par le froid.

A dix mètres de lui, une ligne noire se dessinait dans le paysage fouetté par la neige : une fissure dans la glace, à peine visible.

Il freina à mort. Le véhicule dérapa et pencha dangereusement sur le côté. Les roues tournaient dans le vide et les skis n'adhéraient plus au sol. Il tourna brusquement le guidon jusqu'à ce qu'il sente les patins adhérer à nouveau au sol.

Mais il dérapait toujours, il glissait sur la glace comme un palet de hockey, il n'était plus qu'à sept mètres du gouffre...

Les dimensions de la crevasse lui apparaissaient pleinement. Il voyait la glace de l'autre côté. C'était bien une faille et pas le périmètre de l'iceberg, au-delà duquel il n'y avait que la nuit et la mer glaciale. Non, ce n'était qu'une crevasse.

... Il glissait toujours...

Aux alentours du campement, la glace était lisse, intacte. Apparemment, l'activité sous-marine avait ouvert cette brèche.

... Cinq mètres...

Les skis raclèrent le sol. Quelque chose tapa contre le carénage. La couche de neige était assez mince, elle fusait en gerbes de vapeur de part et d'autre des skis.

... Trois mètres...

Le scooter s'arrêta doucement en se balançant sur ses suspensions. Il était si près de la crevasse que Harry ne parvenait pas à voir le rebord de la glace devant le nez de son véhicule. Les pointes des skis devaient se balancer au-dessus du vide. Quelques dizaines de centimètres de plus et le véhicule déséquilibré basculait irrémédiablement.

Il fit marche arrière et recula d'un mètre afin de voir le précipice.

Il se demanda s'il n'était pas complètement cinglé pour avoir envie de travailler dans un pays pareil.

Frissonnant, de peur plus que de froid, il souleva les lunettes posées sur son front, les ajusta sur ses yeux et sortit de la cabine. Le vent avait la force colossale d'un marteau-pilon, mais il s'en moquait bien. S'il frissonnait, c'est qu'il était vivant, et cela seul comptait.

Les phares révélaient que la crevasse mesurait environ un mètre vingt au centre, mais qu'elle diminuait considérablement en largeur à ses deux extrémités. Elle ne mesurait pas plus de cinq mètres de long. Certes, elle n'était pas très large, mais elle était tout de même assez grande pour l'engloutir. Harry en évalua la profondeur à plusieurs dizaines de mètres.

Il frissonna une fois encore et tourna le dos à la crevasse. Sous ses nombreuses couches de vêtements, il sentait une sueur froide lui couler le long du dos.

Le deuxième scooter s'était arrêté à quelques mètres de là. Son moteur tournait encore et ses phares crevaient le paysage. Pete Johnson sortit de la cabine.

Harry lui adressa un signe de la main et se dirigea vers lui.

La glace trembla.

Surpris, Harry s'arrêta.

La glace frémissait.

Un instant, il crut qu'un autre tsunami passait sous l'iceberg. Mais non, ils dérivaient à présent, et un tsunami ne les aurait pas affectés de la même façon que lorsqu'ils se trouvaient encore sur l'inlandsis. L'iceberg ne pouvait que danser comme un bateau par gros temps et sortir indemne de cette turbulence, il ne risquait pas de craquer et de se briser à nouveau.

La perturbation était exclusivement locale – en fait, elle se situait exactement sous ses pieds. Mais, soudain, la glace s'ouvrit derrière lui, elle fut parcourue d'une sorte de zigzag de trois centimètres de large, une faille qui prenait de l'ampleur, jusqu'à devenir large comme sa main, plus large encore...

Il se retourna et se jeta en avant pour sauter par-dessus la faille qui s'ouvrait, conscient qu'elle continuait à s'élargir alors même qu'il l'enjambait. Il tomba de l'autre côté et roula le plus loin possible de la brèche sinistre.

Derrière lui, la paroi de la crevasse laissa échapper d'épaisses dalles qui tombèrent dans l'abîme en produisant des roulements sourds. La plaine tremblait.

Harry se mit à genoux sans savoir s'il était hors de danger. Le bord de la crevasse continuait de se désintégrer, la faille s'élargissait toujours et il se releva très vite pour s'en éloigner au maximum.

Haletant, il regarda par-dessus son épaule et vit son scooter dont le moteur rotatif vrombissait encore disparaître dans le gouffre. L'engin s'écrasa sur le mur opposé et fut un instant immobilisé par un bloc de glace de la taille d'un camion. Le carburant contenu dans les deux réservoirs explosa. Des flammes s'élevèrent très haut dans le ciel et disparurent tout aussi rapidement quand la carcasse en feu sombra dans les profondeurs. Autour de lui, sous lui, des fantômes rouges et orangés frémirent brièvement dans la blancheur laiteuse de la glace. Puis le feu s'éteignit et les ténèbres envahirent une fois encore la crevasse.

13:07

Cryophobie : la peur de la glace.

Les circonstances étaient telles que Rita Carpenter avait encore plus de mal que d'habitude à combattre cette terreur persistante et paralysante.

Certaines portions de la crête s'étaient partiellement effondrées tandis que d'autres avaient été radicalement redessinées par le tsunami. Les remparts blancs étaient désormais crevés d'une sorte de caverne d'une douzaine de mètres de profondeur et de dix mètres de large. Le plafond s'élevait à près de sept mètres par endroits, mais ailleurs à trois tout au plus : une moitié du sol de la grotte était lisse, en pente douce, alors que l'autre était jonchée d'innombrables blocs de glace qui se chevauchaient. Cette mosaïque blanche sur fond blanc dégageait une beauté morbide qui rappelait à Rita les décors fantastiques d'un vieux film muet, *Le Cabinet du docteur Caligari.*

Elle hésita avant d'entrer dans ce havre froid, d'en franchir le seuil en compagnie de Franz Fischer. Elle était bloquée par une crainte irrationnelle : en pénétrant dans cette grotte, elle ferait aussi un voyage dans le temps, elle revivrait l'hiver de ses six ans, le rugissement de la tombe blanche...

Elle serra les dents, prit son souffle et entra. Derrière elle, la tempête faisait rage et elle trouva un calme relatif entre ces parois blanches. Elle échappait aussi à la morsure du vent et de la neige.

Rita braqua sa torche pour observer la voûte et les murs : elle cherchait le moindre signe annonciateur d'un éboulement imminent. La caverne paraissait assez stable pour le moment. Mais il ne faudrait pas qu'un autre tsunami vienne soulever à nouveau les glaces.

« C'est risqué », fit-elle, incapable d'empêcher sa voix de se briser.

Franz acquiesça. « Oui, mais on n'a pas le choix. »

Les igloos gonflables étaient irrécupérables. Même s'ils étaient chaudement couverts, les deux scientifiques risquaient l'hypothermie en restant trop longtemps dehors, avec ce vent qui ne cessait de souffler en rafales. Le besoin de s'abriter l'emportait aisément sur les dangers que pouvait présenter la grotte.

Ils ressortirent pour prendre l'émetteur-récepteur à ondes courtes, lequel paraissait avoir survécu à la destruction du camp, et l'installèrent contre le mur du fond. Franz brancha des fils sur la batterie de secours du scooter encore intact. Ils mirent la radio en marche. Rita tourna un bouton et la bande de sélection s'alluma en vert. Les craquements de l'électricité statique et d'étranges sifflements se répercutaient entre les parois de glace.

« Elle marche », dit Rita, soulagée.

Franz serra sa capuche au niveau du cou et dit :

« Bon, je vais voir ce que je peux encore récupérer. » Il lui laissa la torche et sortit affronter la bourrasque, épaules relevées et tête baissée.

Il venait tout juste de sortir quand Gunvald appela de la station Edgeway.

Rita s'accroupit devant la radio et accusa réception.

« Quel soulagement d'entendre ta voix, dit Gunvald. Tout le monde va bien ?

– Le campement a été détruit, mais Franz et moi, ça va. Nous nous sommes abrités dans une grotte de glace.

– Harry et les autres ?

– On ne sait pas ce qui leur est arrivé, dit-elle, la poitrine serrée par l'angoisse. Ils devraient avoir terminé les puits. S'ils ne sont pas là d'ici un quart d'heure, on va partir à leur recherche. » Elle hésita un instant, puis s'éclaircit la voix. « Le problème, c'est que... nous sommes à la dérive. »

Pendant un instant, Gunvald fut trop étonné pour pouvoir répondre. « Tu en es certaine ? dit-il enfin.

– La direction du vent a changé, c'est ça qui nous a alertés. Il y a aussi les boussoles.

– Attends un peu, dit Gunvald dont le stress était perceptible. Il faut que je réfléchisse. »

Malgré la tempête et les fortes perturbations magnétiques qui accompagnaient le gros temps sous ces latitudes, la voix de Larsson était claire et distincte. Il faut dire qu'il n'était qu'à six ou sept kilomètres du campement. L'orage allait prendre de l'amplitude et l'iceberg dériver vers le sud : les difficultés de communication poseraient alors de nouveaux problèmes. Tous deux savaient qu'ils perdraient bientôt contact, mais ni l'un ni l'autre n'y fit allusion.

« C'est quoi, les dimensions de ton iceberg ? dit Larsson. Tu en as une idée ?

– Pas la moindre. Nous n'avons pas eu la possibilité de partir en reconnaissance. Pour l'instant, nous voyons ce qui peut être récupéré.

– Si l'iceberg n'est pas très grand... » La voix de Gunvald fut couverte par l'électricité statique.

« Je ne te reçois pas. »

Nouveaux crachotements de l'électricité statique.

« Gunvald, tu m'entends ? »

Sa voix revint enfin. « ... si l'iceberg n'est pas très grand... Harry et les autres ne dérivent peut-être pas avec vous. »

Rita ferma les yeux. « J'espère que c'est vrai.

– Quoi qu'il en soit, la situation est loin d'être désespérée. La météo permet encore d'envoyer un message par satellite à la base aérienne américaine de Thulé. Dès qu'ils seront alertés, ils préviendront les remorqueurs de l'ONU qui naviguent plus au sud.

– Et alors ? Il n'y a pas un capitaine sensé qui amènerait son bâtiment dans un temps pareil. Il risquerait de couler corps et biens avant d'arriver à quoi que ce soit.

– La base de Thulé dispose de la meilleure flottille de secours, leurs hélicoptères sont capables de manœuvrer dans n'importe quelles conditions.

– On n'a pas encore inventé d'appareil qui puisse voler avec une tempête pareille et encore moins se poser sur un iceberg balayé par les vents. »

La radio lança une série de crachotements statiques et de sifflements, mais rita savait bien que Gunvald était toujours là.

Elle leva les yeux et regarda les dalles qui se rejoignaient pour former la voûte de la grotte. De la neige et des particules de glace filtraient par certaines fissures.

Le Suédois finit par dire : « Bon, tu as raison pour l'hélicoptère, mais il ne faut pas abandonner tout espoir.

– Je suis d'accord.

– Ecoute, Rita... la tempête... elle peut durer trois ou quatre jours.

– Ou encore plus, admit-elle.

– Vous n'avez pas assez de vivres.

– On n'en a pas beaucoup, c'est vrai, mais ce n'est pas le plus important. On peut tenir plus de quatre jours sans nourriture. »

Tous deux savaient que la faim n'était pas le problème numéro un. Le froid implacable était leur ennemi mortel.

Gunvald dit : « Réchauffez-vous chacun à votre tour dans les scooters. Vous avez suffisamment de carburant ?

– Assez pour rentrer à Edgeway – si c'est encore possible. Mais ce n'est quand même pas énorme. Il y a de quoi faire tourner les moteurs pendant quelques heures, pas plusieurs jours.

– Dans ce cas... »

Silence. Crachotements d'électricité statique.

La voix revint au bout de quelques secondes. « ... quand même appeler la base de Thulé. Il faut qu'ils soient au courant. Ils trouveront peut-être une solution qui nous a échappé.

– Edgeway n'a rien ?
– Tout va bien ici.
– Et toi ?
– Pas le moindre petit bobo.
– Tant mieux.
– Je m'en tirerai. Et toi aussi, Rita.
– Je vais essayer, dit-elle, ça, je te le promets. »

13:10

Brian Dougherty siphonna l'essence du scooter encore debout pour la verser dans une cuvette creusée au bord de la falaise de glace.

Roger Breskin frotta une allumette chimique et la jeta dans l'essence. Les flammes jaillirent et se tordirent dans le vent comme des étendards déchiquetés, puis elles s'éteignirent au bout de quelques secondes.

Agenouillé à côté du feu, Brian examina le rebord du précipice. La glace rugueuse était maintenant parfaitement lisse, une corde pouvait glisser dessus sans le moindre risque.

« Ça ira comme ça ? » demanda Roger.

Brian hocha la tête.

Roger se baissa pour ramasser l'extrémité d'une corde de douze mètres de long dont il avait attaché l'autre bout au scooter avant de l'enrouler autour d'un pieu semblable à celui qui maintenait l'émetteur en place. Il passa la corde autour de la taille et des bras de Brian pour lui confectionner une sorte de harnais. Après avoir fait trois nœuds au milieu de la poitrine du jeune homme, il dit : « Ça va tenir. C'est du nylon, ça résiste à une traction de cinq cents kilos. N'oublie pas de tenir la corde au-dessus de ta tête pour enlever un peu de pression de tes épaules. »

Trop angoissé pour parler, Brian se contenta de faire signe qu'il était d'accord.

Roger s'en retourna auprès du scooter qu'il avait détaché de sa remorque. Il monta dans la cabine et referma la porte. Après avoir vérifié les freins, il fit ronfler le moteur.

Tremblant, Brian s'allongea sur le ventre, à même la glace. Il prit une profonde inspiration et, après un bref instant d'hésitation, se laissa glisser, les pieds en premier, au bord de la falaise. Il nc tomba pas de beaucoup, mais il sentit tout de même son estomac lui remonter dans la gorge tandis que son corps tout entier était parcouru d'une décharge électrique de terreur.

Le haut de son crâne n'était qu'à quelques centimètres du rebord de l'iceberg. La corde n'était pas assez longue pour qu'il pût l'attraper et ses épaules supportaient tout le poids de son corps. Une douleur très vive se réveilla dans ses articulations et dans sa nuque. Elle ne tarderait pas à être insupportable.

« Grouille-toi, Roger, grommela-t-il, grouille-toi. »

Brian faisait face au mur de glace dans lequel il venait taper quand les rafales de vent le projetaient contre la paroi.

Il osa tourner la tête pour regarder en bas. Il pensait ne voir qu'une masse informe et obscure. Ses yeux n'étant plus éblouis par les phares du scooter, ils s'habituèrent rapidement à la vague phosphorescence de la glace, qui lui permettait de distinguer les corniches aux blocs inégaux. Une bonne vingtaine de mètres plus bas, pareilles à une armée de spectres, les crêtes blanches des vagues jaillissaient en rangs serrés hors de la nuit avant de se précipiter sur l'iceberg.

Roger Breskin diminua tellement le régime du moteur qu'il faillit caler.

Une dernière fois, il repassa dans sa tête toutes les données du problème. Dougherty mesurait un mètre quatre-vingts et la plate-forme se trouvait à sept mètres : il lui fallait donc faire descendre Dougherty de sept mètres pour lui permettre de poser le pied sur la corniche *et* lui accorder un mètre quatre-vingts de corde destiné à assurer sa mobilité. Ils avaient accroché un morceau de chiffon rouge au bout de sept mètres de corde : Dougherty serait en place quand le chiffon disparaîtrait au bord du gouffre. La corde devait descendre le plus lentement possible pour que la tête du jeune homme ne vienne pas frapper la paroi.

Le scooter ne se trouvait qu'à treize mètres du précipice. Si l'engin glissait trop vite, Roger ne pourrait pas sauter à temps pour se sauver. Quant à Lin et à Dougherty, c'en serait fait d'eux. Il craignait qu'une vitesse plus réduite ne fût encore trop élevée, et il hésitait maintenant que tout était prêt.

Une violente rafale poussa Brian vers la gauche et sa corde faisait maintenant un certain angle avec la verticale. Quand le vent retomba pour ne plus souffler qu'à cinquante à l'heure, il repartit dans l'autre sens, se balança deux ou trois fois et reprit sa position initiale.

Il regarda avec angoisse l'endroit où la corde rencontrait l'angle du précipice. Même s'il avait soigneusement aplani la glace en faisant brûler de l'essence, la moindre friction pouvait déchiqueter les fibres de nylon.

Il ferma les yeux en attendant qu'on le descende. Il avait la bouche sèche comme celle d'un voyageur dans le désert et son cœur semblait vouloir lui briser les côtes.

Roger avait une grande expérience du maniement du scooter : il était donc logique que Brian fût choisi pour aller récupérer George Lin. Mais pourquoi Roger tardait-il tant ?

L'impatience de Brian disparut instantanément quand il tomba comme une pierre. Il atterrit sur la corniche avec tant de force que la douleur remonta dans ses jambes jusqu'à sa colonne vertébrale. Ses genoux plièrent comme des morceaux de carton. Son visage vint heurter la paroi, puis il rebondit, survola un instant le gouffre sombre et se reposa sur la plate-forme.

Il était trop terrorisé pour avoir la force de hurler.

Le scooter fit une embardée. Sa vitesse était trop élevée.

Roger freina à mort. Le chiffon rouge avait disparu et le véhicule avançait toujours. Débarrassée de sa neige et polie par le vent, la glace n'offrait pas de résistance. Comme un palet lancé par un joueur de hockey, le scooter parcourut encore trois mètres sur la glace. Ses phares crevaient inutilement l'obscurité. Il s'arrêta brusquement à moins de trois mètres du bord.

Le harnais s'était refermé sur la poitrine et les aisselles de Brian. La douleur occasionnée était supportable en comparaison de celle qui lui paralysait les jambes et le dos.

Il était étonné d'être encore conscient... et bien en vie.

Il prit la lampe torche coincée dans sa ceinture. Une lame de lumière trancha dans la nuit pour en faire jaillir des nuées de flocons.

Il essaya de ne pas penser à la mer glaciale qui rugissait sous lui et leva les yeux vers la corniche qu'il avait manquée. Elle se trouvait à un mètre vingt de sa tête. A un mètre de lui, sur sa gauche, la main inerte de George Lin dépassait de la plate-forme de glace.

A nouveau Brian se balançait et la corde frottait contre des blocs de glace qui n'avaient pas été érodés par le feu. A chacun de ses passages, des aiguilles se détachaient qui tombaient en pluie à côté de lui.

Le rayon d'une lampe perça la nuit.

Brian leva les yeux et vit Roger Breskin penché au bord de la falaise. Roger mit sa main libre devant sa bouche et cria quelque chose, mais le vent couvrit complètement ses paroles.

Brian agita faiblement le bras.

Roger cria plus fort. « Ça va ? » Sa voix semblait déformée par un interminable tunnel.

Brian fit de son mieux pour hocher la tête. Oui, cela allait. Comment aurait-il pu communiquer la terreur qui l'habitait, la douleur qui lui électrisait tout le bas du corps ?

Breskin cria encore, mais seuls quelques mots

parvinrent à Brian : « ... scooter... arrière... te remonter... »

Brian fit signe qu'il avait compris.

« ... doucement... recommencer... glace coupante... »

Roger disparut pour s'en retourner auprès de son scooter.

Brian n'éteignit pas sa torche et la fixa à sa ceinture. Le faisceau éclairait son pied droit. Il agrippa la corde tendue au-dessus de sa tête afin de diminuer la traction qui lui arrachait les bras.

Le scooter recula et Brian remonta, sans se balancer cette fois-ci.

Un rétablissement lui permit de se mettre en position sur la plate-forme étroite. Il lâcha la corde et se releva.

Ses chevilles lui faisaient mal, ses genoux aussi, et la douleur lui brûlait les cuisses, mais il tenait debout.

Il prit dans la poche de sa veste un gros piton de près de quinze centimètres de long, terminé par une boucle de trois centimètres de diamètre. Il détacha le marteau fixé à sa ceinture et entreprit d'enfoncer le piton dans une crevasse de glace.

A nouveau, la torche de Roger dansait au-dessus de lui.

Quand le piton fut bien en place, Brian prit la corde de nylon de près de trois mètres de long qu'il avait emportée avec lui. Avant de descendre, il en avait fixé une extrémité à un mousqueton, et il passait à présent ce mousqueton dans l'anneau du piton. Il passa la corde autour de sa taille, c'était sa sécurité au cas où il déraperait. Il pouvait maintenant s'occuper de George Lin. Il défit les nœuds qui maintenaient le harnais en place, puis il enroula la corde et la plaça autour de son cou.

Pour éviter les coups de boutoir du vent, il se mit à quatre pattes et avança ainsi vers Lin. La torche de Roger Breskin lui éclairait le chemin. Il prit sa propre lampe et la braqua vers la paroi de la falaise afin d'éclairer son compagnon inconscient.

Inconscient... ou mort ?

Il lui fallait examiner le visage de Lin avant de pouvoir répondre à cette question. Le faire rouler sur le dos ne fut pas chose facile. Brian devait prendre garde de ne pas pousser le scientifique dans l'abîme.

Lin était revenu à lui maintenant qu'il se trouvait sur le dos. Son visage – les quelques centimètres carrés visibles tout au moins – était d'une pâleur inquiétante. Plaquée au masque protecteur, sa bouche prononça quelques mots inaudibles. Derrière les lunettes couvertes de givre, ses yeux étaient grands ouverts. Il avait le regard un peu perdu, mais ce n'était pas celui d'un homme en proie au délire ou à une grande douleur.

« Tu te sens comment ? » Brian dut crier pour surmonter les hurlements du vent.

Lin le regarda sans comprendre et essaya de s'asseoir.

Brian l'en empêcha. « Fais attention. Tu pourrais tomber. »

Lin tourna la tête et regarda le gouffre noir d'où la neige semblait surgir avec une vitesse accrue. Quand il reposa les yeux sur Brian, sa pâleur avait encore augmenté.

« Tu es blessé ? » lui demanda Brian. Lin était

chaudement vêtu et Dougherty était incapable de voir s'il avait des fractures.

« J'ai mal dans la poitrine, parvint à dire Lin.

– C'est le cœur ?

– Non. Quand je suis passé par-dessus bord... la glace remuait encore... la paroi était en pente douce. J'ai glissé... je me suis retrouvé ici. C'est tout, je ne me souviens pas d'autre chose.

– Tu as des côtes cassées ? »

Lin respira à fond et fit la grimace. « Non. Je ne crois pas. Fêlées, peut-être. Ça fait mal. Mais ce n'est pas cassé. »

Brian enleva la corde qu'il portait au cou. « Je vais te faire un harnais et te le passer sous les bras. Tu pourras le supporter ?

– J'ai le choix ?

– Pas vraiment.

– Alors je vais le supporter.

– Il faudra que tu te mettes en position assise. »

En gémissant, Lin s'assit, le dos tourné à la falaise et les jambes pendant dans le vide.

Brian se hâta de lui ceindre la poitrine et de faire un double nœud avant de se relever. Il aida le blessé à en faire autant. Tous deux pivotèrent lentement afin de tourner le dos à la mer et à ses vents assassins. Des flocons de neige ressemblant plus à de petits grêlons crépitaient contre la paroi de glace.

« Vous êtes prêts ? leur cria Roger, sept mètres au-dessus d'eux.

– Oui. Mais vas-y doucement ! »

Lin tapa dans ses mains. de la glace tomba par plaques de ses gants. Il plia les doigts.

« Je me sens tout engourdi... J'arrive à bouger les doigts... mais je ne les sens pas.

– Ça va aller.

– Je ne sens pas non plus... mes orteils... J'ai envie de dormir. Ce n'est pas bon signe... »

Il n'avait pas tort. Quand le corps a si froid que le sommeil est le seul moyen de préserver un peu de chaleur, c'est que la mort n'est pas loin.

« Dès que tu es en haut, monte dans le scooter lui dit Brian. Dans quinze minutes, tu auras aussi chaud qu'un toast qui sort du grille-pain.

– Tu m'as récupéré juste à temps. Pourquoi ?

– Pourquoi quoi ?

– Tu as risqué ta vie.

– Pas vraiment.

– Si.

– Tu n'aurais pas fait la même chose ? »

La corde se tendit et George Lin remonta doucement. Cependant, en haut du précipice, il se trouva coincé. Ses jambes pendaient dans le vide et il était trop faible pour opérer un rétablissement.

Heureusement que Roger Breskin avait pratiqué l'haltérophilie pendant des années. Il quitta le scooter et empoigna George Lin pour le déposer sur l'iceberg. Puis il détacha le harnais et lança la corde à Brian.

« ... m'occupe de toi dès que... George... à l'abri ! » cria-t-il. Le vent qui couvrait sa voix ne pouvait toutefois en effacer l'angoisse.

Moins d'une heure plus tôt, Brian n'aurait jamais cru que Roger – fort comme un Turc, avec ses biceps imposants, ses mains puissantes et son air crâne – pût avoir peur de quoi que ce soit. Sa frayeur était si évidente que Brian avait moins honte de la terreur qui lui nouait l'estomac. Si un homme aussi rude que Roger Breskin connaissait la peur, un représentant de la famille Dougherty pouvait bien s'offrir cette sensation au moins une fois dans sa vie.

Il confectionna une nouvelle fois un harnais. Puis il ouvrit le mousqueton, fit coulisser la corde et la fixa à sa ceinture. Il ramassa la torche posée au bord de la corniche et la fixa également à sa ceinture. S'il avait eu la force et les moyens de tailler la glace, il aurait également récupéré le piton. Le matériel était précieux, au même titre que les vivres et le carburant. Ils ne pouvaient se permettre de gâcher quoi que ce fût Le moindre objet, aussi insignifiant fût-il, pouvait se révéler essentiel à leur survie.

Leur survie. Oui, il pensait plus à celle de ses camarades qu'à la sienne propre, car il savait qu'il était le moins apte de tous à résister aux conditions polaires. Bien qu'ayant subi quatre semaines d'entraînement à l'Institut arctique de l'armée, il n'avait pas la même connaissance de la calotte glaciaire que les autres. De plus, il mesurait un mètre quatre-vingt-cinq et ne pesait même pas soixante-quinze kilos. Emily, sa sœur aînée, le traitait d'asperge depuis l'âge de seize ans. Il avait quand même les épaules larges et les bras musclés. C'était peut-être une asperge, mais pas un gringalet. Un gringalet n'aurait jamais fait tout ce qu'il avait fait dans les endroits les plus sauvages de la planète. Tant qu'il avait un igloo ou une chambre chauffée à la station Edgeway, où il pût revenir après une journée passée au grand froid, il s'en tirait fort bien. Mais là, c'était différent. C'en était peut-être fait des igloos ; même s'ils en trouvaient un, il n'y aurait peut-être pas assez d'essence dans les réservoirs des scooters ou d'électricité dans les batteries pour les tenir au chaud pendant plus de vingt-quatre heures. Il était certain de ne pas avoir la force de résister à de telles épreuves.

Lui-même se moquait bien de mourir, mais sa mère aurait tant de chagrin. Elle était la meilleure du clan des Dougherty, bien au-dessus des miasmes de la politique, et elle avait déjà trop pleuré. Quand on appartient à une famille marquée par le destin...

Le faisceau d'une torche se posa sur lui.

« Ça y est, tu es prêt ? lui cria Roger Breskin.

– C'est bon, quand tu veux. »

Roger regagna le scooter.

Brian avait à peine agrippé la corde que celle-ci remonta brusquement. Une douleur terrible lui arracha les épaules. Fouetté par le vent, à demi engourdi par la souffrance, incapable de penser au-dessus de l'étendue marine qui le guettait, il glissa le long de la falaise ainsi que Lin l'avait fait quelques minutes plus tôt. En arrivant au bord, il put se rétablir et se mettre debout sans l'aide de Roger.

Il se dirigea d'un pas incertain vers les phares du scooter. Ses chevilles et ses poignets lui faisaient mal, mais la douleur avait diminué peu à peu avec l'exercice. Il s'en tirait plutôt bien, en fait.

« Incroyable », dit-il. Il défit les nœuds qui avaient servi à la confection du harnais. « Incroyable...

– De quoi parles-tu ? demanda Roger quand il l'eut rejoint.

– Je ne pensais pas qu'on y arriverait.

– Tu n'avais pas confiance ?

– Ce n'est pas cela. Je pensais que la corde allait casser ou s'effilocher.

– Bah, tu mourras comme tout le monde, dit Roger sur un ton un peu mélodramatique, mais ce n'était ni le jour ni l'heure. »

Brian fut un peu surpris d'entendre Roger philosopher – aussi surpris que lorsqu'il l'avait senti en proie à la peur.

« Si tu n'es pas blessé, on ferait bien d'y aller. »

Brian se frictionna les épaules et dit : « Qu'est-ce qu'on fait ? »

Roger essuya ses lunettes. « On va remettre d'aplomb le deuxième scooter et voir s'il marche encore.

– Ensuite ?

– On va chercher le campement provisoire. Et rejoindre les autres.

– Et si le campement n'est pas sur l'iceberg ? »

Roger n'entendit pas la question. Il était déjà parti vers le scooter accidenté.

La cabine du dernier scooter ne pouvait accueillir que deux personnes et Harry choisit de se faire transporter dans la remorque. Claude voulait bien céder sa place et Pete Johnson insista pour abandonner la sienne, comme si c'était un plaisir que de monter dans la remorque alors que l'exposition au froid pouvait se révéler mortelle. Harry coupa court aux discussions et alla occuper lui-même la pire des positions.

La remorque abritait la plaque chauffante et le fût servant à faire fondre la neige destinée à remplir les trous des charges explosives. Ils descendirent le fût et le firent rouler ; le vent s'y engouffra et l'emporta dans la nuit. Ses tintements métalliques ne tardèrent pas à se mêler à la cacophonie de la tempête. La plaque chauffante était de petites dimensions ; elle pourrait servir ultérieurement et Claude réussit à la ranger à l'intérieur de la cabine.

Huit ou dix centimètres de neige s'étaient accumulés sur le plateau de la remorque. Harry ôta la neige à la main.

Le vent hurlait derrière eux comme des Apaches dans un mauvais western ; il passait sous la remorque et la faisait danser sur la glace.

« Je crois vraiment que tu devrais conduire », dit Pete pendant une brève accalmie.

Harry avait pratiquement fini de nettoyer le plateau. « J'ai fichu mon scooter dans le trou et maintenant tu me confierais le tien ? »

Pete secoua la tête. « Tu sais ce qui ne va pas chez toi ?

– Oui, j'ai froid et j'ai la trouille.

– Ce n'est pas ça.

– Bon, j'avoue, je ne me suis pas coupé les ongles des pieds depuis des semaines, mais je ne vois pas comment tu pourrais le savoir.

– Je parle de ce qui ne va pas dans ta tête.

– C'est vraiment le moment de faire de la psychanalyse. Seigneur, vous autres, Californiens, êtes vraiment obsédés par la thérapie. » Harry épousseta les derniers flocons de neige. « D'après toi, j'ai envie de coucher avec ma mère, c'est ça ?

– Harry...
– Peut-être que je veux assassiner mon père...
– Harry...
– Franchement, si c'est ce que tu crois, je me demande comment on peut continuer à être amis.
– Tu me fais un complexe du héros, dit Pete.
– Parce que j'insiste pour monter dans la remorque ?
– Oui. On devrait tirer à la courte paille.
– Ce n'est pas très démocratique.
– Non, mais ce serait plus juste.
– Attends... c'est *toi* qui exiges de monter à l'arrière du bus ? C'est ce qu'on imposait à tes frères de race en Alabama dans les années 60, souviens-toi ! »

Pete secoua la tête et essaya de recouvrer son sérieux, mais il ne pouvait s'empêcher de sourire. « Tu es vraiment cinglé.

– Et fier de l'être ! »

Harry tira sur les cordons de sa capuche et plongea la main pour récupérer le masque protecteur qu'il portait jusqu'ici autour du cou. Il le plaqua sur son nez et sa bouche ; le reste de son visage était dissimulé par les lunettes. Il ajusta sa capuche et refit le nœud des cordons. A travers le masque, il dit : « De toute façon, Pete, tu es trop grand pour monter dans la remorque.

– Tu n'as rien d'un nain, tu sais.
– Peut-être, mais je suis assez petit pour me recroqueviller et m'abriter du vent. Toi, tu serais obligé de t'asseoir. C'est le meilleur moyen pour mourir de froid.
– D'accord, puisque tu veux jouer les héros... Mais souviens-toi, on ne décernera pas de médaille à la fin de la campagne.

– Qui demande une médaille ? » Harry grimpa dans la remorque et s'assit au milieu du plateau. « C'est la sainteté que je recherche, je veux être canonisé. »

Johnson se pencha vers lui.

« Ah oui ? Et tu crois que tu vas aller au ciel avec une femme qui connaît plus d'histoires cochonnes que nous tous réunis ?

– Justement, j'ai toutes les chances.

– Et pourquoi ?

– Dieu a le sens de l'humour. »

Pete parcourut du regard l'iceberg balayé par la tempête. « Un drôle de sens de l'humour, oui... » Il revint près de la portière de la cabine, jeta un regard en arrière et, avec beaucoup d'affection, répéta : « Tu es vraiment cinglé. » Puis il prit le guidon en main et referma la porte.

Harry jeta un ultime coup d'œil au paysage que découvraient les phares du scooter.

Il ne pensait pas souvent en termes de métaphores, mais il y avait dans l'atmosphère de l'Arctique quelque chose qui rendait la métaphore obligatoire. L'hostilité de ce territoire était si difficile à comprendre qu'on ne pouvait éventuellement l'appréhender qu'en recourant à des images, à des comparaisons. On le rendait ainsi moins étranger, moins effrayant. La calotte glaciaire était un dragon couché aux dimensions prodigieuses. Les ténèbres lisses et profondes, sa gueule béante. Les hurlements du vent, ses rugissements furieux. Et la neige, qui tombait si dru à présent qu'on n'y voyait pas à plus de six mètres, sa salive ou encore l'écume qui bordait ses mâchoires. Si tel était son bon plaisir, le dragon pouvait les engloutir et on n'entendrait plus jamais parler d'eux.

Le scooter démarra.

Harry oublia le dragon et se coucha sur le côté. Il remonta les genoux vers la poitrine, baissa la tête et croisa les mains sous le menton. Il n'aurait pu mieux se protéger.

Dans la remorque, les conditions étaient encore plus intolérables que ce qu'il avait imaginé – et pourtant, il avait envisagé le pire. Le système de suspension était des plus primitifs et la moindre irrégularité du terrain se répercutait dans le plateau. Harry était transbahuté d'un côté à l'autre. Même ses vêtements épais ne pouvaient absorber les chocs ; bientôt, tout son flanc droit lui fit terriblement mal.

Le vent soufflait de toutes parts, des lames d'air glacé cherchaient impitoyablement à pénétrer le défaut de sa cuirasse.

Il comprit très vite qu'il n'avait pas intérêt à se lamenter sur sa condition, cela ne pouvait que l'empirer. Il s'efforça donc de penser à autre chose. Il ferma les yeux et son esprit dessina l'image de Rita. Pour ne pas l'imaginer telle qu'elle devait se trouver en ce moment – misérable, glacée jusqu'aux os, terrorisée, peut-être morte, il s'obligea à remonter dans le temps, jusqu'au jour de leur rencontre.

Cela se passait à Paris et c'était le deuxième vendredi du mois de mai. Il y avait près de neuf ans...

Il participait à un congrès qui, pendant quatre jours, réunissait les scientifiques ayant pris part aux travaux de la dernière Année géophysique des Nations Unies. Venus du monde entier, trois cents hommes et femmes relevant d'innombrables disciplines se retrouvaient à Paris pour des séminaires, des conférences et d'intenses discussions financés par les fonds spéciaux de l'ONU.

Le vendredi après-midi, à trois heures, Harry s'adressa à une poignée de géophysiciens et de météorologues intéressés par ses expéditions dans l'Arctique. Il leur parla pendant une demi-heure dans un petit salon de l'hôtel. Arrivé à la conclusion de son exposé, il leur proposa de lui poser les questions qu'ils souhaitaient.

Il fut alors très agréablement surpris par une jolie jeune femme, laquelle posa des questions plus intelligentes et plus pertinentes que la majeure partie des têtes chenues qui l'entouraient. Elle avait l'air à demi italienne et à demi irlandaise. Sa peau mate paraissait irradier de la chaleur. Une grande bouche, des lèvres pulpeuses : très italienne, en effet. Mais le caractère irlandais se retrouvait également dans sa bouche, car elle avait un sourire étrange, légèrement de travers, qui lui donnait un peu un air de lutin. Ses yeux étaient irlandais : verts, clairs – mais en forme d'amande. De longs cheveux auburn. Dans ce groupe aux vestes de tweed plutôt classiques, elle portait un jean en velours fauve et un pull bleu marine qui accentuaient encore sa sensualité. Ce fut toutefois son esprit – vif, perspicace, parfaitement informé – qui attira le plus Harry. Plus tard, il se rendit compte qu'il avait pratiquement délaissé tous les autres participants en lui consacrant tant de temps.

Quand la réunion s'acheva, il l'aborda avant qu'elle ne sorte du salon.

« Je voulais vous remercier ; vous avez donné

de la vie à cette conférence. Mais je ne connais même pas votre nom. »

Elle eut un drôle de sourire. « Rita Marzano.

– Marzano. Je me disais que vous deviez être à moitié italienne et à moitié irlandaise.

– A moitié anglaise, en fait. » Son sourire éclaira tout son visage. « Mon père était italien, mais j'ai grandi à Londres.

– Marzano... ce nom me dit quelque chose. Vous avez écrit un livre, c'est ça ? Il s'agit de...

– *Changer l'avenir.* »

Changer l'avenir était un ouvrage de vulgarisation scientifique : l'auteur y montrait comment notre avenir serait affecté par les récentes découvertes en matière de génétique, de biochimie et de physique. Il avait été publié aux États-Unis et avait même figuré sur la liste des best-sellers.

« Vous l'avez lu ? lui demanda-t-elle.

– Non, reconnut-il.

– Mon éditeur britannique en a expédié quatre cents exemplaires, ils sont en vente dans le grand salon. » Elle regarda sa montre. « Je dois me rendre à une séance d'autographes. Si vous voulez un exemplaire dédicacé, je ne vous demanderai pas de faire la queue. »

Cette nuit-là, il fut incapable de reposer le livre avant d'en avoir atteint la dernière page. Il était trois heures du matin. Harry était fasciné par la méthode – sa manière d'ordonner les faits, l'approche logique, quoique peu commune, des problèmes – parce qu'elle ressemblait étrangement à sa propre démarche intellectuelle. Il eut presque l'impression de lire un livre qu'il aurait lui-même écrit.

Il somnola pendant les conférences du samedi matin et passa presque tout son après-midi à chercher Rita. Il ne la trouva nulle part. Quand il ne la cherchait pas, il pensait à elle. Alors qu'il se préparait dans sa chambre en vue du dîner de gala, il se rendit compte qu'il n'avait strictement rien retenu des conférences auxquelles il avait assisté.

Pour la première fois de sa vie, Harry Carpenter se demanda quelle pouvait être la vie d'un homme qui partage son existence avec une femme. Près d'un mètre quatre-vingts, soixante-quinze kilos, un visage agréable, sinon beau, avec des yeux gris et des traits aristocratiques – bien des femmes auraient aimé « lui mettre le grappin dessus », comme on dit. Mais lui-même s'y refusait. En fait, il avait toujours rêvé d'une femme qui fût son égale, ni accrochée à lui ni dominée par lui, une femme avec qui il pût partager son travail et ses idées et dont l'avis pût lui être très utile. Et il se dit qu'il l'avait peut-être enfin trouvée...

Le problème, c'est qu'il ne savait pas quoi faire. A trente-trois ans, après huit années passées à l'université, il avait consacré trop de temps à la théorie académique et pas assez à la pratique amoureuse.

Le programme de la soirée comportait un documentaire sur un grand projet scientifique de l'ONU, un banquet et un bal avec orchestre. En temps normal, il n'aurait assisté qu'au film. Mais il y avait Rita Marzano.

Il la trouva à l'entrée de l'une des grandes salles de l'hôtel, celle-là même où devait être projeté le film. Elle avait l'air d'être seule et lui sourit quand elle le vit.

Avec une candeur qu'il ne pouvait maîtriser et un rougissement qu'elle ne remarquerait peut-être pas, il lui dit : « Je vous ai cherchée toute la journée.

– Je m'ennuyais un peu, alors je suis allée faire du shopping. Qu'est-ce que vous dites de ma nouvelle robe, elle vous plaît ? »

La robe ne pouvait ajouter à sa beauté, mais elle mettait en valeur tous ses charmes naturels. Verte avec des boutons beige, elle descendait jusqu'à terre. Les yeux de Rita étaient assortis à la robe et ses cheveux auburn n'en paraissaient que plus clairs. Son décolleté était assez inédit dans une austère conférence scientifique et le tissu soyeux faisait ressortir le galbe de ses seins. Sans grand effort, elle aurait pu l'hypnotiser et le mener par le bout du nez.

« Elle est bien, dit-il en détournant les yeux.

– Pourquoi me cherchiez-vous ?

– Pour votre livre, bien entendu. J'aimerais qu'on en parle si vous avez une minute.

– Une minute, c'est tout ?

– Ou une heure.

– Pourquoi pas une soirée.

Il rougit à nouveau. Il était redevenu le petit garçon timide de l'Indiana. « C'est que... »

Elle eut un signe de tête en direction de la salle de projection. « Si nous partons tout de suite, nous aurons toute la soirée pour bavarder.

– Le film ne vous intéresse pas ?

– Non. De toute façon, le dîner sera mauvais, le bal triste à pleurer et l'orchestre minable.

– On dîne ensemble alors ?

– Ce serait bien, oui.

– On prend d'abord un verre aux Deux Magots ?

– Super.

– Ensuite... Lapérouse ? »

Elle fronça les sourcils. « C'est très cher. Vous n'avez pas besoin de m'emmener dans un endroit aussi luxueux. J'aime autant la bière que le champagne, vous savez.

– C'est une occasion très spéciale. Peut-être pas pour vous, mais pour moi, oui. »

Le dîner fut remarquable. Chez Lapérouse, l'atmosphère de la salle du premier était des plus romantiques. De leur table, ils avaient une vue imprenable sur la ville. A leurs pieds, la Seine où se reflétaient les lumières ressemblait à la ceinture de soie noire d'un géant. Tout en dégustant une oie rôtie aux pruneaux particulièrement réussie, ils discutèrent librement comme de très vieux amis. Quand vint le dessert, Harry se rendit compte qu'il n'avait pas une seule fois évoqué le livre de Rita. Il avaient abordé les sujets les plus divers sans être jamais à court d'idées. Et quand il termina son cognac, il eut envie de prolonger l'enchantement.

Elle partageait son envie de ne pas mettre tout de suite un terme à la soirée. « Maintenant que l'on a dîné comme des Français, si l'on jouait un peu les touristes ?

– Qu'est-ce que vous avez en tête ? »

Au Crazy Horse Saloon, tous les sens étaient accaparés. La clientèle était composée d'Américains, d'Allemands, de Suédois, d'Italiens, de Grecs, d'Arabes, de Japonais, de Britanniques... Il y avait même quelques Français. Leurs conversations formaient un incroyable brouhaha, parfois ponctué d'éclats de rire. L'air sentait la fumée de cigarette et le parfum. La musique était si forte que les verres en tremblaient sur les tables. Les rares fois où Harry essaya de parler à Rita, il dut hurler bien qu'ils fussent tout près l'un de l'autre, assis de part et d'autre d'un minuscule guéridon.

Le spectacle lui fit oublier le bruit et la fumée. Les filles étaient superbes, avec leurs seins nus et leurs longues jambes. Les projections lumineuses leur servaient à la fois de décors et de costumes. Elles dansaient sur la scène avec sensualité, mais aussi avec tout le sérieux d'une parade militaire.

Au bout d'une demi-heure, Rita dit : « C'est toujours la même chose. On s'en va ? » Une fois dehors, elle ajouta : « On n'a même pas parlé de mon livre et c'est ce qui vous tenait le plus à cœur. Tenez, on va aller à pied jusqu'au George V et discuter devant une coupe de champagne. »

Harry ne comprenait plus très bien. Les messages qu'elle lui adressait étaient assez contradictoires. N'étaient-ils pas allés au Crazy Horse pour s'émoustiller ? Ne s'attendait-elle pas à ce qu'il lui fasse des propositions ? Et maintenant, elle voulait vraiment parler de son livre ?

Ils traversèrent le hall du George V et entrèrent dans la cabine de l'ascenseur.

« Il y a un restaurant à l'étage ? demanda-t-il.

– Je ne crois pas. Nous allons dans ma chambre. » Il ne savait vraiment plus quoi penser. « Vous n'êtes pas descendue à l'hôtel qui accueille le congrès ? Je sais qu'il est un peu triste, mais ici, c'est terriblement cher.

– J'ai gagné pas mal d'argent avec *Changer l'avenir*. Je fais des folies pour une fois. J'ai une petite suite qui donne sur les jardins. »

Dans la chambre, une bouteille trônait dans un seau à champagne posé près du lit.

« C'est du Moët & Chandon. Ouvrez-la, s'il vous plaît. »

Il sortit la bouteille du seau – et vit Rita faire la grimace.

« C'est la glace, dit-elle.

– Pardon ?

– Oui, ça me fait grincer les dents. Comme quand on passe les ongles sur un tableau noir. »

Il était tellement en phase avec elle qu'il sut immédiatement qu'elle ne disait pas la vérité. Le raclement de la glace sur le seau lui rappelait quelque chose de très désagréable. Pendant un instant, le regard de la jeune femme se perdit dans le lointain, elle plissa le front.

« La glace est à peine fondue, dit-il. Quand avez-vous passé votre commande ? »

Elle chassa son souvenir et lui sourit. « Quand je suis allée aux toilettes, chez Lapérouse. »

Incrédule, il dit : « Vous essayez de me séduire ou quoi ?

– Les mœurs ont changé, vous savez, on est presque au XXIe siècle.

– C'est vrai, dit-il en se moquant de lui-même, j'ai remarqué que certaines femmes portaient le pantalon.

– Cela vous choque ?

– Quoi ? Le pantalon ?

– Non, que j'essaie de vous faire enlever le vôtre.

– C'est que...

– Si je me suis montrée trop hardie...

– Pas du tout.

– En fait, je ne me suis jamais comportée comme ça auparavant. Coucher au premier rendez-vous, je veux dire...

– Moi non plus.

– Pas même au deuxième ou au troisième.

– Moi non plus, répéta-t-il.

– Mais c'est bien comme ça, non ? »

Il remit la bouteille dans le seau et prit Rita dans ses bras. Ses lèvres étaient si douces, son corps si voluptueux...

Le reste du congrès se déroula sans eux. Ils ne quittèrent pas le lit et se firent monter tous leurs repas. Ils bavardaient, faisaient l'amour et dormaient. Comme s'il étaient drogués...

Quelqu'un l'appelait par son nom.

A demi paralysé par le froid, couvert de neige, Harry s'arracha à ses souvenirs. Il leva doucement la tête.

Claude Jobert le regardait par la vitre arrière de la cabine du scooter. « Harry ! Harry ! » Le bruit du vent et du moteur faisait qu'on ne l'entendait qu'à peine. « De la lumière ! Là ! Regarde ! »

D'abord il ne comprit pas de quoi parlait Claude. Il était engourdi et ne parvenait pas à quitter sa chambre d'hôtel parisienne. Puis il comprit qu'ils se dirigeaient droit sur une lumière jaunâtre qui perçait les flocons de neige et se reflétait sur la glace. Il se redressa, prêt à bondir de la remorque dès qu'ils seraient arrêtés.

Pete Johnson emmena le scooter sur le plateau de glace qu'ils connaissaient bien, puis dans le bassin où les igloos étaient montés. Les dômes étaient dégonflés, écrasés par d'énormes dalles de glace. Un scooter fonctionnait toujours, ses phares étaient allumés, et deux personnages emmitouflés leur faisaient des signes.

L'un d'eux n'était autre que Rita.

Harry bondit hors de la remorque alors que le scooter avançait encore. Il tomba dans la neige, roula sur lui-même, se remit sur pied et courut vers elle.

« Harry ! »

Il la serra dans ses bras et la souleva de terre avant de la reposer et de baisser son masque protecteur. Il voulut parler, mais cela lui était impossible et il se contenta de la serrer très fort contre lui.

Enfin, la voix tremblante, elle parvint à dire : « Tu es blessé ?

– J'ai saigné du nez.

– C'est tout ?

– C'est déjà fini. Et toi ?

– J'ai surtout eu peur. »

Il savait qu'elle ne cessait d'affronter sa peur de la neige, de la glace et du froid et il admirait sincèrement la détermination avec laquelle elle rejetait ses phobies pour travailler dans les conditions climatiques qu'elle détestait le plus.

« Il y avait de quoi cette fois-ci, lui dit-il. Dis, tu sais ce qu'on va faire si on arrive à s'en sortir ? »

Elle secoua la tête et releva ses lunettes embuées pour qu'il pût voir ses yeux verts. Ils brillaient de curiosité et de plaisir.

« Nous irons à Paris », lui dit-il.

Souriante, elle ajouta : « Au Crazy Horse Saloon.

– Au George V.
– Dans une suite donnant sur les jardins.
– Nous boirons du Moët & Chandon. »
Il releva ses propres lunettes et l'embrassa.
Pete Johnson posa la main sur l'épaule de Harry. « Pense un peu à tous ceux dont la femme n'aime pas la morsure du froid, dit-il en riant. Tu n'as pas entendu ce que j'ai dit ? La troupe est au complet. » Il montra deux scooters qui fonçaient dans la neige.
« C'est Roger, Brian et George, dit Rita avec un soulagement évident.
– Il y a des chances, dit Johnson. On ne rencontre pas beaucoup d'étrangers par ici.
– Oui, la troupe est au complet, fit Harry. Mais qu'est-ce qu'on va devenir ? »

13:32

Au quatorzième jour d'une mission d'espionnage électronique qui devait en durer cent, le sous-marin nucléaire russe *Ilya Pogodine* atteignit la première étape de son périple. Le commandant, Nikita Gorov, ordonna au poste central navigation opérations (PCNO) de maintenir son bâtiment dans les courants modérés de sud-est qui baignent l'île Jan Mayen, à quarante milles marins à l'est du Groenland et à une trentaine de mètres sous la surface déchaînée de l'Atlantique nord.

L'*Ilya Pogodine* portait le nom d'un héros de l'Union soviétique ayant vécu bien avant la décadence de la bureaucratie corrompue, avant aussi que l'Etat totalitaire ne s'effondre sous le poids de sa propre inefficacité. Le bateau n'avait pas été débaptisé : ce n'était pas dans la tradition de la marine ; en outre, la nouvelle démocratie était fragile et il fallait prendre garde de ne pas offenser les anciens dignitaires du Parti, chassés du pouvoir mais toujours susceptibles de revenir : ils ne se gêneraient alors pour rouvrir les camps d'extermination et les prétendus instituts de « rééducation ». Enfin, la Russie était si pauvre qu'on ne pouvait se permettre de repeindre un nom sur la coque d'un navire et de modifier les archives en conséquence.

Gorov ne parvenait pas à faire entretenir correctement le bâtiment qu'il commandait. Il pensait trop à l'intégrité de la coque pressurisée et au moteur nucléaire pour se soucier de l'identité de l'*Ilya Pogodine,* même si celui-ci portait le nom d'un individu plutôt méprisable selon les critères actuels.

L'*Ilya Pogodine* était un sous-marin assez ancien qui n'avait jamais transporté de missiles nucléaires, rien que quelques torpilles à ogive nucléaire, mais c'était malgré tout un bâtiment de belles dimensions, puisqu'il mesurait près de cent dix mètres de la proue à la poupe, un peu plus de treize mètres par le travers et une dizaine de mètres de hauteur. En plongée, il jaugeait plus de huit mille tonneaux.

Les courants sud-est avaient sur le bateau une influence négligeable. Il ne dérivait jamais de plus d'une centaine de mètres quand Gorov ordonnait une bonne tenue en immersion.

Piotr Timochenko, jeune officier responsable des télécommunications, se tenait auprès du commandant dans le PCNO. Autour d'eux, les consoles des instruments électroniques étaient couvertes d'ampoules multicolores qui clignotaient. Le plafond lui-même était tapissé d'écrans, de graphiques, de panneaux de contrôle. Lorsque le poste de conduite propulsion eut répété l'ordre de Gorov avant de le transmettre au compartiment chaufferie nucléaire, Timochenko dit : « Demande permission d'éjecter l'antenne linéaire, commandant.

– C'est justement pour ça qu'on est là. »

Timochenko pénétra dans la coursive et parcourut la dizaine de mètres qui le séparaient du local réservé aux communications. C'était une pièce relativement petite, bourrée d'un matériel radio capable d'émettre et de recevoir des messages cryptés sur toutes les bandes de fréquence imaginables, de la plus haute à plus basse, de l'UHF à l'ELF en passant par la HF et la VLF. Timochenko s'assit à son pupitre et regarda les écrans de contrôle avant de sourire et de se mettre à chantonner.

Piotr Timochenko ne se sentait pas à l'aise avec la plupart des gens ; en revanche, il adorait la compagnie des machines. Il se trouvait bien dans le PCNO, mais ici, avec cette impressionnante concentration de matériel électronique, il était vraiment chez lui.

« On est parés ? lui demanda un technicien.

– Oui. » Timochenko alluma un voyant jaune.

Un tube pressurisé installé sur le massif éjecta de l'*Ilya Pogodine* un petit ballon gonflé à l'hélium. Il remonta très vite à la surface en traînant derrière lui l'antenne linéaire remorquée, qui n'était autre qu'un ensemble complexe d'hydrophones passifs. Dès que le ballon creva la surface, les techniciens de l'*Ilya Pogodine* purent capter tous les messages à destination ou en provenance du Groenland. Le ballon et l'antenne linéaire avaient la même couleur grisâtre que la mer en hiver : on n'aurait pu les voir du pont d'un navire croisant à dix mètres de là.

Sur la terre ferme et dans la vie civile, Timochenko se montrait gauche, intimidé. Il était grand, maigre, pour ne pas dire osseux, sans grâce véritable. Au restaurant ou au night-club, il avait l'impression que les gens le regardaient et se moquaient de lui. Mais ici, sur l'*Ilya Pogodine,* il se sentait invisible, comme si la mer ne faisait pas partie de la planète, mais d'une dimension parallèle, comme si lui-même était un génie des profondeurs, capable d'écouter à leur insu les habitants du monde supérieur, de les surveiller discrètement, loin de leurs regards et de leurs sarcasmes. Ici, il était un pur esprit.

Après avoir donné à Timochenko le temps de larguer l'antenne linéaire et de balayer un large spectre de fréquences, le commandant Gorov franchit la porte du local réservé aux communications. Il adressa un signe de tête à l'assistant.

« Vous avez quelque chose ? » demanda-t-il à Timochenko.

L'officier responsable des communications souriait, un écouteur à proximité de l'oreille gauche. « La réception est parfaite.

– Cela a de l'intérêt ?

– Pas vraiment. Un groupe de marines américains qui essaie son matériel tout près de la côte... »

Même si la guerre froide était officiellement terminée et les ennemis d'hier censés afficher leur neutralité ou se comporter en amis, la majeure partie de ce qui avait composé les services de renseignements soviétiques était encore intacte, que ce fût sur le territoire national ou à l'étranger. La marine russe continuait de remplir des missions d'information au large du littoral des grandes

– Je dirais plutôt vingt, même quinze.

– Quinze ? Tu en es sûr ? Que je suis bête ! Naturellement que tu en es sûr. Quelle est l'ampleur de la tempête ?

– Harry, elle s'étend jusqu'à près de deux cents kilomètres au sud de ta dernière position connue. Il te faudrait huit ou dix jours, sinon plus, pour t'en sortir et rejoindre un endroit où les hélicos pourraient vous prendre.

– Et les remorqueurs de l'ONU ?

– Les Américains leur ont transmis les nouvelles. Les deux navires font cap sur vous à vitesse maximale. Mais, selon Thulé, la mer est très grosse même en dehors de la zone de perturbation. De plus, ces remorqueurs sont à deux cent trente milles marins. Même au maximum de leurs capacités, ils ne serviront pas à grand-chose. »

Ils devaient savoir très précisément où ils se trouvaient, même si leur position était des plus précaires.

Harry dit : « Un navire de cette taille peut-il faire cent ou deux cents kilomètres par un temps pareil sans être brisé par les lames ?

– Je pense que leurs capitaines sont courageux, dit Gunvald, mais pas suicidaires. »

Harry se contenta de hocher la tête.

« Ils seront contraints de faire demi-tour, dit Gunvald.

– Oui, ils n'auront pas le choix. Bon. Gunvald, je te rappelle dans quinze minutes. Il faut qu'on discute un peu ici. On trouvera peut-être quelque chose.

– Je vous attends. »

Harry reposa le micro sur la radio. Il se leva et

regarda ses compagnons. « Vous avez entendu comme moi. »

Dans la grotte, tout le monde se regardait ou portait les yeux sur Harry et la radio désormais silencieuse. Pete, Roger et Franz se trouvaient près de l'entrée ; leurs lunettes sur le nez, ils se tenaient prêts à sortir fouiller dans les vestiges du campement. Brian Dougherty avait étudié une carte de la mer du Groenland et de l'Atlantique nord, mais, en écoutant Gunvald, il avait compris qu'il était inutile de noter la position des remorqueurs, et il avait replié sa carte. Avant que Harry n'appelle la station Edgeway, George Lin avait fait les cent pas dans la caverne pour se dérouiller. Il restait maintenant immobile, semblable à une statue de glace. Rita et Claude étaient agenouillés : ils étaient en effet occupés à dresser l'inventaire d'un carton de vivres que la chute de la crête de pression avait gravement endommagé. Pour Harry, ils apparurent brièvement non pas comme des êtres humains, mais comme des mannequins dans un théâtre de cire – si la chance ne leur donnait pas un grand coup de pouce, ils étaient déjà morts.

Rita dit tout haut ce que chacun pensait tout bas : « Même si les remorqueurs peuvent arriver jusqu'à nous, ce ne sera pas avant demain au plus tôt. Il est impossible qu'ils nous recueillent avant minuit. Et c'est à minuit que les soixante bombes doivent exploser.

– Nous ne connaissons ni la forme ni les dimensions de l'iceberg, dit Fischer. La plupart des charges se trouvent peut-être dans des puits demeurés sur l'inlandsis. »

Pete Johnson n'était pas d'accord. « Claude, Harry et moi nous trouvions au bout de la chaîne de bombes quand le tsunami nous a soulevés. Je crois que nous sommes rentrés directement au campement, nous avons suivi le même trajet qu'à l'aller. Cela veut dire que nous avons longé la chaîne de bombes. Et je vous parie mon bras droit que cet iceberg n'est pas assez gros pour supporter toutes ces explosions. »

Après un bref silence, Brian s'éclaircit la voix. « Tu veux dire que l'iceberg va éclater en mille morceaux ? »

Nul ne lui répondit.

« On va tous être tués, c'est ça ? Ou jetés à la mer ?

– Cela revient au même, dit Roger Breskin. Sa voix de basse résonna entre les murs de glace. « La mer congèle tout ce qu'elle touche, tu ne tiendrais pas cinq minutes là-dedans.

– On ne peut donc rien tenter pour sauver notre peau ? demanda Brian, qui interrogea du regard chacun des membres de l'expédition. Il y a sûrement quelque chose à faire ! »

Pendant tout cet échange verbal, George Lin était demeuré parfaitement immobile et silencieux. Soudain, il fit trois pas rapides en direction de Dougherty.

« Tu as la trouille, mon gars ? Il y a de quoi, non ? Malgré sa toute-puissance, ta famille ne peut pas te sortir de cette merde ! »

Surpris, Brian recula.

Lin serrait les poings. « Alors, quel effet ça fait ? » Il criait. « Tu apprécies, j'espère ? Malgré tout son fric et sa puissance, ta famille ne peut absolument rien pour toi. Tu es logé à la même enseigne que nous, nous, les minus ! Et il va falloir que tu te débrouilles pour t'en sortir, exactement comme nous !

– Cela suffit », dit Harry.

Lin se tourna vers lui. La haine déformait son visage. « Sa famille est vautrée dans le fric et les privilèges, bien à l'écart de la réalité mais tellement certaine de sa supériorité morale, et elle donne des leçons au reste du monde, elle nous dit comment nous devrions vivre ou nous sacrifier pour telle ou telle noble cause. Ce sont des gens comme eux qui sont à l'origine des troubles en Chine, ce sont eux qui ont favorisé l'avènement de Mao, c'est à cause d'eux que nous avons perdu nos terres et que des dizaines de millions de personnes ont été massacrées. Dès qu'ils interviennent quelque part, c'est la porte ouverte aux communistes et à la répression. Les...

– Ce n'est pas Brian qui nous a mis sur cet iceberg, dit sèchement Harry. Et sa famille n'est pas non plus responsable. Pour l'amour du Ciel, George, il t'a sauvé la vie il y a moins d'une heure ! »

Lin réalisa soudain qu'il s'était laissé aller au délire et le rouge de la colère quitta immédiatement ses joues. Il eut l'air confus, puis embarrassé. Il secoua la tête comme pour s'éclaircir les idées.

« Je... je suis désolé...

– Ce n'est pas à moi qu'il faut le dire, répliqua Harry, c'est à Brian. »

Lin se tourna vers Dougherty, sans toutefois le regarder dans les yeux. « Je suis désolé. Vraiment.

– Ça va, fit Brian d'un ton apaisant.

– Je... je ne sais pas ce qui m'a pris. Tu m'as sauvé la vie. Harry a raison.

– Laisse tomber, George. »

Après un bref instant d'hésitation, Lin hocha la tête et gagna l'autre bout de la caverne. Là, les yeux rivés sur la glace qu'il foulait, il fit les cent pas pour exercer ses muscles.

Harry se demanda quelles expériences douloureuses avaient pu pousser George Lin à voir un ennemi dans la personne de Brian Dougherty. C'était pourtant ce qu'il faisait depuis le jour de leur première rencontre.

« Est-ce que l'on peut faire quoi que ce soit pour sauver notre peau ? demanda Brian, qui ne voulait plus penser à l'incident avec Lin.

– Peut-être, dit Harry. D'abord, il faudrait sortir quelques bombes de leurs trous et les désamorcer.

– C'est impossible ! s'écria Fischer.

– On pourrait y arriver.

– Comment fera-t-on pour les retrouver ? » demanda Fischer d'un air un peu méprisant.

Claude se tenait à côté du carton renfermant les quelques vivres sauvés du désastre. « Ce n'est pas impossible. Nous avons une foreuse auxiliaire, des haches et une scie électrique. Si nous disposions de pas mal de temps et de patience, nous pourrions creuser des marches dans la glace et descendre ainsi jusqu'à chaque bombe. Nous avons mis un jour et demi pour les enfouir. Les extraire de la glace serait encore plus difficile. Il nous faudrait au moins une semaine, pour ne pas dire deux.

– Et nous n'avons que dix heures devant

nous », lui rappela Fischer bien que cela ne fût pas vraiment nécessaire.

Pete Johnson quitta alors la niche murale qu'il occupait et s'avança au centre de la grotte. « Hé, vous n'avez pas écouté. Harry parlait de déconnecter quelques bombes, pas toutes. Il ne nous a même pas expliqué comment il comptait s'y prendre. » Il se tourna vers Harry. « Dis-nous ce que tu veux faire.

– La première charge d'explosifs se trouve à cent mètres d'ici. Si nous pouvons la retrouver et la désamorcer, nous serons à cent quinze mètres de ce qui deviendra la première bombe. Les charges sont à quinze mètres les unes des autres. Si nous en désamorçons dix, par exemple, cela nous mettra à deux cent cinquante mètres de la première explosion. Les cinquante autres sauteront à minuit, mais aucune d'elles ne se trouvera directement sous nos pieds. La partie de l'iceberg où nous nous trouvons a des chances de résister au choc. Et nous, de nous en tirer.

– Des chances, oui, dit Fischer d'un air sombre.

– On ne peut pas faire mieux.

– Ce n'est pas formidable.

– Je n'ai pas dit que ça l'était.

– Si on ne peut pas creuser pour atteindre les charges, comment va-t-on faire, selon toi, pour les désamorcer ?

– On prendra la foreuse auxiliaire, on ouvrira les puits. »

Fischer fit la grimace. « C'est risqué. Imagine qu'on perce une charge.

– Elle ne sautera pas », l'assura Harry.

Johnson prit la parole. « Les charges de plastic

ne réagissent qu'à un courant électrique d'un certain voltage. L'action thermique ou mécanique n'a aucun effet.

– En outre, dit Harry, le métal du foret n'est pas assez dur pour percer l'enveloppe extérieure d'une bombe.

– Et quand on aura ouvert le puits ? demanda l'Allemand avec un scepticisme évident. On tirera la bombe par sa chaîne comme un poisson qu'on sort de l'eau ?

– C'est à peu près ça.

– Tu vas casser la chaîne avec la foreuse.

– On prendra un foret plus petit. Le puits d'origine fait dix centimètres de diamètre, mais la bombe n'en mesure que six et demi. Avec un foret de sept et demi, on évitera la chaîne. N'oublie pas qu'elle est collée à la paroi du puits. »

Franz Fischer n'était pas satisfait de ces explications. « Même si tu rouvres le trou sans casser la chaîne, elle est toujours fixée à la glace. La charge aussi.

– On accrochera la partie supérieure de la chaîne à un scooter.

– Ça ne marchera pas, dit Fischer.

– Tu as peut-être raison, fit Harry.

– Il y a sûrement un autre moyen.

– Ah oui ? Lequel ? »

Brian dit : « Franz, on ne peut pas rester les bras croisés. » Il s'adressa à Harry. « Si ton idée est bonne, si on arrive à sortir les bombes de la glace, tu crois qu'on pourra en récupérer dix en dix heures ?

– On n'en saura rien tant qu'on n'aura pas essayé. » Harry refusait de céder au pessimisme de l'Allemand, mais il ne voulait pas non plus susciter de vains espoirs.

Pete Johnson parla à son tour. « On n'en sortira peut-être pas dix, mais au moins huit. Ou six. Nous serons de toute façon plus en sécurité.

– Et alors ? » dit Franz. Son accent était plus marqué maintenant qu'il était sur la défensive. « Ça nous avancera à quoi ? On sera toujours à la dérive sur notre iceberg. On n'aura toujours de quoi se chauffer que jusqu'à demain. Ça ne nous empêchera pas de crever de froid. »

Rita se leva. « Franz, je t'en prie, arrête de te faire l'avocat du diable. Tu es compétent. Tu peux nous aider à survivre. Sans toi, nous pouvons tous mourir. Personne n'est de trop ici. Il n'y a pas de poids mort. On a besoin de toi, Franz.

– C'est exactement mon sentiment », dit Harry. Il ajusta sa capuche et serra le cordon sous son menton. « Et si nous pouvons gagner un peu de temps en désamorçant quelques charges, même si ce n'est que trois ou quatre, eh bien, il y a toujours la possibilité que nous soyons sauvés plus tôt...

– Comment cela ? demanda Roger.

– Un des remorqueurs... »

Fischer se tourna vers Rita, comme s'il était en compétition avec Harry et qu'elle fût l'arbitre de leur match. « Gunvald et toi, vous êtes tombés d'accord pour dire qu'on ne pouvait rien attendre des remorqueurs. »

Harry secoua la tête avec obstination. « Notre destin n'est pas écrit une fois pour toutes. Nous sommes intelligents. Nous pouvons modifier notre avenir si nous le voulons. Si l'un de ces capitaines est un excellent marin, s'il a un bon navire et un bon équipage, s'il a un peu de chance aussi, il pourra y arriver.

– Cela fait beaucoup de si, fit remarquer Roger Breskin.

– S'il est la réincarnation du capitaine Cook ou de Noé, surenchérit Fischer, oui, il y a des chances pour qu'on s'en sorte.

– Justement, je veux être là pour l'accueillir », dit Harry d'un ton tranchant.

Le silence se fit.

« Et vous ? »

Personne n'osa dire le contraire.

« Bon. Tout le monde va travailler à récupérer les bombes, dit Harry en chaussant ses lunettes. Rita, tu resteras là et tu t'occuperas de la radio. Mets Gunvald au courant.

– D'accord.

– Il faudrait que quelqu'un achève de fouiller le campement, dit Claude Jobert.

– Ça aussi, je m'en occupe », dit Rita.

Harry s'approcha de l'entrée de la grotte. « Allons-y. J'entends soixante réveils qui font tic-tac. Et je ne veux pas être trop près quand ils vont sonner. »

III

LA PRISON

14:30
EXPLOSION DANS NEUF HEURES TRENTE MINUTES

Une minute ou deux après s'être allongé, Nikita Gorov sut qu'il n'arriverait pas à se reposer. Un petit fantôme avait surgi du passé pour l'empêcher de connaître la paix que procure le sommeil. Chaque fois qu'il fermait les yeux, il voyait son petit Nikolaï, son Nikki, qui courait vers lui à travers un brouillard jaune tendre. L'enfant avait les bras grands ouverts et riait aux éclats. Mais la distance qui les séparait ne diminuait pas, même si Nikki courait longtemps, même s'il courait vite, même si Gorov s'avançait vers lui : ils n'étaient séparés que par trois ou quatre mètres, mais chaque centimètre s'étendait à l'infini. Le commandant ne désirait qu'une chose, pouvoir toucher son fils, mais le voile compact tendu entre la vie et la mort les séparait à tout jamais.

Gorov émit un soupir de désespoir et ouvrit les yeux pour regarder la photo dans son cadre argenté : Nikolaï et lui à côté d'un accordéoniste sur le pont d'un navire de plaisance flottant sur la Moskova. Parfois, lorsque le passé pesait sur lui de tout son poids, la photographie le déprimait au-delà du possible. Mais il ne parvenait pas à l'enlever. Il ne pouvait la ranger dans un tiroir ou, plus simplement, la déchirer. Uniquement parce que Nikolaï l'avait souvent tenue dans sa petite main.

Gorov se releva. Il aurait aimé déambuler, mais sa cabine était trop petite. En trois pas, il se rendait du lit au placard. Il ne pouvait se permettre de rendre l'équipage témoin de sa détresse. Sinon il aurait arpenté la coursive.

Il finit par s'installer à son bureau. Il prit la photo à deux mains, comme pour mieux l'affronter et apaiser ainsi son cœur douloureux.

Il parla doucement au petit garçon blond de la photo. « Je ne suis pas responsable de ta mort, Nikki. »

Gorov savait que c'était vrai. Il le croyait aussi, ce qui était encore plus important. Malgré tout, un océan de culpabilité cherchait à l'engloutir sous dans ses vagues gigantesques.

« Je sais que tu ne m'en as jamais voulu, Nikki. Mais j'aurais tant aimé te l'entendre dire... »

C'était à la mi-juin, sept mois plus tôt, et l'*Ilya Pogodine* assurait depuis soixante jours une mission de surveillance électronique en Méditerranée. Le sous-marin était en plongée à neuf milles marins des côtes égyptiennes, juste en face d'Alexandrie. L'antenne multifonction était sortie et des milliers d'informations plus ou moins importantes alimentaient chaque minute les mémoires des ordinateurs.

Le 15 juin, à deux heures du matin, le ministère russe de la Marine relaya un message émis par le

Bureau maritime des renseignements, dont le siège se trouve à Sébastopol. Il demandait une confirmation de la part de l'*Ilya Pogodine,* rompant ainsi le silence radio absolu imposé pendant une mission de cet ordre.

Dès que le spécialiste du décodage eut achevé de décrypter le texte, Gorov fut réveillé par l'officier chargé des communications. Assis sur sa couchette, il lut le papier jaune pâle.

Le message commençait par des coordonnées, latitude et longitude, suivies de l'ordre d'approcher dans vingt-deux heures le *Piotr Vavilov,* bâtiment de recherche de la classe Vostok croisant actuellement dans la Méditerranée, non loin de l'*Ilya Pogodine.* Cela piqua la curiosité de Gorov : un rendez-vous nocturne en pleine mer, voilà qui faisait plus roman de cape et d'épée que mission d'espionnage moderne.

Le reste du message était d'un autre ton. Tremblant, Gorov se leva.

VOTRE FILS ÉTAT CRITIQUE HÔPITAL DU KREMLIN STOP PRÉSENCE À MOSCOU INDISPENSABLE AU PLUS TÔT STOP MOYENS DE TRANSPORT EN PLACE STOP COMMANDANT EN SECOND JOUKOV RESPONSABLE BÂTIMENT STOP
CONFIRMER RÉCEPTION
CONFIRMER RÉCEPTION

A minuit, Gorov transmit le commandement du sous-marin à Joukov et monta à bord du *Piotr Vavilov.* Du pont principal du bâtiment de recherche, un hélicoptère l'emmena à Damas, en Syrie ; là, il prit un jet diplomatique russe à destination de Moscou. Il arriva à trois heures de l'après-midi à l'aéroport de Cheremetievo.

Boris Okoudjava, fonctionnaire du ministère de la Marine, vint l'accueillir à l'aéroport. Okoudjava avait les yeux aussi gris que l'eau d'un lavoir. Une verrue énorme trônait sur sa narine gauche. « Une voiture nous attend, camarade Gorov.

– Qu'est-ce qui est arrivé à Nikki ? Mon fils est blessé ?

– Je ne suis pas docteur, camarade.

– Vous devez bien savoir quelque chose.

– Nous ferions mieux de ne pas perdre de temps. Venez, camarade, je vous expliquerai tout.

– C'est fini, les « camarade » à tout bout de champ, dit Gorov alors qu'ils se dirigeaient vers la sortie.

– Désolé. C'est l'habitude.

– Ah oui ? »

Bien que la politique sociale et économique du régime communiste fût largement discréditée et que ses exactions eussent été exposées au grand jour, un nombre assez important d'anciens fidèles faisaient des vœux pour le rétablissement de l'ordre qu'ils avaient toujours connu. Ils jouissaient encore d'une influence considérable dans certains milieux, dans l'industrie atomique, en particulier, où la production des ogives et des missiles intercontinentaux se poursuivait à un rythme soutenu. Pour nombre d'entre eux, répudier le marxisme pur et dur revenait à reconnaître le passage à un régime qui se voulait plus démocratique ; dans leur cœur ou leur esprit, rien ne changeait vraiment. Ils travaillaient avec zèle pour la nouvelle Russie tout en attendant la résurrection de l'empire soviétique.

Ils quittèrent l'aéroport. La température était clémente en cette fin de printemps.

« La prochaine révolution doit apporter plus de liberté, dit Okoudjava, elle ne doit pas en supprimer. Nous ne sommes pas allés assez loin. Il y a encore au pouvoir trop de membres de l'ancienne nomenklatura, qui se targuent d'être les champions de la démocratie et louent le capitalisme tout en le sapant dès qu'ils en ont la possibilité. »

Gorov ne répliqua pas. Boris Okoudjava n'était pas un très bon acteur. Son ardeur excessive le trahissait : sa verrue grotesque virait au rouge carmin, on eût dit une marque d'infamie ou le signe de la Bête.

Des nuages sombres flottaient dans le ciel.

L'air sentait la pluie qui ne tarderait pas à tomber.

Quelques marchands avaient été autorisés à vendre devant l'aéroport. Équipés de grosses valises ou de petites charrettes à bras, ils proposaient cigarettes, bonbons, souvenirs et cartes postales aux touristes. Le peu d'argent qu'ils gagnaient leur procurait une certaine aisance, mais tous étaient pauvrement vêtus. Sous l'ancien régime, la prospérité individuelle était un crime contre l'Etat, qui entraînait des poursuites, l'emprisonnement, voire la peine capitale. Les citoyens de la nouvelle Russie n'avaient pas oublié à quoi menait la réussite et, là encore, la méfiance était de mise.

La voiture du ministère était garée devant l'aéroport, en toute illégalité. Le moteur tournait. Gorov et Okoudjava s'installèrent à l'arrière et le chauffeur – jeune homme en uniforme de la marine – démarra immédiatement.

« Parlez-moi de Nikki, dit Gorov.

– Il est entré à l'hôpital il y a trente et un jours. Nous pensions alors qu'il souffrait d'une mononucléose infectieuse ou de la grippe. Il avait des vertiges, des suées nocturnes. Il vomissait tellement qu'il ne pouvait rien absorber, pas même du liquide. On l'a hospitalisé pour le nourrir par perfusion et éviter la déshydratation. »

Sous l'ancien régime, les soins médicaux étaient étroitement surveillés par l'Etat, mais, surtout, d'une effroyable qualité. La plupart des hôpitaux étaient incapables de stériliser correctement les instruments. Les machines permettant d'établir des diagnostics automatiques étaient fort rares et le budget de la santé si mince que les seringues hypodermiques étaient utilisées plusieurs fois. L'effondrement du vieux système était une bénédiction, mais les caisses du pays restaient plus que vides. La santé publique avait été un des premiers secteurs à en souffrir.

Gorov frissonna à l'idée que le petit Nikki était confié à des médecins qui avaient effectué leurs études dans des établissements aussi vétustes que ceux où ils travaillaient à présent. Dans tous les pays du monde, les parents souhaitaient la guérison de leurs enfants ; en Russie, l'hospitalisation d'un être cher était naturellement synonyme d'inquiétude, mais aussi – ce qui était plus grave – de panique.

« On ne vous a pas prévenu parce que vous étiez en mission sensible, dit Okoudjava en frottant sa verrue du bout de son index. Et puis la situation n'était pas vraiment critique.

– Ce n'était ni la grippe ni une mononucléose infectieuse, c'est ça ? demanda Gorov.

– Oui. Les médecins penchaient alors pour une fièvre rhumatismale. »

Nikita Gorov exerçait depuis longtemps la fonction de commandant de sous-marin et il avait pris l'habitude de ne manifester aucune émotion lorsque son bâtiment connaissait des difficultés mécaniques ou subissait la colère des flots. Il pouvait afficher un visage impassible en toute circonstance, même lorsqu'il imaginait Nikki souffrant et apeuré dans une chambre d'hôpital envahie par les cafards.

« Mais ce n'en était pas une, dit-il.

– Non. » Okoudjava continuait de triturer sa verrue, les yeux rivés sur la nuque du chauffeur. « Les symptômes ont présenté une brève rémission. Pendant quatre jours, sa santé a été excellente. Quand les symptômes ont fait leur réapparition, on a pratiqué de nouveaux examens. Il y a huit jours de cela, on a décelé... une tumeur cancéreuse au cerveau.

– Un cancer, répéta Gorov d'une voix sombre.

– La tumeur est trop grosse pour que l'on puisse opérer, trop développée pour une radiothérapie. L'état de Nikolaï s'aggravait rapidement et nous avons décidé de rompre le silence radio. C'était une réaction humaine, même si cela risquait de compromettre votre mission. » Il se tourna enfin vers Gorov. « Autrefois, vous vous en doutez, on n'aurait jamais pris de tels risques, mais les temps ont changé », ajouta-t-il avec un manque de sincérité flagrant.

Gorov se moquait bien de la nostalgie de Boris Okoudjava. Il n'avait rien à faire de la démocratie, de l'avenir, de lui-même – seul Nikki lui importait. Une sueur froide lui coula le long de l'échine comme si la mort le caressait de ses doigts glacés.

« Vous ne pouvez pas rouler plus vite ? demanda-t-il au jeune marin qui faisait office de chauffeur.

– Nous sommes bientôt arrivés, dit Okoudjava.

– Il n'a que huit ans », dit Gorov, mais c'était plus à lui-même qu'il parlait qu'à ses deux compagnons de voyage.

Nul ne lui répondit.

Gorov vit les yeux du chauffeur dans le rétroviseur et y lut ce qui ressemblait à de la compassion.

« Il en a encore pour combien de temps ? » demanda Gorov. Il eût préféré ne pas avoir de réponse.

Okoudjava hésita. « Il peut s'en aller à tout instant. »

Gorov savait que Nikki allait mourir depuis qu'il avait lu le message codé transmis à l'*Ilya Pogodine*. L'Amirauté n'était pas cruelle ; d'un autre côté, elle n'aurait pas interrompu une mission d'une telle importance si la situation n'avait pas été désespérée. Il s'était donc soigneusement préparé à une telle nouvelle.

A l'hôpital, les ascenseurs ne fonctionnaient pas. Boris Okoudjava entraîna Gorov par les escaliers de service sales et mal éclairés. Des mouches se cognaient aux vitres opaques de chaque palier.

Ils montèrent ainsi jusqu'au septième étage. Okoudjava dut s'arrêter à deux reprises pour reprendre son souffle.

Nikki se trouvait dans une salle en compagnie de quatre autres enfants qui n'en avaient plus, eux aussi, pour très longtemps. Il était couché dans un petit lit aux draps souillés. Il n'y avait ni moniteur d'ECG ni aucun autre équipement. Considéré comme incurable, l'enfant avait été amené dans cette salle qui n'était en fait qu'un mouroir. Le peu de moyens rendait impossible de continuer à soigner toute personne, blessée ou malade, qui avait moins de cinquante pour cent de chances de guérison.

Le petit garçon était d'une pâleur effrayante. Sa peau avait la couleur de la cire, ses lèvres étaient grises et ses cheveux blonds collés par la sueur.

Tremblant comme un vieillard, incapable de conserver le calme que l'on exige habituellement d'un sous-marinier, Gorov se tenait auprès du lit et regardait fixement son enfant, son fils unique.

« Nikki », dit-il d'une voix presque inaudible.

Le petit garçon ne lui répondit pas, il n'ouvrit même pas les yeux.

Gorov s'assit au bord du lit. Il posa une main sur la petite main de son fils. Il y avait si peu de chaleur dans ses doigts.

« Nikki, je suis là. »

Quelqu'un effleura l'épaule de Gorov et il leva les yeux.

Un médecin en blouse blanche lui indiqua une femme, à l'autre bout de la pièce.

« C'est elle, maintenant qui a besoin de vous. »

C'était Anya. Gorov ne l'avait même pas vue en entrant. Elle se tenait près de la fenêtre et regardait sans les voir les passants qui déambulaient sur la perspective Kalinine.

Gorov prit lentement conscience de l'affaissement des épaules de sa femme, de l'inclinaison de sa tête. Il comprit peu à peu le sens véritable des paroles du médecin. Nikki était déjà mort. Trop tard pour lui dire « je t'aime » une dernière fois. Trop tard pour un dernier baiser. Trop tard pour regarder l'enfant dans les yeux et lui dire : « J'ai toujours été si fier de toi », trop tard pour lui dire au revoir.

Oui, Anya avait besoin de lui, mais il n'avait pas la force de quitter ce lit – comme s'il voulait s'assurer que la mort de Nikki était bien définitive, comme si son refus entêté pouvait entraîner la résurrection de l'enfant.

Il prononça le nom d'Anya et, bien que ce ne fût qu'un murmure, elle se retourna.

Elle avait les yeux inondés de larmes et se mordait les lèvres pour ne pas sangloter.

« J'aurais voulu que tu sois là, dit-elle simplement.

– On ne m'a prévenu qu'hier.

– Je me suis sentie si seule.

– Je sais.

– J'ai eu si peur.

– Je sais.

– Je serais partie à sa place si j'avais pu, dit-elle. Mais il n'y avait rien à faire... je n'ai rien pu faire... »

Il trouva enfin la force de quitter le petit lit. Il s'approcha de sa femme et la serra contre lui. Si fort...

Trois des autres enfants malades étaient plongés dans le coma ou un sommeil artificiel provoqué par les antalgiques. Seule une petite fille de huit ou neuf ans était éveillée et regardait Gorov et Anya. Elle avait des cheveux châtains et de grands yeux graves. Allongée sur des oreillers, elle ressemblait à une petite vieille. « Ne t'en fais pas », dit-elle à Gorov. Elle avait une voix musicale qui contrastait étrangement avec son corps ravagé par la maladie et la souffrance. « Tu le reverras. Il est au ciel maintenant. Il t'attend là-haut. »

Produit d'une société farouchement matérialiste qui niait l'existence de Dieu depuis près d'un siècle, Nikita Gorov aurait voulu trouver du courage dans une foi aussi simple et aussi forte que celle formulée par la petite malade. Il n'était pas athée. Il avait vu quelles monstruosités peuvent commettre des hommes qui rejettent l'idée même de la divinité, il savait qu'il n'y avait pas d'espoir de justice dans un monde où les notions de récompense divine et de vie après la mort sont foulées aux pieds. Dieu *doit* exister, sinon l'humanité ne pourra s'empêcher de s'autodétruire.

Anya pleurait sur son épaule. Il caressa ses cheveux dorés.

Le ciel s'était assombri. Soudain, les nuages libérèrent des torrents de pluie. D'énormes gouttes s'écrasaient sur les vitres et masquaient le monde extérieur.

Pendant le reste de l'été, ils tentèrent de se divertir. Ils se rendirent au théâtre de la Taganka, au ballet, au cirque, au music-hall. Ils dansèrent à plusieurs reprises sous le grand pavillon du parc Gorki et s'amusèrent comme des enfants au parc Sokolniki. Une fois par semaine, ils allèrent dîner à l'Aragvi, qui était peut-être le meilleur restaurant de Moscou. Là, Anya réapprit à sourire en dégustant des glaces à la confiture et Nikita découvrit les charmes du poulet épicé à la sauce aux noix. Ils buvaient un peu trop de vodka avec leur caviar, un peu trop de vin avec les autres plats. Ils faisaient l'amour toutes les nuits, frénétiquement, violemment, comme si leur passion les abritait de la souffrance, du cancer et de la mort.

Anya n'était plus aussi frivole qu'auparavant, mais elle semblait s'être remise mieux et plus vite que Nikita. Avec ses trente-trois ans, elle était de dix ans sa cadette. Mais, surtout, elle n'était pas comme lui accablée par un sentiment de culpabilité. Il savait que Nikki n'avait cessé d'appeler son père durant les derniers jours de son existence et, plus encore, au cours de ses dernières heures. Gorov savait que c'était absurde, mais il avait l'impression d'avoir trahi son enfant. Anya avait souvent de longs silences qui ne lui ressemblaient pas et une solennité inconnue dans le regard, mais elle reprenait peu à peu goût à la vie. Nikita, lui, feignait la convalescence.

Début septembre, Anya reprit son travail à plein temps. Botaniste, elle travaillait sur le terrain dans une grande forêt de pins située à une quarantaine de kilomètres de Moscou. Ses recherches contribuaient à lui changer les idées ; chaque jour, elle arrivait un peu plus tôt au labo et en partait un peu plus tard.

Ils continuaient de passer leurs nuits et leurs week-ends ensemble, mais Gorov se sentait de plus en plus seul. Leur appartement abritait trop de souvenirs, de même que la datcha qu'ils louaient à la campagne. Il faisait de longues marches et, pratiquement chaque jour, il terminait par le zoo, le muséum ou l'un de ces endroits où Nikki et lui aimaient se rendre.

Il ne cessait de rêver de son fils et se réveillait pratiquement toutes les nuits en proie à de douloureux cauchemars. Invariablement, Nikki demandait à son père pourquoi il l'avait abandonné.

Le 8 octobre, Gorov alla trouver ses supérieurs au ministère de la Marine et demanda à réintégrer l'*Ilya Pogodine*. Le bâtiment se trouvait au port de Kaliningrad pour une maintenance de routine, mais aussi pour être équipé d'un matériel de surveillance électronique dernier cri. Gorov reprit donc du service, supervisa l'installation du matériel électronique et partit pour deux semaines en mer Baltique.

Il passa le Nouvel An à Moscou en compagnie d'Anya, mais ils ne sortirent pas en ville. C'était la fête des enfants : on en voyait partout, aux spectacles de marionnettes, dans les parcs, au cinéma, au cirque, dans les rues. Même le Kremlin leur était ouvert. Partout ils ne parlaient que des cadeaux et des pains d'épice que leur avait apportés Dedmoroz – ce personnage des contes populaires qui incarne le gel et qui est l'équivalent russe de notre Père Noël. C'était un spectacle insupportable pour Nikita et pour Anya. Ils passèrent toute la journée dans leur appartement de trois pièces et firent l'amour deux fois.

Gorov dormit dans le train de nuit qui l'emmenait à Kaliningrad. Le balancement du wagon et la musique des rails ne lui apportèrent pas le sommeil réparateur qu'il espérait tant. Il se réveilla par deux fois, le nom de son fils sur les lèvres, les mains tremblantes et le visage en sueur.

Rien n'est plus terrible pour un père ou une mère que de survivre à son enfant. L'ordre naturel semble renversé.

Le 2 janvier, Gorov reprit le commandement de l'*Ilya Pogodine* pour une mission d'espionnage qui devait durer cent jours. Il attendait beaucoup de ces quatorze semaines sous l'Atlantique nord : là, enfin, il pourrait se débarrasser de sa culpabilité, sinon de son chagrin.

Pourtant, la nuit, Nikki continuait de le visiter. Il pénétrait les profondeurs insondables de la mer et s'insinuait dans l'esprit de Gorov pour lui poser une fois de plus les mêmes questions : *Papa, pourquoi m'as-tu abandonné ? Pourquoi n'es-tu pas venu quand j'avais besoin de toi, quand j'avais peur et que je t'appelais ? Tu ne voulais pas t'occuper de moi, c'est ça, papa ? Pourquoi ne m'as-tu pas aidé ? Pourquoi ne m'as-tu pas sauvé ? Pourquoi, papa, pourquoi ?*

Quelqu'un frappa discrètement à la porte de la cabine. Le son résonna doucement dans la pièce minuscule.

Gorov abandonna le passé et leva les yeux de la photo dans son cadre d'argent.

« Oui ?

– Timochenko, commandant. »

Le commandant reposa le cadre et se tourna vers la porte. « Entrez, lieutenant. »

La porte s'ouvrit sur Timochenko. « Nous avons intercepté une série de messages que vous devriez lire.

– A quel propos ?

– C'est le groupe d'études des Nations Unies. Ils donnent à leur base le nom de station Edgeway, vous vous souvenez ?

– Naturellement.

– Eh bien, ils ont des ennuis. »

14:46

Harry Carpenter fixa la chaîne d'acier à un mousqueton et passa ce dernier à l'anneau de remorquage situé à l'arrière du scooter.

« Il n'y a plus qu'à croiser les doigts.

– Ça va tenir », dit Claude Jobert en tapotant la chaîne. Il était agenouillé sur la glace à côté de Harry et tournait le dos au vent.

« Je n'ai pas peur qu'elle casse », dit Harry en se relevant.

La chaîne avait l'air assez frêle, on l'eût dit sortie des mains d'un joaillier, mais elle résistait à une traction avoisinant les deux tonnes. C'était plus que suffisant.

Le scooter était pratiquement stationné au-dessus du puits que les hommes avaient rouvert. Dans la cabine de plexiglas embuée par le froid, Roger Breskin était aux commandes et surveillait le rétroviseur dans lequel se dessinait l'image de Harry.

Dès qu'il eut replacé le masque devant son nez et sa bouche, Harry fit signe à Breskin d'y aller. Puis il se retourna pour affronter le vent et contempler le trou parfaitement rond découpé dans la glace.

Pete Johnson se tenait à genoux à côté du puits et attendait que le scooter se fût un peu éloigné pour surveiller la remontée de la bombe. Brian, Fischer et Lin étaient allés se réchauffer dans les autres scooters.

Après avoir calé à deux ou trois reprises, Roger parvint à faire machine arrière. Le scooter parcourut un peu moins d'un mètre puis la chaîne se tendit. Le ronflement du moteur se fit plus aigu et son cri domina bientôt le gémissement du vent.

La chaîne n'aurait pu être plus tendue.

Mais la bombe ne bougeait pas.

Pas d'un centimètre.

La chaîne se mit à vibrer. Breskin accéléra.

Malgré ce qu'il avait dit à Claude, Harry redoutait de voir la chaîne casser brutalement.

Le scooter tournait à son régime maximum, le moteur poussait des hurlements déchirants.

Avec un craquement pareil à un coup de fusil, les maillons de la chaîne brisèrent la gangue de glace qui les emprisonnait. Le cylindre se dégagea brutalement et le scooter fit un bond en avant.

Pete Johnson se releva, bientôt rejoint par Harry et Jobert. Il braqua le faisceau de sa torche sur le puits sombre et étroit avant de faire signe à Breskin de s'arrêter.

Il saisit la chaîne à deux mains, sortit le paquet d'explosifs et, aidé par Harry, le déposa sur la glace au bord du trou.

Une bombe était désamorcée.

Cela ne s'était pas passé sans peine.

Mais il en restait encore neuf, si l'on voulait remplir les termes du contrat.

14:58

Gunvald Larsson ajoutait du lait en boîte à sa tasse de café quand un appel lui parvint de la base américaine de Thulé, au Groenland. Il reposa le lait et se précipita vers l'émetteur-récepteur à ondes courtes.

« Ici Larsson, station Edgeway. Je vous reçois cinq sur cinq. A vous. »

L'officier de la base de Thulé responsable des communications avait une voix puissante qui semblait se jouer de l'électricité statique.

« Vous avez d'autres nouvelles de vos brebis égarées ?

– Non. Tout le monde est à pied d'œuvre. Mrs Carpenter a abandonné sa radio pour aller récupérer le maximum de choses dans le campement provisoire. Elle ne m'appellera qu'en cas de pépin.

– Comment est le temps à Edgeway ?

– Epouvantable.

– Ici aussi. Et ça va encore empirer. La vitesse du vent et la hauteur des vagues sont en train de battre des records pour l'Atlantique nord. »

Gunvald fronça les sourcils. « Vous n'osez pas

me dire que les remorqueurs de l'ONU font machine arrière, c'est ça ?

– Pour l'un d'eux, c'est déjà fait.

– Il y a deux heures, ils mettaient cap au nord !

– Peut-être, mais le *Melville* a dix ou douze ans de plus que le *Liberty*. Il n'a ni la puissance ni la structure pour affronter une telle tempête vent debout. Son capitaine craint de le voir se briser s'il ne fait pas tout de suite demi-tour.

– Il est sorti de la tempête alors ?

– Oui, mais la mer est encore grosse. »

Gunvald passa la main sur son front couvert de sueur avant de l'essuyer sur son pantalon. « Le *Liberty* continue ?

– Oui. » L'Américain fit une pause. La radio se mit à siffler comme si elle était en proie aux serpents. « Ecoutez, à votre place, je ne compterais pas trop sur lui.

– Je n'ai pas vraiment le choix.

– Peut-être. Son capitaine n'est pas plus optimiste que celui du *Melville*.

– Je suppose que vous ne pouvez toujours pas envoyer d'hélico, dit Gunvald.

– Tous les appareils sont cloués au sol. Et ça sera encore comme ça pendant plusieurs jours. Ce n'est pas que ça nous enchante, mais nous ne pouvons strictement rien faire. »

Il y eut un fort crachotement d'électricité statique.

Gunvald ne répondit rien.

Embarrassé, l'officier de Thulé reprit la parole : « Le *Liberty* y arrivera peut-être, vous savez. »

Gunvald soupira. « Je ne vais pas parler aux autres du *Melville*. Pas encore, tout au moins.

– Faites comme vous voulez.

– Si le *Liberty* fait lui aussi machine arrière, je les mettrai au courant. Inutile de les déprimer avec de mauvaises nouvelles quand il y a encore de l'espoir.

– Nous prions pour eux, fit l'homme de Thulé. Tout le monde est déjà informé aux États-Unis. Des millions de gens prient pour eux. »

15:05

Dans le centre de communications de l'*Ilya Pogodine,* les sept écrans vidéo affichaient les messages décodés captés par l'antenne multifonction érigée au-dessus du massif. Les consoles de programmation scintillaient au rythme des couleurs primaires. Deux techniciens y travaillaient tandis que Timochenko se tenait près de l'entrée en compagnie de Nikita Gorov.

Parmi les centaines de communications suivies et stockées par les ordinateurs de l'*Ilya Pogodine,* un nombre important de données concernait la station Edgeway. L'ordinateur central avait reçu l'instruction de créer un dossier spécial pour tout message intercepté contenant au moins un des cinq mots clefs suivants : Carpenter, Larsson, Edgeway, *Melville* et *Liberty.*

« C'est complet ? » demanda Gorov quand il eut fini de lire ce qui concernait Edgeway.

Timochenko fit signe que oui. « L'ordinateur met à jour le listing toutes les quinze minutes. Celui-ci n'a que dix minutes. Il y a peut-être des détails mineurs, mais voici les renseignements essentiels, commandant.

– Si le temps en surface est aussi mauvais qu'ils le disent, le *Liberty* devrait bientôt faire machine arrière. »

Timochenko acquiesça.

Gorov regardait le listing, mais il ne le voyait plus vraiment. Derrière ses yeux noir de jais, il y avait l'image d'un petit enfant blond qui courait, les bras grands ouverts. Ce fils qu'il avait été incapable de sauver.

Il fit finalement : « Je serai au PCNO. Tenez-moi aussitôt au courant s'il y a du nouveau.

– Bien, commandant. »

L'*Ilya Pogodine* était en immersion périscopique et seuls cinq hommes occupaient le PCNO, en plus du commandant en second Joukov. Trois d'entre eux étaient assis dans des fauteuils noirs et faisaient face à des murs couverts de graphiques et d'écrans, de diagrammes et de moniteurs. Joukov était perché sur un tabouret métallique et lisait un roman qu'il avait posé sur la table lumineuse.

Emil Joukov représentait le seul opposant potentiel qui risquait de se dresser devant Gorov s'il décidait de concrétiser le projet dont il avait déjà imaginé les grandes lignes. Joukov était, à bord du sous-marin, le seul homme qui pût relever le commandant de ses fonctions s'il jugeait qu'il avait perdu l'esprit ou désobéi à un ordre du ministère. Le commandant en second n'agirait ainsi qu'en cas d'extrême urgence et il lui faudrait répondre de son acte dès son retour en Russie ; néanmoins, il présentait une réelle menace.

Agé de quarante-deux ans, Emil Joukov n'était pas beaucoup plus jeune que son supérieur, mais il s'inscrivait dans une relation de maître à disciple : Joukov nourrissait une telle déférence pour l'ordre social et la discipline que son respect de l'autorité en avait quelque chose de malsain. Pour lui, n'importe quel commandant aurait été un guide spirituel, une source de sagesse. Grand, mince, avec un visage en lame de couteau et des yeux noisette très intenses, le commandant en second avait quelque chose d'un loup. Sa façon de bouger, son regard direct trahissaient le prédateur. C'était du moins ainsi que Gorov le voyait. En réalité, Joukov n'était pas aussi dangereux qu'il le paraissait : c'était plutôt un brave homme et un bon officier. Sa déférence à l'égard de son supérieur était synonyme de coopération, mais Emil Joukov ne perdait jamais de vue qu'il y avait des hommes encore plus importants que Gorov et que, s'il lui fallait un jour choisir clairement...

Gorov déposa le listing sur le roman que Joukov était en train de lire.

« Vous devriez jeter un coup d'œil à ça. »

Quand il fut arrivé à la dernière page du document, le commandant en second dit : « Ils se sont fourrés dans un drôle de pétrin. Mais j'ai entendu parler du projet Edgeway dans les journaux, à l'époque où ils le mettaient sur pied. Ces Carpenter sont très intelligents, ils devraient trouver le moyen de s'en sortir.

– Ce ne sont pas les Carpenter qui ont attiré mon attention. C'est un autre nom. »

Joukov parcourut rapidement le listing. « Vous voulez parler de Dougherty ? Brian Dougherty ? »

Gorov prit place sur l'autre tabouret, devant la table lumineuse recouverte de plexiglas. « Oui. Dougherty.

– Un rapport avec le président américain assassiné ?
– C'est son neveu.
– J'admirais beaucoup son oncle, dit Joukov. Mais vous devez me trouver naïf. »
Gorov avait pour la politique et les politiciens un dédain qui n'avait jamais échappé à son subalterne. Le commandant n'allait tout de même pas changer d'avis pour rallier son second.
Il haussa les épaules. « La politique concerne le pouvoir, dit-il. Je ne m'intéresse qu'aux réussites.
– C'était un partisan de la paix, dit Joukov.
– Oui, la paix, ils n'ont que ce mot-là à la bouche. »
Joukov fit la grimace. « Vous voulez dire que ce n'était pas un grand homme ?
– Un savant qui découvre le remède contre une maladie, voilà un grand homme. Mais ces politicards... »
Joukov n'était pas de ceux qui souhaitaient le retour de l'ancien régime, mais il n'appréciait pas non plus le défilé de gouvernements instables qu'avait connu la Russie depuis quelques années. Il admirait les leaders. Les hommes politiques de valeur étaient ses héros, quelle que fût leur nationalité.
Gorov dit : « Peu importe ce que je pense du défunt président. Je reconnais que la famille Dougherty s'est montrée très forte dans l'épreuve, très digne aussi.
– Une famille admirable, ajouta Joukov d'un air solennel. C'est très triste. »
Gorov avait l'impression que Joukov était un instrument de musique sophistiqué. Il venait de

finir de l'accorder. Il allait maintenant jouer sur lui une mélodie compliquée.

« Le père de ce jeune homme est sénateur, n'est-ce pas ?

– Oui, c'est lui aussi un homme très respecté, dit Joukov.

– On a voulu l'assassiner, c'est bien cela ?

– Oui, mais il s'en est tiré.

– Après tout ce que le système américain a fait à cette famille, comment expliquez-vous que les Dougherty en restent les plus fervents soutiens ?

– Ce sont de grands patriotes », dit Joukov.

Gorov caressa d'un air pensif sa barbe bien taillée. « Ce doit être difficile de rester patriote quand le pays vous arrache vos meilleurs fils.

– Oh, mais ce n'est pas leur pays qui les a tués, commandant. Les responsables, c'est une poignée de réactionnaires. Peut-être même la CIA. Mais ce ne sont pas les Américains. »

Gorov fit semblant de réfléchir un instant à cela. « Je suppose que vous avez raison, dit-il. D'après ce qu'en disent les journaux, les Américains semblent avoir beaucoup de respect et de sympathie pour la famille Dougherty.

– Naturellement. Le patriotisme dans l'adversité est le seul à mériter le respect. C'est facile d'être patriote en période d'abondance, quand on ne demande de sacrifice à personne. »

La mélodie que Gorov avait entrepris de jouer se déroulait sans la moindre fausse note. Le commandant faillit en sourire d'aise. Mais il se contenta de regarder fixement le listing. « Quelle occasion rêvée pour la Russie. »

Joukov ne comprit pas immédiatement de quoi il voulait parler. « Une occasion ? Pour quoi faire ?

– Pour montrer sa bonne volonté.

– Ah ?

– Surtout à un moment où notre mère Russie a plus besoin de bonne volonté qu'à toute autre époque de son histoire. La bonne volonté entraîne l'aide étrangère, les tarifs privilégiés, même la coopération militaire et d'importantes concessions d'ordre stratégique.

– Je ne vois pas de quelle occasion vous parlez.

– Nous ne sommes qu'à cinq heures de leur position. »

Joukov leva un sourcil. « Vous avez fait le calcul ?

– Ce n'est qu'une estimation, mais elle est assez précise. Et si nous venions en aide à ces malheureux perdus sur leur iceberg, nous serions des héros. Aux yeux du monde entier. Vous comprenez ? La Russie profiterait de notre héroïsme. »

Joukov en cligna les yeux de surprise. « Vous voulez les sauver ?

– Après tout, nous sauverions la vie de huit scientifiques venus d'une demi-douzaine de pays, y compris le neveu du président assassiné. Une telle occasion de manifester sa bonne volonté ne se présente qu'une fois tous les dix ans.

– Il nous faudrait la permission de Moscou.

– Bien entendu.

– Pour obtenir la réponse rapide dont vous avez besoin, il faudrait transmettre votre demande par satellite. Et pour utiliser le matériel, il faut faire surface.

– J'en suis tout à fait conscient. »

Le laser de transmission et la parabole de réception étaient installés au sommet du massif, cette partie du sous-marin qui abrite les périscopes, le schnorchel et la passerelle d'où est manœuvré le sous-marin lorsqu'il est en surface. Il fallait donc faire surface pour que le laser se fixe sur l'un des satellites russes et fonctionne correctement. Ce faisant, on rompait le secret de leur mission, mais l'extraordinaire rapidité des communications par laser compensait largement cela. De n'importe quel point du monde, on pouvait envoyer un message à Moscou et recevoir immédiatement l'assurance de sa bonne réception.

Emil Joukov prit l'air grave. Il se rendait compte qu'en cas de refus il allait devoir désobéir à un supérieur – soit à son commandant, soit aux autorités de Moscou.

« C'est une mission d'espionnage, commandant. La mission entière serait compromise si nous faisions surface. »

Du bout de l'index, Gorov indiqua leur position sur la carte géographique. « A une telle latitude et par une telle tempête, qui pourrait nous voir ? Nous pourrions faire surface, émettre et recevoir en toute immunité.

– Je suis d'accord, mais nous avons l'ordre de maintenir le silence radio le plus strict. »

Gorov hocha la tête avec solennité comme pour montrer qu'il avait déjà réfléchi au problème et était conscient d toutes ses implications. « Quand mon fils se mourait, Moscou a brisé le silence radio.

– C'était une question de vie ou de mort.

– Là aussi, il y a des gens qui vont mourir. Il est certain que nous avons l'ordre de maintenir le silence radio. Je sais ce que cela signifie que de désobéir à de tels ordres. En revanche, quand il y a urgence, un commandant peut désobéir au ministère. »

Joukov était si soucieux que les rides de son visage se creusaient comme des blessures. « Je ne suis pas certain que l'on puisse parler d'urgence. En tout cas, ce n'est pas le type d'urgence auquel ceux qui pensaient ont établi les règlements.

– Eh bien, pour moi, c'en est une. » Gorov lui lançait discrètement un défi.

« Il vous faudra en répondre devant le conseil de discipline, dit Joukov. Les Renseignements vous poseront aussi certaines questions.

– Je le sais.

– La moitié des membres sont des anciens du KGB.

– C'est possible.

– C'est certain.

– J'y suis prêt, dit Gorov.

– Vous savez comment ils sont...

– Je peux être très dur. Notre mère Russie et la marine m'ont enseigné l'endurance. » Gorov savait qu'ils approchaient de la fin de la mélodie. Le crescendo n'était pas loin.

« J'aurai également la tête sur le billot, dit Joukov d'un air morose, tout en repassant le listing à Gorov.

– Personne n'aura la tête sur le billot. »

Le commandant en second n'était pas convaincu. Son front était profondément ridé.

« Il n'y a pas que des imbéciles au ministère », dit Gorov.

Joukov haussa les épaules.

« Quand ils pèseront le pour et le contre, reprit le commandant, ils m'accorderont la permission dont j'ai besoin. J'en suis absolument certain. Il est clair que la Russie a plus à gagner en envoyant une équipe de sauvetage qu'en poursuivant ce qui n'est, après tout, qu'une mission de routine. »

Emil Joukov avait toujours des doutes.

Gorov quitta son siège et roula le listing qu'il rangea dans un tube.

« Je veux que l'équipage soit aux postes de combat dans cinq minutes.

– Est-ce bien nécessaire ? »

Les hommes de quart ne pouvaient faire surface ou plonger lorsque la manœuvre était trop compliquée ou trop dangereuse.

« Si nous devons désobéir à des ordres du ministère, prenons au moins toutes les précautions », dit Gorov.

Les deux hommes se dévisagèrent longuement comme si chacun essayait de lire dans les pensées de l'autre. Le regard du commandant en second était plus pénétrant que jamais.

Joukov se leva sans détourner le regard.

Il a pris sa décision, se dit Gorov. J'espère qu'il a fait le bon choix.

Joukov hésita... puis salua.

« A vos ordres, commandant. Ce sera fait dans cinq minutes.

– Nous ferons surface dès que l'antenne multifonction aura été rentrée.

– Bien, commandant. »

Gorov avait l'impression que des centaines de nœuds se dénouaient en lui. Il avait gagné. « Allez-y. »

Joukov quitta le PCNO.

Gorov se dirigea alors vers le pupitre de commandement. Il pensa au petit Nikki et comprit qu'il agissait au mieux. Au nom de son fils décédé, pour l'honneur du petit garçon et non pas pour la plus grande gloire de la Russie, il sauverait ces condamnés. Ils ne mourraient pas sur la glace. Cette fois-ci, il avait le pouvoir de vaincre la mort, et il lutterait jusqu'au bout.

15:46

Dès que le second paquet d'explosifs eut été retiré de la glace, Roger, Brian, Claude, Lin et Fischer se dirigèrent vers le site du troisième puits.

Harry resta derrière en compagnie de Pete Johnson, lequel devait encore désarmer la deuxième bombe. Les deux hommes tournaient le dos au vent. A leurs pieds gisait le cylindre noir, long d'un mètre cinquante et mesurant un peu plus de six centimètres de diamètre. Le mot DANGER était écrit en lettres jaunes. Il était entouré d'une mince couche de glace.

« Tu peux me laisser seul, tu sais », dit Pete qui nettoyait soigneusement ses lunettes couvertes de neige. Il devait voir parfaitement clair pour ôter le mécanisme de mise à feu.

« Je croyais que tes semblables avaient peur de rester seuls dans le noir, dit Harry.

– Mes semblables ? J'espère que tu parles des ingénieurs en électronique ?

– De qui d'autre pourrais-je parler ? » fit Harry en souriant.

Une rafale de vent les déséquilibra, mais ils s'y attendaient. Autrement ils seraient tombés. Pendant une minute, ils furent incapables de prononcer un seul mot.

Puis le vent retomba un peu pour ne plus souffler qu'à soixante-dix kilomètres à l'heure. Pete acheva de nettoyer ses lunettes avant de se frotter les mains pour ôter la glace accumulée sur ses gants.

« Je sais pourquoi tu n'es pas parti avec les autres. On ne me la fait pas, à moi. C'est ton complexe du héros.

– Je suis le nouvel Indiana Jones, tu ne savais pas ?

– Il faut toujours que tu te trouves là où est le danger.

– C'est ça, les héros. » Harry secoua la tête d'un air triste. « Désolé, docteur Freud, mais tu as tout faux. Je préférerais me trouver dans un endroit paisible, mais je me suis dit que la bombe pouvait te péter en pleine figure.

– Tu me donnerais les premiers soins ?

– C'est un peu ça.

– Ecoute, si la bombe me pète au visage sans me tuer... pas de premiers soins, je t'en supplie. Achève-moi plutôt. »

Harry fit la grimace et voulut protester.

« Je ne réclame que ta pitié », dit carrément Johnson.

Au cours des derniers mois, Harry avait appris à aimer et à respecter cet athlète au visage énergique. Sous les traits fiers de Pete Johnson, sous les épaisseurs d'éducation et de travail, sous la compétence glacée, il y avait un gosse épris de science, de technologie et d'aventure. Harry retrouvait beaucoup de lui-même en Pete.

« Il n'y a pas beaucoup de chances que ça explose, hein ?

– Pratiquement aucune, le rassura Pete.

– La charge a mis pas mal de temps à sortir du puits.

– Relax, Harry ! Avec le dernier, on n'a pas eu de problème, si ? »

Ils s'agenouillèrent devant le cylindre d'acier. Harry tenait la torche tandis que Pete ouvrait une petite boîte contenant des outils de précision.

« Ce n'est pas trop difficile de désarmer ces saloperies, dit Pete. Ce n'est pas ça, notre problème. C'est d'en sortir encore huit de la glace avant les douze coups de minuit, si l'on ne veut pas voir le carrosse se transformer en citrouille.

– On en sort un par heure.

– Mais on va ralentir le rythme », dit Johnson. Avec un petit tournevis, il ôta la première vis du cache. « Il nous a fallu quarante-cinq minutes pour avoir la première charge. Cinquante-cinq pour la deuxième. On commence à fatiguer. C'est le vent. »

Le vent était épuisant ; il poussait Harry dans le dos avec une telle force que le scientifique avait l'impression de lutter contre une rivière en crue. Parfois, la vitesse du vent s'élevait brutalement à plus de cent à l'heure. Bientôt, ce serait intenable.

« Tu as raison », dit Harry. Il avait mal à la gorge à force de crier pour se faire entendre ; les deux hommes étaient pourtant tout près l'un de l'autre, penchés au-dessus du paquet d'explosifs. « Ça ne sert pas à grand-chose de se réchauffer dix minutes dans la cabine du scooter pour aller ensuite passer une heure dehors avec un temps aussi pourri. »

Pete retira la dernière vis et ôta du cylindre une pièce de quinze centimètre de long. « A ton avis, la température est de combien ?

– Je ne sais pas, moins vingt-cinq ?

– Moins trente-cinq.

– Eh bien... » Même son épaisse combinaison ne parvenait pas à le protéger. Pareil à un poignard, le vent ne cessait de le frapper dans le dos, de transpercer le tissu, de lui piquer la colonne vertébrale. « Je n'ai jamais cru qu'on arriverait à en enlever dix. Je savais qu'on ralentirait. Mais si on réussit à en désamorcer cinq ou six, on aura déjà assez de place. Du moins, j'espère. »

Pete récupéra l'horlogerie, reliée au reste du cylindre par quatre fils électriques de couleur : un rouge, un jaune, un vert et un blanc. « C'est quand même mieux de mourir de froid demain que de sauter ce soir.

– Tu ne vas pas t'y mettre toi aussi, dit Harry.

– A quoi ?

– Tu ne vas pas jouer les Franz Fischer.

– Ou les George Lin, fit Pete en riant.

– De vraies pleureuses !

– C'est toi qui les as choisis, dit Pete.

– C'est vrai. N'empêche que ce sont de bons éléments. C'est seulement les circonstances...

– ... qui font d'eux des trous du cul.

– Tout juste.

– Bon, il vaut mieux que tu t'éloignes, dit Pete tout en fouillant à nouveau dans la trousse à outils.

– Je vais te tenir la lampe.

– Je veux, oui. Pose-la pour qu'elle m'éclaire, et dégage. N'oublie pas que tu dois avoir pitié de moi si ça pète. »

Contre son gré, Harry regagna le scooter. Il s'accroupit derrière la machine pour se protéger du vent. Et il réalisa soudain que tout ce travail, tous ces risques qu'ils prenaient, cela ne les mènerait à rien. Leur situation allait encore empirer avant de s'améliorer. Si elle s'améliorait jamais...

16:00

L'*Ilya Pogodine* roulait incessamment à la surface de l'Atlantique nord. La mer déchaînée se brisait sur sa coque arrondie et projetait des vagues pareilles à des geysers. Le sous-marin ne dépassait pratiquement pas de l'eau et réagissait fort peu aux impacts, mais il ne pourrait supporter indéfiniment un tel traitement. L'eau grise s'étalait sur le pont et une écume épaisse se formait autour du massif. Le sous-marin n'avait pas été conçu pour rester en surface par gros temps. Il avait une certaine tendance à embarder, mais Timochenko réussit tout de même à échanger des messages avec le cabinet de crise du ministère de la Marine, à Moscou.

Le capitaine Gorov était monté sur la passerelle en compagnie de deux sous-mariniers. Ils portaient tous des gilets de sauvetage, des manteaux à capuche sur leur veste et des gants. Les deux vigies se tournaient le dos : l'une regardait vers bâbord, l'autre vers tribord. Les trois hommes étaient équipés de jumelles puissantes et scrutaient l'horizon.

Un horizon plutôt limité, au goût de Gorov.

A une telle latitude, le crépuscule polaire n'avait pas totalement délaissé le ciel. Une étrange lueur verdâtre imprégnait les lourdes nuées d'orage et saturait le paysage. Gorov avait l'impression de tout voir à travers une mince couche de liquide vert. Elle illuminait à peine la mer furieuse et colorait en jaune la crête des vagues. Le vent du nord-ouest soufflait un mélange de pluie et de neige ; le massif, le bastingage, l'imperméable de Gorov, l'émetteur laser et les antennes radio étaient recouverts de glace. Des nappes de brume venaient çà et là obstruer le panorama ; plein nord, les vagues rugissantes se dissimulaient derrière un brouillard brunâtre si dense qu'on eût dit un rideau tiré sur le reste de l'univers. La visibilité variait entre quatre cents et douze cents mètres ; elle eût été encore moindre si les hommes n'avaient pris leurs jumelles à vision nocturne.

Derrière Gorov, tout en haut du massif, la parabole se déplaçait lentement d'est en ouest. Ses mouvements étaient imperceptibles, mais elle suivait fidèlement un satellite de communications russe en orbite subpolaire. Le message de Gorov avait été transmis par faisceau laser quatre minutes plus tôt. La parabole attendait la réponse de Moscou.

Le commandant avait déjà imaginé le pire. On lui ordonnerait de céder le commandement à son second, Emil Joukov, lequel devrait le faire placer sous surveillance permanente tandis qu'il serait seul maître à bord. La cour martiale se réunirait en son absence et il ne connaîtrait la décision qu'à son retour à Moscou.

En fait, il s'attendait à une réponse plus raisonnable de la part du ministère de la Marine. Certes, le ministère était imprévisible. Le régime post-communiste était plus respectueux de la justice, mais l'on voyait tout de même des officiers jugés en cour martiale et condamnés par contumace. Mais non, il croyait ce que Joukov lui avait dit dans la salle de communications : il n'y avait pas que des imbéciles au ministère. Ils comprendraient certainement tout l'avantage qu'ils pourraient tirer d'une telle situation.

Gorov observait l'horizon.

Le temps semblait ne plus vouloir s'écouler. Le commandant savait que c'était une illusion, mais il voyait les vagues déferler au ralenti comme si la mer était constituée d'une bouillie froide. Chaque minute durait une heure.

Il y eut une violente détonation.

Des étincelles jaillirent des fentes d'aération de la foreuse auxiliaire. Elle hoqueta à plusieurs reprises et s'arrêta.

Roger Breskin appuya sur le déclencheur. « Bon Dieu, qu'est-ce qui se passe ? »

Comme la foreuse ne voulait pas repartir, Pete Johnson s'approcha pour y jeter un coup d'œil.

Les autres cessèrent également leurs activités. Chacun s'attendait au pire. Harry trouva qu'ils ressemblaient à des badauds attirés par un accident d'automobile – à une différence près : les cadavres risquaient bien d'être les leurs.

« Qu'est-ce qui se passe ? fit George Lin.

– Il va falloir que tu démontes l'axe pour voir ce que c'est, dit Fischer à Pete.

– Pas la peine, je sais déjà ce que c'est. C'est irréparable.

– Qu'est-ce que tu veux dire ? » fit Brian.

Pete montra la neige et la glace accumulées autour du troisième puits en cours d'ouverture. « Regardez ces trucs noirs... »

Harry s'allongea sur la glace pour mieux observer les fragments métalliques. « Ce sont des dents. Un des engrenages est cassé. »

Silence général.

« Je pourrais réparer le câblage, dit finalement Pete. Mais nous n'avons pas d'engrenages de secours.

– Alors ? » dit Brian.

Avec son traditionnel pessimisme germanique, Fischer dit : « On retourne à la grotte et on attend minuit.

– On abandonne ? » fit Brian.

Harry se releva. « J'ai bien peur qu'on ne puisse pas faire autre chose pour le moment. Nous avons perdu l'autre foreuse quand mon scooter a basculé dans la crevasse. »

Brian secoua la tête ; il refusait d'accepter leur impuissance. « Claude a dit tout à l'heure qu'on pourrait se servir de la hache et de la scie électrique pour tailler des marches dans la glace... »

Le Français l'interrompit. « Ce serait valable si on avait une semaine devant nous. Avec cette méthode, il faudrait au moins six heures par bombe. Ça ne vaut pas le coup de gaspiller notre énergie pour gagner quinze mètres.

– Dans ce cas, on remballe, dit Harry en tapant

dans ses mains pour donner plus de poids à ses paroles. Ça ne sert à rien de rester là, on perd notre chaleur. On parlera de tout ça dans la grotte, à l'abri du vent. On trouvera peut-être une autre solution. »

Mais lui-même n'avait aucun espoir.

A seize heures deux minutes, le centre de communications signala la réception d'un message émis par le ministère de la Marine. Cinq minutes plus tard, le texte décodé fut apporté sur la passerelle et Nikita Gorov le lut avec une certaine fébrilité.

MESSAGE
MINISTÈRE DE LA MARINE
HEURE : 19:00 MOSCOU
DE : OFFICIER DE QUART
À : COMMANDANT N. GOROV
SUJET : VOTRE DERNIÈRE TRANSMISSION #34-D
TEXTE :
VOTRE REQUÊTE SOUMISE À ÉTUDE PAR AMIRAUTÉ STOP DÉCISION IMMÉDIATE IMPOSSIBLE STOP FAITES PLONGÉE ET POURSUIVEZ MISSION PRÉVUE PENDANT UNE HEURE STOP POURSUITE MISSION OU NOUVEAUX ORDRES TRANSMIS À 17:00 STOP

Gorov était déçu. L'indécision du ministère jouait avec ses nerfs. La prochaine heure serait encore plus difficile à vivre que la précédente.

Il se tourna vers les deux sous-mariniers. « Quittez la passerelle. »

Ils allaient plonger. Les deux hommes descendirent à l'intérieur du massif et prirent place devant leurs pupitres respectifs. Le commandant fit sonner l'alarme, deux coups brefs diffusés dans chacune des cabines. Puis lui-même quitta la passerelle et referma le panneau de l'écoutille.

Le quartier-maître de quart fit tourner le volant métallique. « Ecoutille fermée. »

Gorov se hâta de rejoindre son poste au PCNO. A la deuxième sonnerie, les ballasts s'étaient ouverts et la mer s'était précipitée pour chasser l'air qui y était contenu. Sur la droite de Gorov, un sous-officier surveillait un tableau de bord surmonté d'une ampoule rouge et de plusieurs ampoules vertes. Les lampes vertes correspondaient aux écoutilles, aux purges, aux ballasts. Sous la lampe rouge, il y avait une plaque gravée ÉMETTEUR LASER. Quand l'émetteur rentrait dans sa niche, tout en haut du massif, et que son panneau étanche se mettait en place, la lampe rouge s'éteignait.

« Voyants au vert ! » annonça le sous-officier.

Gorov ordonna que l'air comprimé soit émis par les groupes d'air ; quand l'indicateur de pression se stabilisa, il sut que le bateau était hermétiquement clos.

« Pression nominale », dit le pilote chargé des barres de plongée.

En moins d'une minute, ils avaient accompli les préparatifs. Le pont s'inclina, le sommet du massif pénétra dans l'eau et ils furent bientôt hors de vue de tout avion ou de tout navire.

« Plongez à trente mètres », ordonna Gorov.

La descente était ponctuée par des bips émis par l'ordinateur.

« Trente mètres, annonça le pilote.
– Maintenez la profondeur.
– Profondeur maintenue, commandant. »
Le sous-marin étant stabilisé en profondeur, Gorov se tourna vers Joukov : « Veuillez me remplacer, lieutenant Joukov.
– Bien, commandant. »
Gorov quitta le poste central navigation opérations et se dirigea vers la proue, où était situé le local des communications.
Timochenko se tourna vers la porte au moment où le commandant pénétra dans la pièce. « Commandant, je demande la permission de larguer l'antenne linéaire remorquée.
– Permission refusée. »
Timochenko cligna les yeux de surprise avant de pencher la tête. « Pardon ?
– Permission refusée », répéta Gorov. Il regarda le matériel de télécommunication entassé dans la pièce. Il avait appris assez sommairement à s'en servir. Pour des raisons de sécurité, l'ordinateur qui gérait les télécommunications était séparé de l'ordinateur principal.
« Je veux utiliser le codeur et l'ordinateur. »
Timochenko ne réagit pas. C'était un excellent technicien et un jeune homme très doué, mais son univers n'était constitué que de machines, de banques de données, de codes d'accès et de gadgets électroniques : il était incapable de travailler avec des êtres humains, sauf s'ils se conduisaient eux-mêmes comme des machines au comportement prévisible.
« Vous avez entendu ? » lui demanda Gorov avec impatience.

Timochenko rougit, il était embarrassé. « Euh... oui... oui, commandant. » Il indiqua à Gorov le terminal de l'ordinateur de télécommunication. « Vous voulez quelque chose, commandant ?

– Oui, rester seul », dit Gorov en prenant place sur le siège.

Timochenko restait figé sur place.

« Rompez, lieutenant. »

Timochenko rougissait de plus en plus. Il hocha la tête et ébaucha un sourire avant de se retirer à l'autre bout de la pièce, où ses subalternes firent ceux qui n'avaient rien entendu.

Le codeur – la machine à crypter – se trouvait à côté du siège de Gorov. Il avait la taille et la forme d'une petite armoire et était surmonté d'un clavier d'allure normale mais comportant quelques touches supplémentaires. Gorov alluma l'interrupteur. Du papier jaune se déroula hors de la machine.

Gorov s'empressa de taper un message. Quand il eut fini, il se relut sans toucher au papier, puis il enfonça une touche rectangulaire de couleur rouge portant le mot TRAITEMENT. Une imprimante laser bourdonna et le codeur produisit la version cryptée sous le texte original. Apparemment, cela n'avait aucun sens : des séries de nombres aléatoires étaient séparées par des symboles divers.

Gorov arracha la feuille de papier et fit pivoter sa chaise pour faire face à l'écran vidéo. Soigneusement, il recopia la suite de chiffres et de symboles pour l'entrer dans l'ordinateur de télécommunication. Ensuite, il enfonça une touche de fonction marquée DÉCODAGE, puis une autre marquée IMPRESSION. Il ne toucha pas à la fonction AFFICHAGE ; en effet, il ne voulait pas que le texte apparaisse sur l'écran vidéo, où il serait lu par Timochenko et les autres techniciens. Il ne se détendit que lorsqu'il eut jeté dans la broyeuse la feuille jaune du décodeur.

La feuille émise par l'imprimante portait le texte qu'il avait tapé, mais la police de caractères était celle utilisée par l'ordinateur. Cela ressemblait à n'importe quel message décodé en provenance du ministère de la Marine. Gorov avait obtenu ce qu'il voulait, et moins de cinq minutes s'étaient écoulées.

Il demanda à l'ordinateur de supprimer de sa mémoire tous les détails de sa manipulation. Le listing était désormais la seule preuve matérielle qui subsistât. Après le départ de Gorov, Timochenko ne pourrait interroger l'ordinateur pour savoir ce que le commandant avait fait.

Il se leva et se dirigea vers la porte. De là, il appela. « Ho ! lieutenant ? »

Timochenko faisait semblant d'étudier le livre de bord. Il leva les yeux. « Commandant ?

– Parmi les dépêches que vous avez interceptées, celles qui concernent les disparus de la station Edgeway, il était question d'un émetteur...

– Oui, ils ont un poste à ondes courtes standard, dit Timochenko, mais ce n'est certainement pas de ça que vous voulez parler. Il y a aussi une balise radio qui émet dix fois à la minute un signal d'une durée de deux secondes.

– Vous l'avez capté ?

– Il y a vingt minutes de cela.

– Le signal est puissant ?

– Oh ! oui.

– Vous connaissez leur position ?
– Oui, commandant.
– Bon. Vérifiez-la. Je vous appelle sur l'interphone dans cinq minutes », dit Gorov. Il s'en revint au PCNO pour avoir une nouvelle conversation avec Emil Joukov.

Harry racontait à Rita comment la foreuse de secours s'était cassée. Elle l'interrompit brutalement. « Où est Brian ? »

Il se tourna vers les hommes qui l'avaient suivi à l'intérieur de la caverne de glace. Brian Dougherty ne se trouvait pas parmi eux.

Harry plissa le front. « Où est Brian ? Pourquoi est-ce qu'il n'est pas là ?

– Il n'est certainement pas loin, fit Roger Breskin. Je vais voir dehors. »

Pete Johnson l'accompagna.

« Il doit être derrière l'un des hummocks », dit Fischer, parlant des tertres de glace. Il ne paraissait pas croire à ce qu'il disait. « Il est peut-être allé pisser.

– Non, dit fermement Harry.

– Il en aurait parlé à quelqu'un », ajouta Rita.

Sur la calotte glaciaire, loin de la sécurité de la station Edgeway ou des igloos gonflables du campement provisoire, nul ne pouvait se permettre d'être trop pudique. Quand on voulait aller aux toilettes, il était capital de dire à quelqu'un derrière quelle butte, derrière quelle crête on souhaitait se retirer pour satisfaire ses besoins naturels. Brian était trop conscient des dangers pour agir autrement.

Roger et Pete revinrent au bout de deux minutes. Ils ôtèrent leurs lunettes et baissèrent leurs masques.

« Il n'est pas à côté des scooters, dit Roger. On n'a rien vu. » Ses yeux gris, habituellement impassibles, étaient inquiets.

« Qui était avec lui au retour ? » demanda Harry.

Tous se regardèrent.

« Claude ? »

Le Français secoua la tête. « Pas moi. Je crois qu'il était avec Franz.

– C'est moi qui étais avec Franz », dit George Lin.

Rita était exaspérée. Tout en tortillant une mèche de cheveux qui dépassait de sa capuche, elle dit : « Bon sang, vous voulez dire que vous l'avez laissé tout seul ?

– C'est impossible, dit Harry.

– Sauf si c'est ce qu'il désirait, proposa George Lin.

– Pourquoi voudrait-il rester en arrière ? » demanda Harry, perplexe.

Lin n'était visiblement pas affecté par l'inquiétude générale. Il prit le temps de se moucher, replia soigneusement son mouchoir et le rangea dans sa poche avant de répondre. « Vous avez certainement lu les articles dans les journaux. L'Espagne... l'Afrique... l'Indonésie... partout il a risqué sa vie pour moins que rien.

– Ce qui signifie ?

– Il est suicidaire », dit Lin, comme si c'était une chose évidente.

Harry était étonné, même pas furieux. « Tu veux dire qu'il s'est isolé pour mourir ? »

Lin haussa les épaules.

« Enfin, George, pas Brian ! Qu'est-ce qui te prend ?

– Il est peut-être tombé, dit Pete. Il a peut-être fait une chute.

– Oui, reprit Claude Jobert. Il est tombé, il s'est cogné la tête, il ne pouvait pas appeler et nous avions tellement hâte de rentrer qu'on ne l'a pas remarqué. »

Harry se montrait sceptique.

« C'est tout à fait possible, insista Pete.

– Oui, dit Harry qui n'était pas très convaincu, peut-être. Nous allons repartir. Pete, tu viens avec moi. On prend deux scooters.

– Je vous accompagne, dit Roger.

– On se débrouillera très bien à deux, dit Harry tout en remettant ses lunettes.

– J'insiste, fit Roger Breskin. Écoute, Brian n'a pas flanché de la journée. Il n'a pas hésité un seul instant quand il est descendu chercher George. Je n'en aurais pas fait autant. Il est descendu dans la crevasse. Si c'était moi qui avais disparu, il partirait tout de suite à ma recherche. J'en suis persuadé. Alors, que tu le veuilles ou non, je partirai avec vous. »

Harry était impressionné. Roger Breskin n'avait pas parlé si longtemps de suite depuis plusieurs mois.

« Bon, tu as gagné. Allez, viens... »

Le cuistot de l'*Ilya Pogodine* était une perle. Son père avait été chef au Restaurant national, à

Moscou, et il tenait de lui l'art d'accomplir avec les aliments des miracles auprès desquels la multiplication des pains et des poissons semblait à la portée de tous. Les mets servis aux officiers étaient les meilleurs de toute la flotte de sous-marins.

Il commençait à préparer le premier service. Au menu, il y avait du poisson, qu'il faisait revenir avec des oignons, des blancs d'œuf et des feuilles de laurier. L'arôme flottait dans les coursives, emplissait le poste de communication et atteignait le poste central navigation opérations.

Quand Gorov entra dans dans le PCNO, Sergueï Belyaev, l'officier de plongée, lui dit : « Commandant, est-ce que vous pouvez faire entendre raison à Leonid ? » Il désignait un jeune officier assis non loin de lui.

Gorov était pressé, mais il ne voulait pas que Belyaev se doute de quoi que ce soit. « Qu'est-ce qui se passe ? »

Belyaev fit la grimace. « Leonid est inscrit pour le premier service et moi pour le cinquième.

– Et alors ?

– Je lui ai dit que s'il faisait l'échange avec moi, je lui obtiendrais un rendez-vous avec une superbe blonde de Kaliningrad. Une vraie créature de rêve : des seins comme des melons, elle ferait damner un archidiacre ! Mais cet idiot de Leonid ne veut pas faire l'échange avec moi. »

Gorov sourit. « C'est normal : quelle femme pourrait être plus excitante que l'excellent dîner qui nous attend ? Et puis, qui serait assez naïf pour croire qu'une femme avec des seins comme des melons puisse avoir envie de vous fréquenter, Sergueï Belyaev ? »

Un rire sonore éclata dans la salle.

« Je ferais peut-être mieux de lui proposer quelques roubles, dit Belyaev en souriant à son tour.

– Voilà qui est plus réaliste, convint Gorov. Mais ce serait encore mieux avec des dollars. » Il s'approcha de la table traçante, s'installa sur un tabouret et posa un listing plié devant Emil Joukov. C'était le message qu'il avait passé au codeur quelques minutes auparavant. « Tenez, voilà de la lecture », dit-il doucement.

Joukov repoussa son roman et ajusta les lunettes cerclées qui avaient glissé sur son nez. Il déplia le papier.

MESSAGE

MINISTÈRE DE LA MARINE

HEURE : 19 : 00 MOSCOU

DE : OFFICIER DE QUART

À : COMMANDANT N. GOROV

SUJET : VOTRE DERNIÈRE TRANSMISSION #34-D

TEXTE :

VOTRE REQUÊTE SOUMISE À ÉTUDE PAR AMIRAUTÉ STOP PERMISSION ACCORDÉE SOUS CONDITION STOP FAITES CHANGEMENTS DE CAP NÉCESSAIRES STOP CONFIRMATION OU ANNULATION DE PERMISSION TRANSMISE À 17:00 STOP

Après s'être mordillé quelques instants la lèvre inférieure, Joukov posa son regard intense sur Gorov et dit : « Qu'est-ce que c'est que ça ? »

Gorov parla à voix basse, pas trop toutefois pour que les autres marins ne croient pas qu'il cherchait à leur dissimuler quelque chose. « Ce que c'est ? Mais vous le savez aussi bien que moi, Emil. C'est un faux. »

Le commandant en second ne savait que répondre.

Gorov se pencha vers lui. « C'est pour assurer votre protection.

– Ma protection ? »

Gorov reprit le papier et le plia soigneusement avant de le ranger dans la poche de sa chemise. « Nous allons déterminer une trajectoire qui nous amène sur cet iceberg, dit-il en posant la main sur la table. Nous allons sauver Brian Dougherty et les scientifiques de la station Edgeway.

– Vous n'avez pas la permission du ministère ; un faux ne vous permettra pas de...

– Vous avez besoin de la permission de quelqu'un pour sauver des vies humaines ?

– Commandant, je vous en prie. Vous savez de quoi je parle.

– Dès que nous aurons mis le cap sur l'iceberg, je vous donnerai le faux communiqué que vous venez de lire. Vous devrez le conserver, ce sera votre seul moyen de défense s'il y a une enquête.

– Mais j'ai vu le vrai message.

– Ne le dites pas.

– Ce ne sera pas facile.

– Écoutez, dit Gorov, je suis le seul à bord à savoir que vous l'avez vu. Je dirai devant n'importe quel tribunal que je vous ai montré le faux et rien d'autre.

– Si l'on m'interroge, je risque de passer au sérum de vérité. Et puis, je ne suis pas d'accord pour désobéir à des ordres qui...

– D'une manière ou d'une autre, vous désobéirez à des ordres. Les miens ou les leurs. Écoutez, Emil, c'est vraiment ainsi que nous devons agir.

Et je vous couvrirai. Suis-je un homme de parole ou pas ?

– Je ne me permettrais pas d'en douter », s'empressa de dire Joukov. Il détourna les yeux, comme gêné à l'idée de devoir jamais se méfier de son supérieur.

« Alors, Emil ? » Le commandant en second ne répondit pas et Gorov dit d'une voix plus ferme : « Nous perdons du temps, lieutenant. Chaque minute compte. Si nous devons les rejoindre, faisons-le tout de suite, n'attendons pas qu'ils soient morts pour nous décider ! »

Joukov retira ses lunettes. Il ferma les yeux et se pinça le haut du nez.

« Commandant, je sers à vos côtés depuis combien de temps ?

– Sept ans.

– Il y a eu des moments difficiles », dit Joukov.

Celui-ci, par exemple, pensa Gorov.

Joukov baissa la main, mais n'ouvrit pas les yeux pour autant. « Le jour où la corvette norvégienne nous a lâché des torpilles quand elle nous a surpris dans le fjord d'Oslo...

– C'était plutôt tendu.

– Quand on a joué au chat et à la souris avec le sous-marin américain au large des côtes du Massachusetts...

– On les a bien eus, hein ? Oui, on fait une bonne équipe.

– Je ne vous ai jamais vu céder à la panique ou donner des ordres mal appropriés.

– Merci, Emil.

– Jusqu'à aujourd'hui...

– Aujourd'hui inclus. »

Joukov ouvrit les yeux. « Avec tout le respect que je vous dois, commandant, ça ne vous ressemble pas. C'est de l'imprudence.

– Je ne suis pas d'accord. Ce n'est pas de l'imprudence. En aucun cas. Je vous l'ai déjà dit, je suis certain que l'Amirauté approuvera notre mission de sauvetage.

– Dans ce cas, pourquoi ne pas attendre la transmission de dix-sept heures ?

– Nous ne pouvons pas perdre de temps. Le rythme de travail du ministère est trop bureaucratique. Nous devons arriver le plus tôt possible sur cet iceberg. Quand nous l'aurons approché, il nous faudra encore pas mal de temps pour récupérer les scientifiques et les faire monter à bord. »

Joukov consulta sa montre. « Il est seize heures vingt. La décision de l'Amirauté va nous parvenir dans quarante minutes.

– Dans une mission de sauvetage comme celle-ci, la réussite ou l'échec peuvent dépendre de quarante minutes.

– Vous êtes donc inflexible ?

– Oui. »

Joukov soupira.

« Vous pourriez me relever de mon commandement, dit Gorov. Immédiatement. Vous auriez des raisons pour cela. Je ne vous en voudrais pas, Emil. »

Joukov regardait ses mains, qui tremblaient doucement. « S'ils vous refusent la permission que vous attendez, dit-il, vous ferez demi-tour, vous reprendrez la mission de surveillance ?

– Je n'aurai pas le choix.

– Vous feriez demi-tour ?

– Oui.

– Vous ne leur désobéiriez pas ?

– Non.

– J'ai votre parole ?

– Vous avez ma parole. »

Joukov réfléchit.

Gorov quitta son siège. « Alors ?

– Je suis sûrement dingue...

– Cela veut dire que vous êtes d'accord ?

– Comme vous le savez, j'ai donné votre prénom à mon deuxième fils, Nikita Joukov. »

Le commandant hocha la tête. « J'en ai été très honoré.

– Eh bien, si je me suis trompé à votre sujet, si j'ai eu tort de l'appeler Nikita, il est trop tard à présent. Il sera toujours là pour me rappeler ma bévue. Je n'ai pas besoin de cela. C'est pour ça que je vous donne encore une chance de me prouver que j'ai eu raison. »

Gorov sourit. « Lieutenant, allons calculer leur position et déterminer notre route. »

Après avoir visité le site du troisième puits, Pete et Roger abandonnèrent les scooters, moteurs en marche et phares allumés. La fumée qui sortait des pots d'échappement formait des colonnes brillantes comme le cristal. Les deux hommes partirent dans des directions différentes, et Harry prit une troisième direction. Tous trois cherchaient Brian Dougherty dans les crevasses ou entre les hummocks qui leur arrivaient à la taille.

Avec d'infinies précautions, conscient de pouvoir disparaître dans la tempête aussi facilement que Brian, Harry observa le paysage blanc et gris avant de s'y aventurer. Il se servait de sa lampe comme d'une machette et balayait de droite à gauche. Le faisceau jaunâtre, immatériel, tranchait les flocons de neige, mais n'affectait en rien la jungle blanche. Tous les dix pas, il se retournait pour voir où se trouvaient les scooters. Il était déjà sorti de la zone illuminée par les phares. S'il se perdait, personne n'entendrait ses appels au secours. Les hurlements du vent étaient bien trop forts. La neige qui tombait dru réduisait les phares à de petits points jaunâtres : s'ils disparaissaient, c'en était fait de lui.

Harry cherchait derrière chaque butte et n'en omettait aucune, mais il n'avait que peu d'espoir de retrouver Brian. Le vent soufflait en rafales. La neige s'accumulait entre ses bottes dès qu'il s'arrêtait pour observer un point précis. Si Brian était tombé sur la glace, s'il était inconscient depuis plus d'un quart d'heure, la couche de neige qui serait tombée sur lui l'aurait fait disparaître à tout jamais.

Non, se dit Harry, c'est sans espoir.

Il ne se trouvait qu'à une douzaine de mètres du puits quand, après avoir contourné un monolithe de glace aussi gros qu'un semi-remorque, il vit Brian. Le jeune homme était couché sur le dos, un bras allongé, l'autre en travers de la poitrine. Il portait toujours ses lunettes et son masque protecteur. Le bloc de glace l'avait protégé du vent et la neige ne l'avait pas recouvert. Il semblait faire tranquillement la sieste. En fait, il y avait de grandes chances qu'il fût mort.

Harry s'agenouilla auprès du corps inerte et baissa le masque de Brian. De la vapeur sortait de ses narines à un rythme irrégulier. Il était vivant. Mais pour combien de temps encore ? Ses lèvres étaient exsangues, sa peau aussi blanche que la neige qui l'entourait. Harry le pinça. Il ne réagit pas. Ses paupières ne frémirent même pas. Il était couché sur la glace depuis un quart d'heure : même si le vent ne soufflait pas directement sur lui, même s'il portait des vêtements protecteurs, il souffrait déjà de l'exposition au grand froid. Harry remonta le masque sur sa bouche et son nez.

Il se demandait comme il allait bien pouvoir tirer Brian de là quand il vit quelqu'un. Un faisceau de lumière creva le rideau de neige, timide d'abord, puis de plus en plus vif.

Roger Breskin émergea de la neige. Il tenait sa torche à la façon d'un aveugle qui promène sa canne. Apparemment, il était sorti de la zone qu'il était censé explorer. Il hésita quand il vit Brian.

Harry eut un geste d'impatience.

Breskin baissa son masque et se précipita vers eux. « Il est vivant ?

– Si l'on veut...

– Que s'est-il passé ?

– Je n'en sais rien. Mettons-le dans l'un des scooters, l'air chaud va le ranimer. Prends-le par les pieds, je vais le...

– Je peux le porter seul.

– Mais...

– On y arrivera mieux comme ça. »

Harry prit la lampe que lui tendait Roger.

Le colosse se pencha et souleva Brian comme s'il ne pesait pas plus de dix kilos.

Harry ouvrit la route qui menait aux scooters.

A seize heures cinquante, les Américains de la base de Thulé annoncèrent d'autres mauvaises nouvelles à Gunvald Larsson. Comme le *Melville*, le *Liberty* avait préféré renoncer : le temps était trop mauvais, seuls de très gros bâtiments – ou des capitaines insensés – auraient pu s'y risquer. Le remorqueur ne pouvait affronter les vagues monstrueuses qui couraient sur tout l'Atlantique nord et les parties de la mer du Groenland encore épargnées par les glaces. Il n'avait fait demi-tour que depuis cinq minutes quand un marin signala un léger gauchissement des plaques de blindage de la proue.

Le radio américain assura à Gunvald que tout le personnel de Thulé priait pour les malheureux perdus sur l'iceberg. Dans le monde entier, des millions de personnes faisaient de même.

Les prières ne changeaient rien à la situation : le capitaine du *Liberty* venait de prendre, certainement après mûre réflexion, une décision qui signait l'arrêt de mort de huit innocents.

Gunvald ne pouvait se résoudre à faire part de la nouvelle à Rita. Cela lui était impossible pour l'instant, à la minute même. Il le ferait peut-être à cinq heures... ou à cinq heures et quart. Il aurait voulu être maître du temps. Ces hommes et cette femme étaient ses amis, leur sort le préoccupait plus que tout. Il ne voulait pas être le funeste messager. Il tremblait. Non, il lui fallait prendre un peu de temps pour réfléchir à la façon dont il allait leur annoncer la terrible nouvelle.

Il avait besoin de boire. Il n'était pas homme à chercher refuge dans la boisson, mais il se versa tout de même une bonne dose de vodka. Il y en avait trois bouteilles dans la réserve, après tout.

Quand il eut terminé sa vodka, il était toujours dans l'incapacité d'appeler Rita. Il se versa donc un autre verre, hésita, le but, puis s'en octroya un troisième avant de ranger la bouteille dans le placard.

Les scooters des neiges étaient garés, mais les moteurs ne cessaient de tourner.

Sur la calotte glaciaire, surtout quand le temps est à la tempête, les engins ne doivent jamais s'arrêter si l'on ne veut pas voir les batteries se vider et l'huile geler en deux ou trois minutes.

Harry sortit de la caverne de glace et courut vers un scooter. Quand il fut installé, bien au chaud dans la cabine, il dévissa le thermos qu'il avait apporté avec lui. Il but plusieurs gorgées d'une épaisse soupe de légumes ; ils l'avaient préparée sur la plaque chauffante qui leur avait précédemment servi à faire fondre la neige destinée à être versée dans les puits. Pour la première fois de la journée, il pouvait se détendre – même s'il savait que cet instant de calme ne serait que de courte durée.

Dans les trois scooters garés à sa gauche, George Lin, Claude et Roger dînaient au calme. Il les voyait à peine, ce n'étaient que des formes indistinctes dans des cabines mal éclairées.

Chacun avait droit à trois bols de soupe. A ce rythme, ils pourraient encore faire deux autres repas. Harry avait décidé de ne pas rationner la nourriture : s'ils étaient sous-alimentés, le froid risquait de les tuer encore plus rapidement.

Franz Fischer et Pete Johnson se trouvaient à l'intérieur de la grotte. Harry les voyait parfaitement bien, ses phares étant braqués directement sur l'entrée. Les deux hommes faisaient les cent pas, ils attendaient leur tour pour profiter de la chaleur des cabines et des thermos de soupe. Franz marchait de manière saccadée, comme un pantin, tandis que Pete déambulait à grandes enjambées bien coulées.

Rita frappa à la porte de la cabine et ouvrit. Harry sursauta.

« Qu'est-ce qui se passe ? » Il avait failli avaler sa soupe de travers.

Elle se pencha à l'intérieur de l'habitacle pour empêcher le vent d'entrer. « Il veut te parler.

– Brian ?

– Oui.

– Ça va mieux ?

– Oui, beaucoup mieux.

– Il se souvient de ce qui s'est passé ?

– Il te racontera tout. »

Dans le cinquième scooter, Brian récupérait lentement. Rita avait passé avec lui les vingt dernières minutes, elle avait massé ses doigts gourds et lui avait donné de la soupe. Et elle avait tout fait pour qu'il ne s'endorme pas. Il avait repris conscience alors qu'on le ramenait à la caverne, mais il souffrait trop pour s'exprimer. Ses terminaisons nerveuses revenaient peu à peu à elles. La douleur était extrême. Il faudrait encore attendre une bonne demi-heure pour que son état de santé fût considéré comme satisfaisant.

Harry referma son thermos. Avant de remettre en place ses lunettes, il embrassa Rita.

« Hmm, fit-elle, c'est bon, encore... »

Elle glissa la langue entre ses lèvres. Des flocons de neige voletaient autour de sa tête et dansaient devant le visage de Harry, mais il sentait son haleine chaude sur sa peau. Il aurait tant voulu la protéger...

Quand ils se séparèrent, elle lui dit simplement : « Je t'aime.

– Quand nous sortirons de ce trou, nous irons à Paris, je te le jure.

– Même si nous ne nous en sortons pas, nous n'aurons pas été floués. Nous aurons passé huit belles années ensemble. Nous aurons eu plus d'amour et de plaisir que bien des gens en toute une existence. »

Sa vie durant, il avait su gérer les crises les plus délicates. Il avait toujours trouvé des solutions aux problèmes les plus complexes. Mais là... Il se sentait totalement impuissant et cela le rendait fou de rage.

Elle l'embrassa doucement sur le coin de la bouche. « Dépêche-toi, Brian t'attend. »

La cabine du scooter était étroite et peu confortable. Harry était assis sur le siège du conducteur, tourné vers l'arrière ; le guidon lui rentrait dans le dos, ses genoux s'écrasaient contre ceux de Brian, qui était tourné vers l'avant. A la vague lueur ambrée des phares, l'habitacle semblait encore plus petit qu'il ne l'était.

Harry dit : « Comment tu te sens ?

– Plutôt mal.

– Ça va s'arranger.

– Mes mains et mes pieds me picotent. Pas comme quand on a des fourmis, non. On dirait qu'on m'enfonce des aiguilles. » La douleur faisait frémir sa voix.

« Tu as les pieds gelés ?

– On n'a pas encore regardé. Je sens la même chose que dans les mains, et comme elles ne sont pas gelées... Je crois que je vais m'en tirer. » Il grimaça. « Mais, bon sang, qu'est-ce que ça fait mal. »

Harry ouvrit son thermos. « Tu veux de la soupe ?

– Non, merci. Rita m'a gavé, une cuillerée de plus et j'éclate. » Il se frotta les mains pour faire circuler le sang. « A part ça, je suis tombé fou amoureux de ta femme.

– Tu n'es pas le premier.

– Je veux aussi te remercier d'être venu me chercher. Tu m'as sauvé la vie, Harry.

– A chaque jour son acte d'héroïsme », dit Harry. Il avala un peu de soupe. « Qu'est-ce qui t'est arrivé au juste ?

– Rita ne t'a rien dit ?

– Elle voulait que je l'apprenne de ta bouche. »

Brian hésita. Ses yeux brillaient dans la pénombre. Finalement, il dit : « On m'a assommé. »

Harry avala sa soupe de travers. « Quoi ?
– J'ai reçu un coup sur la tête.
– C'est impossible.
– J'ai des bosses qui sont là pour le prouver.
– Fais-moi voir ça. »
Brian se pencha et présenta son crâne.
Harry ôta ses gants et palpa la tête du jeune homme. Il y avait deux bosses sur la partie arrière du crâne. L'une d'elles était assez grosse. « Une commotion ?
– Je n'en ai pas les symptômes.
– La migraine ?
– Ça, oui, carabinée.
– Tu vois double ?
– Non.
– Tu as bafouillé ?
– Je ne crois pas.
– Tu es certain de ne pas t'être évanoui ?
– Absolument, dit Brian en se redressant.
– Tu aurais pu te faire une sacrée bosse en t'évanouissant. Tu es peut-être tombé sur un bloc de glace.
– Je me souviens parfaitement d'avoir été frappé par-derrière. » Il parlait d'une voix ferme, pleine de conviction. « A deux reprises, même. La première fois, il n'a pas mis assez de force. Ma capuche a amorti le coup. J'ai titubé, mais je ne suis pas tombé. J'ai voulu me retourner... et il m'a frappé bien plus fort cette fois-là. Ensuite... extinction des feux.
– Il t'a tiré à l'écart pour qu'on ne te voie pas ?
– Il ne fallait pas que vous me trouviez comme ça, c'est évident.
– C'est quand même bizarre.

– Le vent soufflait en rafales. La neige était si épaisse qu'on n'y voyait pas à deux mètres. Il pouvait se cacher comme il voulait.

– Tu te rends compte que tu es en train de me dire que quelqu'un a essayé de te tuer ?

– Oui.

– Si c'est le cas, pourquoi t'a-t-il mis à l'abri ? Tu serais mort de froid en un quart d'heure si tu étais resté sur place.

– Il a peut-être cru que le coup serait fatal. En tout cas, il m'a laissé où je suis tombé. Quand je suis revenu à moi après votre départ, je me sentais mal, j'avais froid et envie de vomir. J'ai réussi à me traîner pour m'abriter. Là, je suis retombé.

– Un meurtre...

– Oui. »

Harry ne pouvait y croire. Il avait déjà trop de soucis pour s'en rajouter un.

« C'est arrivé au moment où nous nous apprêtions à quitter le troisième site. » Brian avait trop mal, il dut s'arrêter de parler un instant. « Mes pieds. Seigneur... on m'enfonce des aiguilles, oui, des aiguilles brûlantes trempées dans l'acide. » Ses genoux s'écrasèrent contre ceux de Harry, mais il se détendit au bout d'une trentaine de secondes. Il reprit son récit. « Je chargeais du matériel dans la dernière remorque. Tout le monde était affairé. Le vent soufflait si fort et la neige tombait tellement que je vous ai tous perdus de vue. C'est alors qu'il m'a frappé.

– Mais qui ?

– Je ne l'ai pas vu.

– Pas même du coin de l'œil ?

– Non.

– Il ne t'a pas parlé ?

– Non.

– Il aurait pu attendre minuit s'il voulait que tu meures. Pourquoi te tuer un peu plus tôt ? Je ne vois pas la différence.

– Eh bien, peut-être que...

– Oui ?

– Ça a l'air dingue, mais... c'est peut-être parce que je suis un Dougherty. »

Harry comprit instantanément. « Pour un certain type de maniaque, oui, tu es une victime de choix. Tuer un Dougherty, n'importe quel Dougherty... c'est un acte qui s'inscrit dans l'Histoire avec un grand H. Un psychopathe pourrait prendre son pied avec ça. »

Ils se turent un instant.

« Il n'y a pas de psychotique parmi nous, dit finalement Brian.

– Ça paraît dingue, non ?

– Oui, mais tu me crois ?

– Naturellement. Tu ne t'es pas assommé tout seul avant de te traîner derrière ce bloc de glace. »

Brian soupira de soulagement.

« Nous subissons une telle pression, dit Harry. Si l'un de nous est un cas limite, quelqu'un de potentiellement instable, le stress a pu le faire basculer. Tu as une petite idée ?

– Une petite idée ? Non.

– Je pensais que tu allais parler de George Lin.

– Je ne sais pas quelles sont ses raisons, mais George ne m'aime pas, ni ma famille. Il ne s'est pas privé pour le dire. Non, je ne sais pas ce qu'il a, mais je ne peux pas croire que ce soit un tueur.

– On ne peut jamais être sûr. Tu ne sais pas

plus que moi ce qui se passe dans sa tête. Il y a très peu de gens dont on puisse prévoir le comportement. Pour moi... Rita est la seule personne qui ne m'inspire aucun doute.

– Oui, mais je lui ai sauvé la vie aujourd'hui.

– S'il est psychotique, ça ne compte pas pour lui. Ou plutôt, ça peut même déclencher chez lui l'envie de te tuer. »

Le vent secoua le scooter. Des paquets de neige glissaient sur le plexiglas de la cabine.

Pour la première fois de la journée, Harry était prêt à sombrer dans le désespoir. Il était épuisé, tant physiquement que mentalement.

Brian dit : « Il va recommencer ?

– Si c'est un cinglé, obsédé par toi et ta famille, il ne va pas abandonner aussi facilement. Qu'est-ce qu'il a à perdre ? Il mourra à minuit comme tout le monde. »

Brian tourna la tête et regarda au-dehors. « Harry, j'ai peur.

– Si tu n'avais pas la trouille, c'est *toi* qui serais cinglé.

– Toi aussi, tu as peur ?

– Je crève de trouille.

– Ça ne se voit pas.

– J'en pisse dans mon froc, mais j'espère que personne ne va le remarquer. »

Brian rit avant de faire la grimace : la douleur venait de se réveiller dans ses extrémités. « En tout cas, il sait que je l'attends.

– On ne te laissera pas tout seul, dit Harry. Rita ou moi, on restera tout le temps auprès de toi. »

Brian se frotta les mains. Ses doigts étaient encore engourdis par le froid. « Tu vas en parler aux autres ?

– Non, on dira seulement que tu ne te rappelles rien. Tu as dû faire une chute et te cogner la tête. Il vaut mieux que ton cinglé ne sache rien.

– C'est ce que je me suis dit. Il prendrait beaucoup de précautions s'il savait que nous l'attendons au tournant.

– Oui. Comme ça, il commettra peut-être une erreur.

– C'est un dingue, mais je ne suis pas beaucoup mieux, dit Brian. J'ai peur de me faire assassiner alors que je vais mourir à minuit.

– Mais non, tu as un instinct de survie très développé, c'est tout. C'est plutôt bon signe.

– Sauf quand ça empêche de comprendre que la situation est désespérée.

– Elle n'a rien de désespéré, dit Harry. On a sept heures devant nous. Il peut se passer n'importe quoi en l'espace de sept heures.

– Quoi, par exemple ?

– N'importe quoi. »

17:00

Pareil à une baleine jaillissant des flots noirs, l'*Ilya Pogodine* fit surface pour la deuxième fois en une heure. L'eau ruisselait des flancs du bâtiment battu par les vagues. Le commandant Nikita Gorov et deux marins franchirent l'écoutille du massif et prirent position sur la passerelle.

Au cours des trente dernières minutes, le sous-marin avait filé à sa vitesse maximale en plongée, soit trente et un nœuds ; il se trouvait à présent à dix-sept milles marins au nord-nord-est de la position de surveillance qui lui était assignée. Timochenko avait fait le point sur le fanal radio du groupe et Gorov avait calculé une trajectoire rectiligne destiné à couper la dérive estimée de l'iceberg. En surface, l'*Ilya Pogodine* pouvait théoriquement filer vingt-six nœuds, mais la mer était si grosse qu'il n'atteignait pas les trois quarts de cette vitesse. Gorov avait hâte de plonger et de l'emmener à cent mètres de profondeur : là, les turbulences de la mer ne l'affecteraient pas et il pourrait glisser aussi prestement que n'importe quel poisson.

Le système de pistage des satellites s'éleva au-dessus du massif et s'ouvrit comme une fleur au printemps. Les cinq pétales du radar se rejoignirent pour former une parabole. Déjà la neige et la glace s'y accrochaient, mais cela n'entravait en rien leur fonctionnement.

A dix-sept heures trois, une note de Timochenko fut transmise à la passerelle. L'officier chargé des communications faisait part au commandant de la réception en cours d'un message codé émanant du ministère de la Marine.

L'instant de vérité était enfin arrivé.

Gorov plia la note, la rangea dans la poche de sa veste, puis colla les yeux aux jumelles à infrarouge. Il balaya quatre-vingt-dix degrés d'un horizon ravagé par la tempête, mais ce n'était ni les vagues ni les nuages qu'il voyait. Deux images s'imposaient à lui, autrement plus fortes que la réalité. Il se voyait assis à la grande table d'une salle d'audiences ; du plafond doré, un lustre projetait des images dansantes sur les murs. Il écoutait le procureur militaire l'accuser : c'était son procès en cour martiale, et le droit de se défendre lui était dénié. Il voyait aussi un lit d'hôpital, sur lequel gisait le corps d'un enfant mort, dans des relents de sueur et d'urine. Les jumelles ne lui montraient pas le présent, mais le passé et l'avenir.

A dix-sept heures sept, le message décodé fut porté à la passerelle de commandement. Gorov sauta les lignes d'introduction pour arriver tout de suite au texte qui l'intéressait au plus haut point.

DEMANDE ACCORDÉE STOP FILEZ PLEINE VITESSE POUR SAUVETAGE MEMBRES EXPÉDITION INTERNATIONALE STOP QUAND ÉTRANGERS À BORD PRENEZ TOUTES PRÉCAUTIONS NÉCESSAIRES POUR PROTEC-

TION MATÉRIEL ET LOCAUX SENSIBLES STOP AMBASSADE À WASHINGTON A AVERTI GOUVERNEMENT AMÉRICAIN NOTRE INTENTION DE SAUVER EXPÉDITION EDGEWAY STOP

Tout en bas de la feuille, Timochenko avait écrit deux mots au crayon : RÉCEPTION CONFIRMÉE. Il n'avait plus qu'à obéir aux nouveaux ordres – ce qu'il faisait déjà depuis une demi-heure.

Il ne savait pas s'il lui restait assez de temps pour sauver les malheureux qui dérivaient sur l'iceberg, mais Gorov se sentait fou de bonheur. Au moins il faisait *quelque chose*. Il avait au moins une chance, aussi mince fût-elle, d'atteindre les scientifiques de la station Edgeway avant qu'ils fussent tous morts.

Il rangea le message décodé dans la poche de sa veste et actionna les cloches de plongée qui sonnèrent deux coups brefs.

Il était environ dix-sept heures trente et Brian se trouvait depuis près d'une demi-heure à l'intérieur du scooter. Il souffrait maintenant de claustrophobie. « J'irais bien faire un tour.

– Ça ne presse pas. » Rita alluma une torche et cette lumière soudaine la fit larmoyer. Elle regarda ses mains. « Tu te sens engourdi ? Tu as des picotements ?

– Non.

– Ça te brûle ?

– Plus maintenant. J'ai bien moins mal aux pieds. » Il vit que Rita avait encore des doutes.

« J'ai les jambes coincées, il me faudrait un peu d'exercice. Et puis on crève de chaleur là-dedans. »

Elle hésita. « Tu as repris des couleurs. Des vraies, pas du bleu comme tout à l'heure. Et tes mains n'ont plus l'air transparentes. Bon... Mais quand tu te seras étiré, rentre tout de suite si tu sens encore des fourmis.

– D'accord. »

Elle enfila ses deux paires de bottes et prit son manteau. Rita s'était dévêtue de crainte de transpirer à l'intérieur de la cabine du scooter. En ressortant, la sueur aurait gelé et elle aurait perdu instantanément toute sa chaleur corporelle.

Pour la même raison, Brian ne portait ni gants ni bottes ni manteau. « Je ne suis pas aussi souple que toi, mais j'y arriverai dès que tu seras sortie.

– Non, je vais t'aider à t'habiller.

– J'ai l'impression d'être un gosse.

– Mais non. » Elle lui tapota la joue. « Tes pieds d'abord, l'un après l'autre. »

Il sourit. « Tu ferais une mère merveilleuse.

– Je suis déjà une mère merveilleuse... pour Harry. »

Elle enfila la botte et Brian émit un petit grognement de douleur. Il avait l'impression que ses articulations se déboîtaient comme les perles d'un collier en plastique.

Rita passa le lacet dans les œillets. « Ça te fera de la matière pour tes articles. »

Il fut surpris de s'entendre dire : « J'ai décidé de ne pas en écrire. Je vais faire un livre. » Jusqu'à cet instant, son obsession était une affaire purement privée. Maintenant qu'il l'avait révélée à quelqu'un qu'il respectait, il s'obligeait à y voir moins une obsession qu'un engagement.

« Un livre ? Tu ferais bien d'y réfléchir à deux fois.

– J'y ai réfléchi plus de mille fois ces dernières semaines.

– Un livre, c'est une véritable épreuve. J'en ai écrit trois, tu sais. Il te faudrait au moins trente articles de magazine pour avoir autant de texte, mais, à ta place, je me contenterais de ça. Tu ne peux pas imaginer à quel point c'est difficile...

– Je ne pense plus qu'à cela.

– Oh ! je sais ce que c'est. Rédiger le premier tiers d'un ouvrage, c'est presque vivre une expérience sexuelle. Mais on perd bientôt l'énergie. Au deuxième tiers, on essaie seulement de se prouver quelque chose. Et quand on arrive au troisième tiers, ce n'est plus qu'une question de survie.

– Je sais déjà comment mon livre va se construire. J'ai trouvé le thème. »

Rita fit la grimace et secoua la tête d'un air triste. « Dans ce cas, il est déjà trop tard. » Elle l'aida à enfiler le pied droit dans la botte en peau de phoque. « Alors, c'est quoi, ton thème ?

– L'héroïsme.

– L'héroïsme ? » Elle tira sur les lacets et fit de nouveau la grimace. « Mais, au nom du Ciel, qu'est-ce que l'héroïsme vient faire dans le projet Edgeway ?

– Il y est omniprésent.

– C'est complètement idiot.

– Non, je suis sérieux.

– Il n'y a pas un seul héros parmi nous. »

Brian fut surpris par cette réaction apparemment sincère. « Tu t'es déjà regardée dans un miroir ?

– Moi ? Une héroïne ? Mais, mon pauvre ami, je serais plutôt le contraire !

– Pas à mes yeux.

– Je crève de trouille la moitié du temps.

– Les héros peuvent avoir peur et demeurer des héros. C'est ça qui fait d'eux des héros, le fait qu'ils agissent malgré leur peur. Ce projet, c'est un acte d'héroïsme.

– C'est notre boulot, rien de plus. Dangereux, je suis d'accord. Peut-être même insensé. Mais sûrement pas héroïque. Tu es trop romanesque ! »

Il se tut pendant qu'elle achevait de lacer ses bottes. « En tout cas, ce n'est pas comme la politique.

– Quoi ?

– Ce que vous faites ici. Vous ne cherchez ni le pouvoir, ni l'argent, ni les privilèges. Vous n'êtes pas là pour enrégimenter les gens. »

Rita leva la tête et rencontra son regard. Elle avait de très beaux yeux, aussi profonds que l'océan Arctique. Il savait qu'elle le comprenait mieux que quiconque ne l'avait jamais compris – mieux que lui-même, pourquoi pas ? « Le monde entier pense que ta famille est une pépinière de héros.

– Tant mieux.

– Mais pas toi.

– Je les connais trop.

– Ils ont fait des sacrifices, Brian. Ton oncle a été tué dans un attentat. Ton père a été grièvement blessé.

– Tu vas peut-être me trouver mesquin, Rita,

mais tu ne dirais pas ça si tu les connaissais. Ni l'un ni l'autre ne pensait devoir un jour faire un tel sacrifice. Ni aucun sacrifice d'aucune sorte, d'ailleurs. Se faire tirer dessus, ce n'est pas un acte de bravoure. Aucune différence avec le pauvre type qui se fait descendre pendant qu'il retire de l'argent au distributeur automatique. C'est une victime, pas un héros.

– Certains font de la politique pour ameliorer le monde.

– Eh bien, je n'en connais aucun. La politique Rita, c'est dégoûtant. C'est la concupiscence, la soif du pouvoir. Tandis qu'ici, tout est si propre... Le travail est dur, l'environnement hostile, mais c'est *propre.* »

Elle n'avait pas détourné les yeux. Il ne se rappelait pas avoir jamais rencontré quelqu'un qui pût soutenir aussi longtemps son regard. Après un silence pensif, elle dit : « Tu n'es pas un fils de famille venu se donner des sensations fortes, celui que les médias décrivent si complaisamment. »

Il se trémoussa pour enfiler les manches de sa veste. « C'est ce que tu pensais de moi ?

– Non, je ne laisse pas les médias me dicter mes réflexions.

– Je me fais peut-être des idées sur mon propre compte, je suis peut-être celui que l'on décrit dans les journaux...

– Il est rare que la vérité réside dans les magazines, tu sais, dit-elle. En réalité, il n'y a qu'un endroit où tu puisses la trouver.

– Et où cela ?

– Tu le sais très bien. »

Il hocha la tête. « En moi-même. »

Elle sourit. Elle mit son manteau et dit : « Ne t'inquiète pas, tu t'en sortiras.

– Dans combien de temps ?

– Oh ! dans une vingtaine d'années, avec un peu de chance. »

Il éclata de rire. « Seigneur ! j'espère nc pas me faire avoir pendant tout ce temps.

– Ça peut même être encore plus long. Qu'est-ce que tu veux, c'est ça la vie : petit à petit, jour après jour, avec obstination, on apprend à moins se faire avoir.

– Tu devrais être psychiatre.

– Les sorciers sont plus efficaces.

– Je me dis parfois que je devrais en voir un.

– Un psy ? Tu ferais mieux de garder ton fric ! Le temps, voilà la seule chose dont tu aies besoin. »

Quand il suivit Rita hors de la cabine, Brian fut surpris par la violence du vent. Cela lui coupa le souffle. Il faillit même tomber sur ses genoux. Il s'agrippa à la porte de la cabine pour reprendre son équilibre.

Le vent lui rappelait que son assaillant inconnu, celui qui l'avait frappé à la tête, n'était pas le seul à menacer sa survie. Pendant quelques minutes, il avait oublié qu'ils dérivaient, il avait oublié les bombes qui devaient sauter à minuit. La peur l'assaillit brusquement. Maintenant qu'il s'était engagé à écrire un livre, l'envie de vivre était la plus forte.

Les phares de l'un des scooters illuminaient l'intérieur de la caverne. Çà et là, la glace brisée faisait l'effet d'un prisme et scindait la lumière en couleurs primaires ; les formes géométriques resplendissaient comme des joyaux sur les parois de la salle blanche. Les huit ombres déformées des membres de l'expédition s'agitaient de façon assez grotesque sur les murs de glace, mais elles n'étaient pas plus étranges que ceux qui les projetaient : parmi eux, il y avait cinq suspects, et l'un de ces suspects était un meurtrier en puissance.

Harry observait Roger Breskin, Franz Fischer, George Lin, Claude et Pete qui discutaient des rares options qui leur étaient offertes ainsi que de la manière de passer les six heures et trente minutes qui les séparaient de minuit. Il aurait dû conduire cette discussion, tout au moins y apporter sa contribution, mais il ne réussissait pas à se passionner pour leurs propos. Quelle que fût leur façon de meubler ces heures, il leur était impossible de quitter l'iceberg ou d'empêcher l'explosion. Leur bavardage était donc inutile. En outre, il ne pouvait s'empêcher de les observer avec attention, comme si des tendances psychotiques étaient susceptibles de transparaître dans le moindre geste, la moindre parole.

Un appel en provenance de la station Edgeway interrompit Harry dans ses réflexions. Déformée par les crachotements d'électricité statique, la voix de Gunvald Larsson résonna entre les parois.

Chacun s'arrêta de parler.

Quand Harry s'approcha de la radio et répondit à l'appel, Gunvald dit : « Harry, les remorqueurs ont fait demi-tour. le *Melville* et le *Liberty.* Tous les deux. Il y a déjà quelque temps. Je le savais, mais je n'arrivais pas à te le dire. » Contrairement à son habitude, il parlait très vite, comme s'il était en proie à l'excitation et que ces mauvaises nouvelles dussent leur tirer des sourires. « Mais ça n'a plus d'importance, Harry, ça n'a aucune importance ! »

Pete, Claude et les autres s'étaient regroupés autour de la radio. La volubilité du Suédois les surprenait.

« Gunvald, mais de quoi parles-tu ? demanda Harry. Qu'est-ce que tu veux dire, que ça n'a plus d'importance ? »

L'électricité statique interrompit la communication, mais celle-ci redevint impeccable juste au moment où Gunvald disait : « ... par Thulé. Ils tiennent ça de Washington. Il y a un sous-marin dans les parages, Harry. Tu m'entends ? Un sous-marin russe ! »

IV

LA NUIT

20:20
EXPLOSION DANS TROIS HEURES QUARANTE MINUTES

Gorov, Joukov et le marin Semichastny montèrent sur la passerelle et se tournèrent vers bâbord. La mer n'était pas calme, mais elle n'était pas aussi tumultueuse que lorsqu'ils avaient fait surface pour recevoir le message envoyé par le ministère de la Marine. L'iceberg qui se dressait devant eux les abritait en partie du vent et des rouleaux.

Ils ne voyaient toutefois pas la montagne de glace, bien que les images transmises par le radar et le sonar fussent très précises sur ses dimensions au-dessus et au-dessous du niveau de la mer. Ils ne se trouvaient qu'à cinquante ou soixante mètres de leur objectif, mais l'obscurité était impénétrable. Seul l'instinct disait à Gorov que quelque chose d'énorme les dominait de toute sa hauteur, et la conscience de se trouver à l'ombre d'un colosse invisible était l'une des sensations les plus étranges, les plus déconcertantes qu'il eût jamais éprouvées.

Ils étaient chaudement vêtus et portaient des lunettes, mais, comme ils se trouvaient sous le vent de l'iceberg, les masques n'étaient pas nécessaires. La conversation n'était pas aussi pénible que lorsqu'ils avaient fait surface quelques heures auparavant.

« On dirait une muraille aveugle », dit Joukov.

Pas d'étoiles. Pas de lune. Aucune phosphorescence à la crête des vagues. Gorov n'avait jamais imaginé une nuit aussi noire.

Sur le massif, une ampoule rouge de cent watts illuminait la passerelle d'acier et permettait aux trois hommes de se voir. De petites vagues porteuses de parcelles de glace se brisaient doucement sur la coque arrondie du bateau et reflétaient juste assez de lumière pour donner l'impression que l'*Ilya Pogodine* naviguait non pas sur de l'eau, mais sur un océan de vin ou de sang. Par-delà ce minuscule cercle lumineux, c'étaient des ténèbres si parfaites, si profondes que Gorov eut rapidement mal aux yeux à force de les contempler.

La majeure partie du bastingage de la passerelle était recouverte de glace. Le bateau remua et Gorov agrippa le métal. Son gant se colla aussitôt à l'acier. Il retira la main et examina sa paume : la couche extérieure de cuir était arrachée et la doublure visible. Cela ne serait pas arrivé aussi rapidement s'il avait porté des gants en peau de phoque, et il s'en voulut de ne pas avoir pris ce type d'équipement dans les coffres. En revanche, s'il n'avait rien porté du tout, sa main se serait immédiatement soudée au bastingage : en tirant pour se dégager, il y aurait laissé de la peau et même un peu de chair.

Semichastny regarda le gant déchiré du commandant. « C'est incroyable ! ne put-il s'empêcher de s'écrier.

– Quel endroit sinistre, dit Joukov.
– Oui. »

La neige qui balayait le vent n'était pas constituée de flocons. La température et le vent conspiraient pour produire des millions de petits grains extrêmement durs, semblables à de la grêle.

Joukov tapota l'anémomètre de la passerelle. « Le vent souffle à plus de cinquante kilomètres à l'heure, bien que nous soyons abrités, dit-il. En pleine mer ou sur cet iceberg, il doit souffler deux ou trois fois plus fort. »

Le facteur vent était loin d'être négligeable et Gorov se dit que la température régnant sur l'iceberg devait avoisiner les cinquante degrés au-dessous de zéro. Le sauvetage des scientifiques de la station Edgeway dans des conditions aussi pénibles constituait un défi bien plus grand que tous ceux qu'il avait dû relever tout au long de sa carrière d'officier. Rien ne serait facile. Ce serait peut-être même impossible. Et, une fois de plus, il se demanda s'il n'était pas arrivé trop tard.

« Donnez-nous de la lumière », ordonna-t-il.

Semichastny dirigea immédiatement le projecteur vers bâbord et appuya sur l'interrupteur.

Un faisceau d'une soixantaine de centimètres de diamètre creva la nuit. On eût dit que la porte d'un four venait de s'ouvrir dans un sous-sol obscur. Monté sur cardan, le gros projecteur éclairait la mer à une dizaine de mètres du sous-marin. Les vagues étaient surmontées d'écume, mais il ne serait pas trop difficile de naviguer dessus. Elles s'abattaient sur la coque pour projeter des rideaux liquides qui se changeaient instantanément en glace avant de retomber dans la mer. Cette vision fugitive était d'une grande beauté.

La température de l'océan ne dépassait le point de congélation que de quelques degrés, mais l'eau conservait suffisamment de chaleur, elle était si agitée – et si salée – que la seule glace qu'elle portait était celle qui s'était détachée de l'inlandsis, vingt-cinq kilomètres plus au nord. Les blocs de glace étaient de petites dimensions – aucun ne dépassait la taille d'une voiture – et ils se fracassaient les uns contre les autres au gré des vagues.

Semichastny empoigna le guidon directeur du projecteur et le releva lentement. Le faisceau creva la nuit polaire et les tentures de neige pour rencontrer une barrière de glace, si énorme et si proche que les trois hommes ne purent s'empêcher de pousser un cri de surprise.

A cinquante mètres de là, l'iceberg dérivait lentement, porté par un léger courant hivernal direction est-sud-est. Malgré le vent qui soufflait de toutes ses forces, la monstrueuse île de glace ne parcourait pas plus de quatre ou cinq kilomètres à l'heure. La majeure partie de sa structure se trouvait sous les eaux : la tempête qui faisait rage en surface l'affectait moins que des influences autrement plus profondes.

Semichastny braqua le projecteur vers la droite, puis vers la gauche.

La falaise était si longue et si haute que Gorov ne put en évaluer toute l'importance. Chaque cercle violemment éclairé révélait tous ses détails aux trois spectateurs privilégiés, mais il semblait complètement dissocié de ceux vus précédemment. Il était aussi difficile d'imaginer la barrière de glace dans son intégralité que de concevoir l'image d'un puzzle dont on n'aurait possédé que quelques pièces.

« Lieutenant Joukov, lancez une fusée.

– Bien, commandant. »

Joukov leva le pistolet – une arme au canon très long, avec une gueule de cinq centimètres de diamètre. Il le braqua vers bâbord et tira.

La fusée s'éleva parmi les grains de neige. Elle demeura visible tant qu'elle cracha des étincelles rouges et de la fumée, puis elle disparut dans le blizzard, exactement comme si elle avait franchi un voile donnant sur une autre dimension.

Cent mètres... cent trente mètres... cent soixante-dix mètres...

Très haut dans le ciel, la fusée explosa pour former une lune incandescente. Elle ne perdit pas tout de suite de l'altitude et dériva vers le sud, portée par le vent.

Sous elle, à trois cents mètres à la ronde, l'océan était éclairée par une lumière froide qui en révélait le camaïeu de gris et de vert. Les vagues inégales projetaient des ombres déchiquetées, tranchantes comme des rasoirs, et l'on eût dit une nuée d'oiseaux sombres et frénétiques venus pêcher des bancs de petits poissons.

L'iceberg dominait le sous-marin : c'était une présence hallucinante d'au moins trente mètres de haut qui, sur la gauche et la droite, disparaissait dans les ténèbres. Cet énorme rempart était plus formidable que les fortifications de n'importe quel château au monde. Lors de leur approche au radar et au sonar, ils avaient découvert que l'iceberg mesurait plus de douze cents mètres de long. Dressé au-dessus de la mer grise, noire et verte, il ressemblait étrangement à un totem, un monolithe de facture humaine chargé d'une mystérieuse signification religieuse. Lisse comme le verre, vertical, abrupt, il ne présentait pas la moindre faille, la moindre saillie.

Gorov avait eu l'espoir d'escalader une falaise inégale, une sorte d'escalier gigantesque. La mer n'était pas trop grosse de ce côté-là et des hommes aguerris auraient pu mettre le pied sur la glace. Il ne voyait malheureusement pas où ils pourraient aborder.

Dans les magasins du sous-marin, il y avait trois gros canots gonflables et motorisés ainsi que du matériel d'escalade. A quinze reprises au cours des sept dernières années, l'*Ilya Pogodine* avait emporté des passagers classés top secret – des membres des forces spéciales, des saboteurs parfaitement entraînés, des tueurs, des équipes de reconnaissance – et les avait déposés nuitamment sur le littoral abrupt de plusieurs nations occidentales. En cas de guerre, le bateau pouvait aussi emporter un commando de neuf hommes et les mettre en place en moins de cinq minutes par n'importe quel temps.

Il fallait toutefois trouver un endroit où amarrer les canots. Une petite anse. Une niche minuscule au-dessus du niveau des eaux. *N'importe quoi.*

Comme s'il lisait les pensées de son commandant, Joukov dit : « Même si nous pouvions déposer des hommes, ce serait une drôle d'escalade...

– C'est faisable.

– La paroi est aussi lisse qu'un panneau de verre.

– Nous pourrions tailler des marches dans la glace, dit Gorov. Nous avons des pics, des piolets, des haches. Des cordes et des pitons. Nous avons aussi des chaussures à crampons et des grappins. Tout ce qu'il faut.

– Les hommes sont des sous-mariniers, commandant, pas des alpinistes. »

La fusée continuait de dériver vers le sud. Sa lumière n'avait plus rien de blanc ni d'éclatant et tirait maintenant sur le jaune pâle. Des volutes de fumée s'en échappaient et leurs ombres contournées dessinaient d'étranges formes sur la glace.

« Des hommes judicieusement choisis pourraient y arriver, insista Gorov.

– Oui, commandant, répondit Joukov, je le sais bien. Moi-même, j'y arriverais s'il le fallait, et pourtant j'ai le vertige. Mais je vous répète que personne ne peut monter là-dessus. Il nous faudrait trois heures, quatre heures, peut-être même cinq pour nous hisser sur cet iceberg et mettre en place un système permettant de faire descendre les membres de l'expédition dans les canots... »

Il n'eut pas besoin d'achever sa phrase. Gorov savait comme lui que les bombes auraient déjà tout dévasté.

Minuit approchait à pas de géant.

La fusée s'éteignit.

Semichastny braquait toujours le projecteur sur l'iceberg ; il balayait lentement de gauche à droite, au niveau de la mer, dans l'espoir d'apercevoir une anfractuosité propice.

« Allons jeter un coup d'œil de l'autre côté, dit Gorov. Il aura peut-être mieux à nous offrir. »

Dans la caverne, chacun était stimulé par la nouvelle et attendait le prochain appel de Gunvald. En contrepartie, la crainte de voir le sous-marin arriver après minuit calmait un peu les esprits. A certains moments, c'était le silence absolu et, à d'autres, tout le monde parlait en même temps.

Harry attendit que tout le monde fût occupé à discuter pour prétexter un besoin naturel. En passant devant Pete Johnson, il dit à voix basse : « Il faut que je te parle. »

Pete cligna les yeux d'étonnement.

Sans ralentir le pas, sans même se tourner vers l'ingénieur, Harry chaussa ses lunettes, releva son masque et sortit dans la nuit. Le vent le fit se courber. Il alluma sa lampe et dépassa les scooters.

Il ne devait pas rester grand-chose dans les réservoirs. Les moteurs allaient bientôt caler. C'en serait fini de la lumière. Et de la chaleur.

Au-delà des scooters, le lieu où avaient été installées les toilettes du campement provisoire se trouvait à présent tout au fond d'une sorte de barrière de glace en forme de U. Les débris des igloos gonflables gisaient sous la neige à vingt mètres de là. Harry n'avait pas vraiment besoin de se soulager, mais l'appel de la nature était la meilleure excuse pour quitter le petit groupe sans éveiller les soupçons. Il s'engagea entre les deux parois et marcha jusqu'au fond de l'impasse, où il trouva un calme relatif.

Il commettait certainement une grosse erreur en soupçonnant Pete Johnson. Ainsi qu'il l'avait lui-même dit à Brian, nul ne pouvait être entièrement sûr de ce qui se dissimulait au plus profond de l'âme humaine. Un ami, une personne aimée, quelqu'un en qui l'on avait pleine confiance, pouvait recéler le plus méprisable désir, le besoin le plus innommable. Chaque être était un mystère insondable. Tout au long d'une vie consacrée à l'aventure, Harry avait effectué un travail qui l'avait mis quotidiennement en contact avec moins de gens qu'il n'en aurait rencontré s'il avait exercé une autre profession ; chaque fois qu'il relevait un nouveau défi, l'adversaire n'était jamais un autre être humain, mais Dame Nature en personne. La nature pouvait être rude, mais ce n'était pas une traîtresse ; toute-puissante, elle n'était jamais cruelle. Chaque fois qu'il avait eu à l'affronter, il n'avait jamais redouté de perdre la partie à cause d'une tromperie ou d'une trahison.

Il avait malgré tout pris le risque d'affronter seul Pete Johnson.

Il regrettait de pas être armé.

Vu la façon dont Brian avait été attaqué, il était vraiment stupide de se promener sans dissimuler un gros calibre sous sa parka. Mais il est vrai que la recherche géologique ne prépare pas spécialement à l'usage des armes à feu.

Moins d'une minute plus tard, Pete le rejoignit au fond du U de glace.

Masque baissé, lunettes remontées sur le front, ils se faisaient face. A la lueur de sa torche, le visage de Pete semblait irradier. Harry savait qu'il en était de même du sien : plus clair au niveau du menton et de la bouche, plus sombre vers le front, avec des yeux luisants au fond d'orbites sombres – de vrais masques de carnaval.

Pete dit : « Tu veux qu'on parle de quelqu'un ? A moins que ce ne soit un rendez-vous galant...

– C'est sérieux, Pete.

– Je n'en doute pas. Si Rita l'apprend, elle va m'arracher les yeux.

– Je vais être direct. Je voudrais savoir... pourquoi tu as essayé de tuer Brian Dougherty.

– Je n'aime pas sa façon de se coiffer.

– Pete, je ne rigole pas.

– Eh bien, un jour, il m'a appelé bamboula. »

Harry le regarda, mais ne dit rien.

Au-dessus de leurs têtes, à la cime de l'abri naturel, le vent soufflait en rafales dans l'enchevêtrement de blocs de glace pareil aux créneaux d'un château.

Pete perdit son sourire. « Bon sang, tu es vraiment sérieux.

– Arrête tes conneries, Pete.

– Nom de Dieu, Harry, qu'est-ce qui se passe ici ? »

Harry l'observa longuement. Il voulait le déconcerter par son silence – au risque de se faire agresser. Puis il dit : « Peut-être que je vais te croire.

– Me croire ? Mais à propos de quoi ? » La surprise qui s'affichait sur les traits du Noir semblait aussi indiscutable que l'innocence de l'agneau. « Attends, tu es en train de me dire que quelqu'un a *vraiment* essayé de le tuer ? Quand cela ? Au troisième puits, quand il est resté en arrière ? Mais il est tombé, c'est *lui-même* qui l'a dit. Il nous a raconté qu'il était tombé et qu'il s'était cogné la tête ! »

Harry soupira et se détendit un peu. « Bon sang, si c'est toi, tu es drôlement costaud. Non, je crois que tu ne sais vraiment rien.

– Mais bien sûr que je ne sais rien !

– Brian n'est pas tombé, il ne s'est pas assommé tout seul. Quelqu'un l'a frappé à la tête. A deux reprises. »

Pete ne savait que dire. Dans son métier, on n'avait pas non plus l'habitude de porter des armes de poing.

Harry s'empressa de lui rapporter la conversation qu'il avait eue avec Brian dans la cabine du scooter.

« Seigneur ! s'écria Pete. Et tu as cru que ce pouvait être moi ?

– Oui. Disons seulement que je te soupçonnais un peu moins que certains.

– Il y a un instant, tu as cru que j'allais te sauter à la gorge...

– Excuse-moi. je t'apprécie beaucoup, Pete, mais je ne te connais que depuis huit ou neuf mois, après tout. Il y a des choses que tu aurais pu me cacher, certaines attitudes, certains préjugés... »

Pete secoua la tête. « Hé, tu n'as pas besoin de t'expliquer. Tu n'avais pas de raison de me faire plus confiance qu'aux autres. Je ne demande pas d'excuses. Je dis que tu as du cran, c'est tout. Tu n'es pas une mauviette, mais, physiquement, je fais quand même le poids à côté de toi. »

Harry dut lever les yeux pour voir le visage de Pete et, soudain, son ami lui parut plus gigantesque que jamais. Des épaules trop larges pour franchir de face une porte normale. Des biceps impressionnants. S'il avait accepté de devenir footballeur professionnel, Pete aurait été une formidable présence sur le terrain. Et si un ours polaire venait lui chercher noise, il lui donnerait certainement du fil à retordre.

« Si c'était moi le dingue, dit Pete, et si j'avais voulu te tuer il y a deux minutes, tu n'aurais eu aucune chance.

– Oui, mais je n'avais pas le choix. Il me fallait un allié et tu étais le plus approprié. A propos, merci de ne pas m'arracher la tête. »

Pete toussa et cracha dans la neige. « J'ai changé d'avis à ton propos, Harry. Tu n'as pas le complexe du héros. Ce genre de courage, c'est quelque chose qui t'est parfaitement naturel. Tu es fait comme ça. C'est comme ça que tu es venu au monde.

– J'ai seulement fait le nécessaire, dit Harry avec une certaine impatience. Tant que nous étions coincés sur cet iceberg, tant que nous étions persuadés de tous mourir à minuit, je me disais que Rita et moi pourrions veiller sur Brian. Je me disais que notre tueur pourrait profiter de la moindre occasion, mais qu'il n'en susciterait pas lui-même. Maintenant, avec ce sous-marin dans les parages... S'il pense que Brian a des chances de s'en tirer, il risque d'attenter à sa vie, même s'il lui faut pour cela se découvrir. J'ai besoin de quelqu'un qui puisse nous aider à l'arrêter le moment venu.

– Et le jury m'a désigné.

– Félicitations. »

Le vent passa par-dessus l'une des parois. Ils baissèrent la tête pour éviter la neige, si épaisse qu'on eût dit une avalanche. Pendant quelques secondes, ils furent incapables de voir et d'entendre. Puis le calme revint.

Pete dit : « Selon toi, est-ce qu'il y a quelqu'un que l'on devrait surveiller tout spécialement ?

– J'aurais dû te poser cette question. Je sais déjà ce que Rita, Brian et moi pensons. J'ai besoin d'une opinion nouvelle. »

Pete n'eut pas besoin de réfléchir pour formuler une réponse : « George Lin, dit-il immédiatement.

– C'est à lui que j'ai pensé en premier.

– En premier, mais pas ensuite ? Cela te semble trop facile ?

– Peut-être, oui. Mais ce n'est pas une raison pour l'exclure.

– Je ne comprends pas ce qu'il a. Sa façon de se comporter avec Brian, de se mettre en colère... qu'est-ce qu'il y a ?

– Je n'en suis pas très sûr, dit Harry. Il lui est arrivé quelque chose en Chine alors qu'il était encore tout gosse. Ce devait être à la fin du régime de Chiang Kai-shek... Quelque chose de traumatisant... Il a l'air de tenir Brian et la famille Dougherty pour responsables de ce qui s'est passé.

– La pression que nous subissons depuis neuf heures lui a peut-être fait perdre la tête.

– C'est possible.

– Mais ce n'est pas probable ?

– Non. »

Ils réfléchirent.

Pete Johnson tapa des pieds pour empêcher le froid de lui paralyser les jambes. Harry se mit à tourner en rond pour les mêmes raisons.

Au bout d'une minute, Pete dit : « Tu as pensé à Franz Fischer ?

– Pourquoi ?

– Il est sympa avec toi. Et avec Rita. Non, avec elle, ce n'est pas le mot sympa qui convient... Il y a quelque chose d'étrange dans sa façon de la regarder.

– Tu es très observateur.

– C'est peut-être de la jalousie professionnelle. Tous les deux, vous avez reçu tant de récompenses au cours de ces dernières années.

– Il n'est pas assez mesquin pour cela

– C'est quoi, alors ? » Devant l'hésitation de Harry, Pete demanda : « Ça ne me regarde pas ?

– Ils se connaissent depuis longtemps. Très longtemps.

– Tu veux dire... avant votre mariage ?

– Oui. Ils vivaient ensemble.

– C'est bien de la jalousie, même si ce n'est pas pour des motifs professionnels.

– Apparemment, oui.

– C'est une fille formidable, dit Pete. S'il l'a perdue, c'est normal qu'il t'en veuille. Tu crois que tu n'aurais pas dû engager Franz ?

– Rita et moi avons pu tirer un trait sur le passé, pourquoi n'en ferait-il pas autant ?

– Parce qu'il n'est pas comme vous, tout simplement. Il est peut-être intelligent et bien élevé, mais c'est un type instable. Il a probablement accepté ton invitation pour donner à Rita la chance de vous comparer, lui et toi, dans des conditions extrêmes. Il a dû se dire que tu craquerais sur la glace alors que lui ferait un Nanouk l'Esquimau plus vrai que nature. Quand il a compris qu'il s'était trompé, il a voulu se venger d'une manière ou d'une autre.

– Ça n'a pas de sens.

– Pour moi, ça en a. »

Harry cessa de piétiner pour ne pas être en sueur. « Franz en a peut-être après moi ou après Rita, mais comment ses sentiments pour nous pourraient-ils se changer en animosité à l'égard de Brian ? »

Pete fit encore une douzaine de pas et cessa de marcher.

« Qui sait comment fonctionne le cerveau d'un psychopathe ? »

Harry secoua la tête. « C'est peut-être Franz, mais pas parce qu'il est jaloux de moi.

– Breskin ?

– Ce type, c'est une énigme.

– Je le trouve *trop* indépendant.

– On a toujours tendance à soupçonner ceux qui font bande à part, dit Harry, les hommes tranquilles, repliés sur eux-mêmes. Mais ce n'est pas plus logique que de soupçonner Franz uniquement parce qu'il a eu une relation avec Rita il y a des années.

– Breskin a quitté les États-Unis pour le Canada. Pourquoi ?

– Je ne m'en souviens pas, il ne nous l'a peut-être pas dit.

– Pour des raisons politiques ? suggéra Pete.

– C'est possible, bien que le Canada et les États-Unis aient pratiquement la même politique. Je veux dire que si quelqu'un abandonne sa patrie pour prendre une autre nationalité, il y a des chances pour qu'il aille dans un pays complètement différent, avec un autre système économique. » Harry renifla comme si son nez coulait. « En outre, Roger avait la possibilité de tuer le gosse cet après-midi. Quand Brian est descendu récupérer George, Roger aurait pu trancher sa corde.

– Oui, mais en faisant cela, il tuait également Lin.

– Il pouvait la couper une fois George remonté.

– Il y aurait eu un témoin dans ce cas.

– Tu crois qu'un psychopathe pense à tout ça ? Et puis, je ne suis pas trop sûr que George aurait pu raconter quoi que ce soit, il était plutôt mal en point.

– Pourtant, tu l'as dit toi-même, Roger est une énigme.

– On tourne en rond. »

Quand ils respiraient, la vapeur qu'ils rejetaient se cristallisait rapidement. Et la petite nuée qui s'était formée était si épaisse qu'ils ne se voyaient pratiquement plus à moins d'un mètre l'un de l'autre.

Ils chassèrent le petit nuage de vapeur et attendirent que le vent l'eût totalement dispersé.

Pete dit : « Il ne reste plus que Claude.

– C'est le moins probable de tous.

– Tu le connais depuis longtemps ?

– Quinze ans. Seize ans.

– Tu es déjà venu au pôle avec lui ?

– Plusieurs fois, dit Harry. C'est un type formidable.

– Il parle souvent de sa femme, Colette. Il est toujours au bord des larmes. Quand est-elle morte ?

– Ça fera trois ans ce mois-ci. Claude était sur la glace, c'était sa première expédition depuis deux ans et demi. Elle a été assassinée.

– *Assassinée ?*

– Elle était venue passer quelques jours de vacances à Londres. L'IRA a posé une bombe dans le restaurant où elle est venue déjeuner. Il y a eu huit morts. Dont elle.

– Seigneur !

– Ils ont arrêté l'un des auteurs de l'attentat. Il est toujours en prison.

– Claude a été très choqué.

– Oui. Colette était merveilleuse. Elle t'aurait beaucoup plu. Claude et Colette étaient aussi proches l'un de l'autre que Rita et moi pouvons l'être. »

Tous deux se turent un instant.

Au sommet du mur de glace, le vent gémissait comme un revenant coincé entre deux mondes. Une fois de plus, la glace fit penser Harry à un cimetière. Il frissonna.

Pete dit : « Quand un homme est fou amoureux d'une femme et qu'elle lui est brutalement arrachée, déchiquetée par une bombe, ça peut drôlement le perturber...

– Pas Claude. Brisé, oui. Déprimé. Mais pas perturbé au sens où tu l'entends. C'est le type le plus...

– Sa femme a été tuée par des Irlandais.

– Et alors ?

– Dougherty est irlandais.

– C'est un peu tiré par les cheveux. Il est américain d'origine irlandaise. Troisième génération.

– Tu m'as bien dit qu'un des terroristes a été appréhendé ?

– Oui. Ils n'ont jamais coincé les autres.

– Tu te souviens de son nom ?

– Non.

– Ce n'était pas quelque chose comme Dougherty ? »

Harry fit la grimace et écarta cette supposition d'un geste de la main. « Là, tu vas vraiment trop loin. »

Le grand Noir se remit à marcher. « C'est vrai. Mais tu sais... le père et l'oncle de Brian ont été accusés de favoriser les Irlandais d'Amérique au détriment des autres communautés. On dit même qu'ils entretiennent des sympathies avec l'aile gauche de l'IRA et qu'ils les financent secrètement depuis des années.

– Oui, je l'ai entendu dire. Mais ça n'a jamais été prouvé. Ce sont des ragots politiques. Le fait est... que nous avons quatre suspects, et aucun d'eux ne se détache des autres.

– Rectification.

– Quoi ?

– Six suspects.

– Franz, George, Roger, Claude...

– Et moi.

– Je t'ai éliminé tout de suite.

– Pas du tout.

– Arrête.

– Je suis sérieux, fit Pete.

– Après la conversation que nous venons d'avoir, je sais que je ne...

– Un psychopathe ne peut pas être bon acteur ? C'est interdit ? »

Harry le regarda et tenta de lire dans ses yeux. Il eut l'impression que les jeux de lumière n'étaient pas seuls responsables de son air méchant. « Tu me mets mal à l'aise, Pete.

– Tant mieux.

– Je sais que tu m'as dit la vérité, ce n'est pas toi. Tu veux me faire comprendre que je ne dois faire confiance à personne, pas même un seul instant, même si je le considère comme un frère.

– Précisément. Et c'est valable pour toi comme

pour moi. C'est pour cela que ton nom est le sixième sur la liste des suspects.

– Quoi ? *Moi ?*

– Tu étais au troisième puits avec nous.

– Oui, mais c'est moi qui ai retrouvé Brian quand nous sommes partis le chercher.

– C'est également toi qui as réparti les zones de recherche. Tu aurais pu t'attribuer la bonne pour t'assurer de sa mort avant de le « retrouver ». Malheureusement, Breskin est arrivé avant que tu ne lui donnes le coup de grâce. »

Harry n'en croyait pas ses oreilles.

« Et si tu es assez cinglé, poursuivit Pete, tu ne te rends même pas compte qu'il y a un tueur en toi.

– Tu ne me crois quand même pas capable de ça ?

– Il y a une chance sur un million, mais ça n'empêche pas de tirer le gros lot. »

Harry savait que Pete lui rendait la monnaie de sa pièce, souhaitant qu'il sache ce que l'on éprouve quand on est considéré comme un suspect. Malgré tout, il sentit ses épaules et son cou se crisper. « Tu sais ce qui cloche chez vous autres Californiens ?

– Oui, nous vous faisons prendre conscience de votre infériorité à vous, les Bostoniens. Nous avons une telle conscience de nous-mêmes, nous avons une vie si harmonieuse, alors que vous êtes si coincés, si renfermés...

– Franchement, je crois que les tremblements de terre, les incendies, les glissements de terrain, les émeutes et les tueurs en série vous ont rendus complètement paranos. »

Les deux hommes se sourirent.

« On ferait mieux de rentrer », dit Harry.

Deux fusées flottaient à plus de cent cinquante mètres l'une de l'autre dans le ciel nocturne et leur lumière se projetait sur la base des falaises de glace.

L'autre versant de l'iceberg n'était pas aussi rébarbatif que la partie sous le vent, avec son mur vertical incroyablement lisse. Trois plates-formes grossières sortaient de la mer. Chacune semblait mesurer dans les trois mètres de largeur ; ensemble, elles s'élevaient à sept ou huit mètres au-dessus des eaux. Ensuite la falaise formait un plan incliné de plus de quinze mètres de long avant de faire subitement saillie. Au-dessus, c'étaient six ou sept mètres de paroi verticale, puis le rebord.

« Des canots pourraient aborder à ces plates-formes, dit Joukov qui regardait l'iceberg à la jumelle. Même des hommes sans expérience pourraient escalader cette falaise. Mais pas par un temps pareil. »

La voix rauque du blizzard et le choc des vagues contre le sous-marin empêchaient Gorov de bien l'entendre.

De ce côté-ci, la mer était extraordinairement plus violente que du côté sous le vent. D'énormes vagues s'écrasaient au pied de l'iceberg. Elles auraient retourné n'importe quelle embarcation de sauvetage et mis en pièces les canots motorisés de l'*Ilya Pogodine.* Bien que disposant de turbines de quarante mille chevaux et d'un déplacement en surface de six mille cinq cents tonneaux, le sous-marin avait de la difficulté à se mouvoir correctement. La proue était souvent immergée ; quand elle ressortait, on eût dit un animal s'arrachant à des sables mouvants. Les vagues claquaient furieusement contre la superstructure, faisaient vibrer la coque, balayaient la passerelle et projetaient des embruns bien au-dessus de la tête de Gorov.

Les uniformes des trois hommes étaient recouverts de glace. L'anémomètre de la passerelle indiquait que le vent soufflait à près de cent quinze kilomètres à l'heure ; lors de certaines rafales, il atteignait pratiquement les deux cents. Les grains de neige ressemblaient aux abeilles d'un essaim : ils mitraillaient le visage de Gorov et lui faisaient venir les larmes aux yeux.

« Nous allons repasser sous le vent », était forcé de crier le commandant bien qu'il se trouvât tout près de ses subalternes.

Il ne se souvenait que trop bien de la falaise lisse de plus de trente mètres qui les attendait de l'autre côté, mais il n'avait pas le choix. Devant la paroi exposée au vent, il ne pouvait nourrir le moindre espoir.

« Une fois là-bas... qu'est-ce que vous comptez faire ? » lui demanda Joukov.

Gorov hésita un instant. « Nous allons lancer un grappin. Un homme montera là-haut. On installera une bouée-culotte.

– Un grappin ? » Joukov était sceptique. Il se rapprocha de son commandant. Tout près de son visage, il lui cria son inquiétude. « Même si ça marche, même s'il mord dans la glace, est-ce qu'on peut faire ça entre deux points en mouvement ?

– Honnêtement, je l'ignore. Peut-être. Il faut essayer. Il faut bien tenter quelque chose. »

Si quelques hommes correctement équipés réussissaient à utiliser une bouée-culotte pour passer du sous-marin à la paroi de l'iceberg, ils pourraient faire sauter la glace pour tailler une corniche et permettre ainsi aux canots de les suivre. Ils lanceraient ensuite un grappin qui leur permettrait d'escalader la façade sans grand problème.

Joukov consulta sa montre. « Trois heures et demie ! cria-t-il pour dominer les hurlements du vent. Il faut y aller.

– Dégagez la passerelle ! » ordonna Gorov. Il fit sonner l'alarme de plongée.

Trente secondes plus tard, alors qu'il arrivait au PCNO, il entendit le sous-officier annoncer : « Voyants au vert ! »

Joukov et Semichastny avaient déjà rejoint leurs quartiers pour y passer des vêtements secs.

Quand, étincelant de glace, Gorov quitta l'échelle conduisant au massif, l'officier responsable de la plongée se tourna vers lui : « Commandant ?

– Je vais me changer. Descendez à vingt-cinq mètres et retournez vers la face sous le vent.

– A vos ordres, commandant.

– Je reviens dans dix minutes.

– Bien, commandant. »

Une fois dans ses quartiers, après avoir quitté son uniforme trempé et luisant de glace pour en endosser un sec, Gorov s'assit à son petit bureau et prit la photographie de son fils. Sur l'image, tout le monde souriait : l'accordéoniste, Gorov, Nikki lui-même. Le sourire du petit garçon était le plus éclatant des trois et n'avait rien de ces sourires un peu contraints que l'on présente à l'objectif de l'appareil-photo. Il tenait son père par la main. Dans son autre main, il y avait une grosse glace, deux boules de vanille qui lui dégoulinaient sur les doigts. La crème glacée lui faisait comme une moustache blonde. Sur cette simple photo, on sentait toute la joie de vivre qui caractérisait le petit Nikki.

« Je te jure que j'ai fait tout ce que j'ai pu pour arriver à temps », murmura Gorov.

Le petit garçon le regardait et souriait.

« Je vais secourir ces gens avant minuit. » Gorov avait du mal à reconnaître sa propre voix. « Terminé, le débarquement d'espions et de tueurs à gages. Maintenant, Nikki, je sauve des vies. Je sais que je peux y arriver. Je ne les laisserai pas mourir. Je te le promets. »

Il serrait si fort la photo que les extrémités de ses doigts en pâlissaient.

Le silence qui régnait dans la cabine était étouffant, car c'était le silence de cet autre monde où Nikki vivait désormais, le silence de l'amour perdu, de l'avenir sacrifié, des rêves inaccomplis.

Quelqu'un sifflota dans la coursive.

Et ce sifflement fit à Gorov l'effet d'une gifle en pleine visage. Il se redressa. Il devenait larmoyant. Ce sentimentalisme ne l'aiderait pas à surmonter la perte de son fils, ce n'était que la corruption des souvenirs plaisants et du rire que lui avait légués ce petit garçon si vivant qui s'appelait Nikki.

Furieux contre lui-même, Gorov reposa la photo. Il se leva et sortit de la cabine.

Le lieutenant Timochenko était de repos depuis quatre heures. Il avait dîné avant de dormir pendant deux heures. Il était maintenant vingt heures quarante-cinq. Quinze minutes avant l'horaire, il avait rejoint le centre de communication pour le dernier quart de la journée, lequel se terminerait à une heure du matin. Un des techniciens s'affairait auprès des instruments. Timochenko s'assit à une petite table pour lire un magazine, tout en buvant un thé bien chaud dans son gobelet en aluminium.

Le commandant Gorov apparut à la porte de la coursive. « Lieutenant, je crois le moment venu d'entrer directement en contact radio avec les hommes en perdition sur l'iceberg. »

Timochenko posa son thé et se leva. « Nous refaisons surface, commandant ?

– Dans quelques minutes.

– Vous désirez leur parler ?

– Je vous laisse ce soin, lui dit Gorov.

– Qu'est-ce que je dois leur dire ? »

Gorov lui expliqua succinctement ce qu'ils avaient constaté en faisant le tour de l'iceberg : un côté contre le vent accessible, mais balayé par la tempête ; un côté sous le vent lisse comme une vitre. Il parla de son idée d'utiliser une bouée-culotte.

« Dites-leur que nous les informerons en permanence de ce qui se passe, que nous progressions ou non.

– Bien, commandant. »

Gorov allait s'éloigner.

« Commandant ? Ils vont certainement me le demander... vous croyez qu'on a des chances de les tirer de là ?

– Pas beaucoup. Quelques-unes seulement.

– Je dois leur dire la vérité ?

– Cela vaut mieux.

– A vos ordres, commandant.

– Dites-leur aussi que tout ce qui est humainement possible, nous le ferons, d'une manière ou d'une autre. Je suis plus déterminé que je ne l'ai jamais été. Dites-leur cela, lieutenant. Dites-le-leur, je vous en prie. »

20:57

Harry fut surpris d'entendre un opérateur russe parler si bien sa langue. A croire qu'il était diplômé d'une bonne université anglaise. L'anglais était la langue officielle de l'expédition Edgeway, mais aussi de la quasi-totalité des expéditions scientifiques internationales. De là à ce qu'un sous-marinier russe la pratique de manière aussi parfaite...

Peu à peu, cependant, alors que Timochenko expliquait pourquoi l'approche par la paroi sous le vent était la seule possible, Harry s'habitua à son débit rapide et à son accent irréprochable.

« Si l'iceberg fait cinq cents mètres de large, dit Harry, comment se fait-il que vos hommes ne puissent l'aborder par une extrémité ou par l'autre ?

– La mer est malheureusement aussi mauvaise que du côté au vent.

– Une bouée-culotte, fit Harry d'un air pensif. Ce ne doit pas être très facile d'en installer une entre deux points en mouvement, surtout par une mer pareille.

– Nous pouvons régler notre vitesse sur celle

de l'iceberg, cela reviendra pratiquement à avoir deux points fixes. Une bouée-culotte est une option parmi bien d'autres, vous savez. Si nous ne réussissons pas ainsi, nous trouverons un autre moyen de vous sortir de là. Vous n'avez pas à vous inquiéter.

– Il ne serait pas plus simple d'envoyer des plongeurs ? Vous avez certainement du matériel de plongée sous-marine.

– Ainsi que des hommes-grenouilles parfaitement entraînés, dit Timochenko. Mais même du côté sous le vent, la mer est trop grosse pour eux. Les vagues et les courants les emporteraient comme des fétus de paille.

– Nous ne voulons pas vous faire prendre de risques inutiles. Perdre des hommes pour en sauver d'autres, ce serait ridicule. D'après ce que vous dites, votre commandant a l'air confiant. Je pense qu'il vaut mieux que vous vous occupiez de tout. Vous avez autre chose à me dire ?

– C'est tout pour le moment, fit Timochenko. Ne vous éloignez pas de la radio. Nous vous tiendrons informés de l'évolution de la situation. »

En dehors de Harry et de George, tout le monde voulait commenter les propos de l'officier de l'*Ilya Pogodine*. Chacun avait sa petite idée quant à la manière de se préparer au sauvetage ou d'aider les Russes à escalader la paroi sous le vent. Tous voulaient parler en même temps. Les voix et leur écho emplissaient la caverne de glace.

Harry faisait office de modérateur ; il ne voulait surtout pas que ses compagnons nourrissent de vains espoirs.

Quand George Lin vit que l'excitation retombait et que le calme revenait, il accepta de se joindre au groupe et se planta face à Harry. Lui aussi avait quelque chose à dire, mais il voulait être certain d'être entendu par tous.

« Que fait un sous-marin russe dans cette partie du monde ?

– Cette partie du monde ?

– Tu sais très bien ce que je veux dire.

– Désolé, George, je ne vois pas.

– Il n'est pas d'ici.

– Ce sont des eaux internationales.

– On est loin de la Russie.

– Pas vraiment. »

Le visage de Lin était déformé par la colère et sa voix tendue. « Comment ont-ils su que nous étions là ?

– En écoutant les messages radio, je suppose.

– Exactement. Précisément », dit Lin comme s'il avait marqué un point. Il regarda Fischer et Claude pour quêter leur approbation. « Des messages radio. Qu'ils *écoutent.* » Il se tourna vers Roger Breskin. « Pourquoi les Russes écouteraient-ils les communications échangées dans cette partie du monde ? » Breskin haussa les épaules. « Je vais vous dire pourquoi, reprit Lin. Pour la même raison qui fait que le lieutenant Timochenko parle si bien l'anglais : l'*Ilya Pogodine* accomplit une mission de surveillance. C'est un navire espion, voilà ce que c'est !

– C'est très probable, reconnut Claude, mais cela n'a rien de sensationnel. Que cela nous plaise ou non, nous savons tous comment les choses se passent.

– Bien sûr que c'est un navire espion, dit à son tour Fischer. Si ce sous-marin avait porté des missiles nucléaires, ils ne nous auraient jamais signalé leur présence. Il n'est pas question pour eux de mettre en jeu leur sécurité. Nous avons de la chance que ce soit un navire espion, croyez-moi. »

Lin était choqué par leur attitude désinvolte, mais il était bien décidé à leur faire comprendre la gravité de la situation. « Ecoutez-moi, réfléchissez à ça : ce n'est *pas seulement* un navire espion ! » Il criait presque. Le long de son corps, ses poings s'ouvraient et se refermaient frénétiquement. « Il transporte des canots à moteur et tout l'équipement nécessaire à l'installation d'une bouée-culotte. Cela veut dire qu'il dépose des espions, des saboteurs, peut-être même des assassins, dans des pays étrangers, dans nos propres pays !

– Des assassins, des saboteurs, tu vas peut-être un peu loin, dit Fischer.

– Pas du tout ! » cria Lin. Son visage était empourpré. Pour lui, le danger imminent, ce n'était ni le vent mortel ni les soixante bombes ensevelies dans la glace, mais ce sous-marin russe qui se proposait de les recueillir. « Des assassins et des saboteurs, j'en suis parfaitement sûr. Ces ordures de communistes...

– Ils ne sont plus communistes, lui fit remarquer Roger Breskin.

– Leur nouveau gouvernement est infesté d'anciens criminels. Quand le moment sera venu, ils reprendront le pouvoir, croyez-moi. Ce sont des sauvages, ils sont capables de tout, *de tout !* »

Pete Johnson essaya de le raisonner. « Ecoute, George, je suis sûr que les Etats-Unis agissent de la même façon. Cela fait partie des relations internationales. Les Russes ne sont pas les seuls à espionner leurs voisins. »

Lin tremblait. « C'est plus que de l'espionnage, je vous dis ! Et puis ce n'est pas une raison pour justifier l'*Ilya Pogodine* ! » Il écrasa son poing droit dans la paume de sa main gauche.

Brian fit la grimace et interrogea Harry du regard.

Les deux hommes se demandaient bien évidemment si ce n'était pas la même main, le même tempérament violent qui s'en était pris à Brian, sur la glace.

Rita posa doucement la main sur l'épaule de Lin. « George, calme-toi. Il n'est pas question de justifier quoi que ce soit. »

Lin se retourna brusquement comme si elle l'avait menacé. « Tu ne comprends pas pourquoi ces Russes veulent nous venir en aide ? Ils se fichent complètement de nous. Pour eux, nous ne représentons *rien.* Ils n'agissent pas par philanthropie. Ils vont tirer profit de la situation, oui, c'est une question de propagande. Nous ne sommes que des pions à leurs yeux, ils nous manipulent pour susciter un sentiment pro-russe dans le monde entier

– C'est certainement vrai », dit Harry.

Lin était persuadé d'avoir fait un adepte. « Ça l'est, crois-moi.

– En partie tout au moins.

– Non, Harry, ce n'est pas en partie vrai, ça l'est complètement. *Complètement.* Et nous ne pouvons pas les laisser faire !

– Nous ne sommes pas en position de force,

remarqua Harry. Nous n'allons pas faire les difficiles.

– C'est ça ou crever sur place », dit Roger Breskin. Sa voix de basse paraissait dénuée d'émotion. Pourtant elle résumait parfaitement la situation.

Pete commençait à perdre patience avec Lin. « C'est ça que tu veux, George ? Tu perds la tête ou quoi ? Tu veux qu'on reste ici ? »

Lin était ébranlé. Il secoua doucement la tête. « Non, bien sûr, mais vous comprenez...

– Non.

– Vous ne comprenez pas ?

– Quoi ?

– Ce qu'ils sont, ce qu'ils cherchent ? » Le Chinois parut soudain si misérable que Harry eut pitié de lui. « Ce sont... ce sont... »

Pete n'allait pas le lâcher aussi facilement. « Tu veux rester mourir sur l'iceberg ? Le problème n'est pas compliqué, tu sais. Tu veux mourir, oui ou non ? »

Lin regarda chacun, quêtant un peu de soutien dans les regards. Puis il baissa les yeux. « Non. Bien sûr que non. Personne ne veut cela. Je suis seulement... je suis... Pardon. Excusez-moi. » Il alla s'isoler tout au bout de la caverne et se mit à faire les cent pas – exactement comme lorsqu'il avait invectivé Brian.

Harry se pencha vers Rita. « Tu devrais aller lui parler.

– Sans problème, dit-elle avec un sourire un peu artificiel. Nous pourrions discuter des relations internationales et du complot communiste.

– Allons...

– C'est un compagnon de conversation si charmant.

– Tu sais bien ce que je veux dire, fit Harry sur le ton de la confidence. Mets-lui un peu de baume au cœur.

– Je ne crois pas être assez forte pour cela.

– Si tu ne l'es pas, je ne vois pas qui pourrait l'être. Allez, parle-lui de tes craintes, raconte-lui comment tu les affrontes jour après jour. Personne ne sait quel défi tu relèves en venant ici. Quand George sera dans le secret, il trouvera certainement le courage d'affronter sa propre peur.

– Si c'est lui qui a assommé Brian, je peux t'assurer que je me fous complètement de ce qu'il ressent.

– Nous ne savons pas si c'est George.

– Ce n'est quand même pas le monstre du Loch Ness.

– Rita, je t'en prie. »

Elle soupira avant d'aller discuter avec George, tout au bout de la caverne.

Harry rejoignit les autres près de l'entrée.

Roger Breskin avait pris sa montre dans une poche de sa parka. « Neuf heures cinq.

– Moins de trois heures, dit Claude.

– Ils pourront y arriver en trois heures ? demanda Brian. Vous croyez qu'ils pourront arriver jusqu'à nous et nous ramener au sous-marin ?

– S'ils s'en montrent incapables, dit Harry pour détendre un peu l'atmosphère, je veillerai à ce que leur ambassadeur à Washington soit immédiatement renvoyé ! »

21:10

Emil Joukov grimpa sur la passerelle. Il avait avec lui un thermos de thé chaud et trois quarts en aluminium. « Est-ce qu'ils ont monté le canon ?

– Ce sera fait dans quelques instants », lui répondit Gorov. Il prit son quart pour que l'officier y verse du thé.

La nuit fut soudain emplie d'un parfum de miel et de citron qui fit venir l'eau à la bouche de Nikita Gorov. Puis le vent emporta la vapeur qui s'élevait du breuvage. Gorov but en souriant. Le thé refroidissait très vite, mais il était encore assez chaud pour mettre un terme aux frissons qui lui parcouraient la moelle épinière.

Sous la passerelle, sur la partie avant du pont principal, trois hommes d'équipage éclairés par des projecteurs étaient occupés à installer le canon destiné à lancer un grappin sur l'iceberg. Tous trois portaient des scaphandres noirs isolants ainsi que des cagoules et de gros masques de plongée. Chacun d'eux était relié au sas de sauvetage avant par une longe métallique lui permettant de travailler librement mais l'empêchant de tomber à l'eau.

Il ne s'agissait pas d'une arme véritable, mais le canon avait, pour un œil non exercé, un air si rébarbatif qu'on pouvait s'attendre à le voir tirer des obus de mortier à ogive nucléaire. Presque aussi grand que les hommes et pesant plus de cent cinquante kilos, il se composait de trois parties. La base carrée renfermait le moteur permettant d'actionner les poulies ; elle était fixée à quatre petits anneaux d'acier enchâssés dans le pont. Ces anneaux n'existaient que depuis que l'*Ilya Pogodine* déposait à terre des agents des forces spéciales. Dans la partie centrale, assez massive, on trouvait le mécanisme de rotation ainsi que le système de mise à feu, les poignées destinées au canonnier et le rouleau de filin. Le canon proprement dit avait un tube d'un mètre vingt de long et un diamètre de 125 millimètres. Un système de visée nocturne était fixé à la base du tube. L'ensemble semblait capable de perforer le blindage d'un char ; en réalité, sur un champ de bataille, il aurait été aussi peu efficace qu'un fusil d'enfant.

Parfois le pont était presque sec, mais c'était exceptionnel et cela ne durait jamais longtemps. Chaque fois que la proue plongeait, toute la partie avant du pont du sous-marin était balayée par les vagues. Porteuse de glaçons et de fragments d'écume congelée, la mer sombre se précipitait sur le pont, engloutissait les trois hommes jusqu'à la taille, puis redescendait. Si l'*Ilya Pogodine* s'était trouvé du côté de l'iceberg exposé au vent, les vagues se seraient abattues avec violence sur eux et les auraient complètement submergés. Ici, sous le vent, ils pouvaient se préparer au choc ; dès que le pont n'était plus sous les eaux, ils reprenaient leur travail en accélérant pour rattraper le temps perdu.

Le plus grand des trois marins s'éloigna du canon avant de se tourner vers la passerelle et de faire signe au commandant qu'ils étaient prêts à passer à l'action.

Gorov jeta ce qui lui restait de thé. Il tendit son quart à Joukov. « Prévenez le PCNO. »

Son projet d'utilisation d'une bouée-culotte était assez risqué, mais, pour qu'il réussît pleinement, le sous-marin devait se mouvoir à la même vitesse que l'iceberg. S'il allait plus vite ou si l'iceberg faisait une embardée subite, le filin risquait de se tendre brutalement et de casser.

Gorov regarda sa montre. Neuf heures et quart. Les minutes s'écoulaient à toute allure.

Un des hommes présents sur le pont avant découvrit la gueule du canon, protégée jusqu'ici contre les paquets de mer. Un autre introduisit l'obus par la base.

Le projectile qui allait emporter le grappin était assez simple de conception. Il ressemblait à une fusée de feu d'artifice avec ses soixante centimètres de long et ses douze centimètres de diamètre. Il devait percuter la paroi de la falaise, exploser lors de l'impact et enfoncer dans la glace une sorte de harpon métallique d'une dizaine de centimètres de long.

Des griffes inversées permettaient à un grappin de ce type de s'ancrer solidement à vingt ou trente centimètres de profondeur lorsqu'il se trouvait fiché dans du granite ou du calcaire. Quand on était certain qu'il était bien fiché dans la roche, un homme pouvait rejoindre celle-ci à la force du poignet. Si l'angle du filin était favorable, il pouvait même faire usage d'un siège suspendu à deux roulettes d'acier recouvertes de téflon. Quoi qu'il en fût, le voltigeur emportait avec lui une poulie et un filin de plus grosses dimensions.

Malheureusement, se dit Gorov, il n'avait pas affaire à du granite ni même à du calcaire. L'opération comportait une énorme part d'inconnu. Le grappin ne pénétrerait peut-être pas convenablement dans la glace, ses griffes n'accrocheraient peut-être pas.

Un des marins attrapa les poignées du canon. La détente se trouvait dans l'une d'elles. Aidé des deux autres hommes d'équipage, il pointa. La cible se situait à dix mètres au-dessus du niveau de la mer. Semichastny l'éclairait de son projecteur. Pour tenir compte du vent, le marin visa un peu à gauche.

Joukov lança deux fusées.

Gorov régla ses jumelles à infrarouge et les braqua sur le cercle de lumière.

Il y eut un bruit sourd, audible malgré le vent.

La détonation se faisait encore entendre quand la fusée explosa contre l'iceberg, à quinze ou seize mètres de là.

« Dans le mille ! » dit Joukov.

La falaise se brisa avec un bruit terrible. Des fissures jaillirent en tous sens du point d'impact de la fusée. La glace frissonna comme une méduse avant d'éclater en mille morceaux à la façon d'un pare-brise de voiture. Un formidable pan de glace – deux cents mètres de long, vingt-cinq mètres de haut et plusieurs mètres d'épaisseur – s'écroula dans la mer en projetant des gerbes d'eau à près de vingt mètres de haut.

Le filin disparut avec la glace.

Pareille à une monstrueuse bête primitive, une vague de plus de sept mètres de hauteur parcourut à toute allure la distance qui séparait la falaise du sous-marin et vint frapper celui-ci par bâbord. Ce fut trop rapide pour que l'on pût se protéger. Un des trois hommes poussa un cri quand le petit tsunami s'abattit sur le sous-marin. Le choc fut tel que le bateau roula. Emportés par le flot, des centaines de fragments de glace gros comme le poing percutèrent la passerelle où se trouvaient Gorov, Joukov et Semichastny.

La vague passa et le calme revint. Sur le pont principal, les trois hommes étaient plaqués au métal. S'ils n'avaient pas été retenus par une longe, ils auraient disparu à tout jamais dans les flots glacés.

Les hommes d'équipage se relevèrent péniblement. Gorov braqua une nouvelle fois ses jumelles sur l'iceberg.

« C'est toujours trop lisse. »

La chute du pan de glace n'avait pratiquement pas modifié la topographie verticale de la paroi sous le vent. La falaise tombait toujours à pic dans l'eau. Il n'y avait toujours pas de plate-forme ou de niche dans laquelle un canot à moteur pût s'amarrer.

Gorov abaissa ses jumelles. Il se tourna vers les trois hommes d'équipage et leur fit signe de démonter le canon.

« Nous pourrions nous rapprocher davantage,

dit Joukov, et envoyer un canot avec deux hommes. Ils régleraient leur vitesse sur celle de l'iceberg, s'y accrocheraient et se laisseraient traîner. Le canot servirait ensuite de base aux grimpeurs...

– Non, c'est trop instable, dit Gorov.

– Ils pourraient aussi emporter des explosifs avec eux, ils les feraient sauter pour créer une plate-forme artificielle...

– Non, dit Gorov en secouant la tête, c'est bien trop risqué. Vous vous imaginez en train de rouler à bicyclette le long d'un train, à la même vitesse que lui, et de sauter dedans ? La glace ne se déplace pas aussi vite qu'un express, c'est sûr, mais il faut tenir compte du vent, des paquets de mer. Non, je n'enverrai personne en mission suicide. Les canots n'aborderont que sur un terrain sûr.

– Dans ce cas, qu'est-ce qu'on fait ? »

Gorov essuya ses lunettes avec le dos de ses gants constellés de glace. Il observa la falaise à la jumelle. Enfin il dit : « Demandez à Timochenko de contacter le groupe Edgeway.

– Bien, commandant. Mais pour leur dire quoi ?

– Qu'il leur demande où se situe leur caverne. Si elle est du côté sous le vent... Ce ne sera peut-être pas nécessaire, mais si elle est bien de ce côté-ci, ils faudrait qu'ils la quittent immédiatement.

– La quitter ? fit Joukov, incrédule.

– Je vais voir si je ne peux pas créer un point d'amarrage en torpillant la base de la falaise. »

« Partez tous devant, insista Harry. Il faut que je mette Gunvald au courant de l'évolution de la situation. Dès que je lui aurai parlé, j'emporterai la radio.

– Larsson a sûrement capté toutes tes conversations avec les Russes », dit Franz.

Harry acquiesça. « Probablement. Mais si ce n'est pas le cas, il est normal qu'il soit tenu au courant.

– Tu n'as que quelques minutes ». dit Rita d'un air inquiet. Elle le prit par la main comme pour le tirer hors de la caverne, bon gré mal gré. Puis elle comprit qu'il avait une autre raison de rester seul. Il voulait dire à Gunvald quelque chose que les autres ne devaient pas entendre. Leurs regards se croisèrent. « Quelques minutes. N'oublie pas. Ne commence pas à lui parler de tes vieilles copines.

– Je n'en ai jamais eu, fit Harry en souriant.

– Des jeunes, alors.

– Harry, dit Claude, je crois que c'est vraiment de la folie de...

– Ne t'en fais pas. Je te promets que je serai sorti d'ici avant le début du feu d'artifice. Allez, partez. »

La caverne de glace ne se trouvait ni du côté sous le vent, ni vers le milieu de la longueur de l'iceberg – là où la torpille viendrait frapper la glace, selon le radio. Ils avaient malgré tout décidé à l'unanimité d'éloigner les scooters. Le choc provoqué par la torpille se répercuterait dans tout l'iceberg. Les centaines de dalles de glace qui formaient le plafond de la caverne risquaient de s'écrouler sous l'effet des vibrations.

Dès qu'il fut seul, Harry s'agenouilla à côté de la radio et appela Larsson.

« Bien reçu, Harry. » La voix de Gunvald était très faible et déformée par l'électricité statique.

« Tu as écouté mes conversations avec les Russes ? lui demanda Harry.

– Tant bien que mal. La tempête crée beaucoup d'interférences et vous vous éloignez de plus en plus.

– Tu as quand même une idée générale de la situation. Je n'ai pas le temps de te parler de ça. Je t'appelle pour te demander un service important. Ce n'est pas joli joli, tu sais... »

Le plus succinctement possible, Harry parla à Gunvald de l'agression perpétrée contre Brian Dougherty, puis il lui expliqua ce qu'il désirait. Le Suédois était naturellement offusqué, mais il ne perdit pas de temps à demander des détails. « Ce que tu me demandes n'est pas très agréable, reconnut-il, mais vu les circonstances... »

L'électricité statique occulta la fin de sa phrase.

Harry jura, regarda en direction de l'entrée de la caverne, et serra le micro. « Répète-moi ça. Je te reçois très mal. »

A travers les craquements, il entendit : « ... disais que vu les circonstances... absolument nécessaire...

– Tu vas le faire, c'est ça ?

– Oui, tout de suite.

– Ça te prendra longtemps ?

– Si je veux bien chercher... » La voix de

Gunvald disparut et revint presque aussitôt. « ...chercher ce que je pense... une demi-heure.

– Ça ira, mais dépêche-toi. »

Harry reposait le micro quand Pete Johnson entra de nouveau dans la caverne. « Tu veux te suicider ou quoi ? J'ai dû me tromper quand je t'ai dit que tu étais un héros de naissance. Tu es un maso de naissance, oui. Tirons-nous d'ici avant que ça ne nous tombe dessus. »

Harry débrancha le micro et le tendit à Pete. « Je suis bostonien, n'oublie pas. Rien ne peut m'affecter. Que le plafond s'écroule, je m'en fiche complètement.

– Peut-être que tu n'es même pas maso. Tu es fou à lier, oui, c'est ça. »

Harry empoigna les bretelles de cuir de la radio et se contenta de rire.

Il ne répéta pas à Pete ce qu'il avait dit à Gunvald. Il avait en effet décidé de suivre son conseil : il ne devait faire confiance à personne. Sauf à lui-même. A Rita. Et à Brian Dougherty.

Quand il sortit de la grotte pour affronter la nuit, Harry eut la surprise de constater que la neige avait cédé la place à une tempête de glace. Les minuscules grains étaient plus durs que des aiguilles, ils miroitaient à la lueur des phares et formaient de grands nuages de poussière diamantée qui tombaient presque à l'horizontale. Ils frappèrent les parties exposées du visage de Harry et recouvrirent immédiatement ses vêtements d'une sorte d'armure translucide.

L'entrepôt de la station Edgeway était constitué d'une paire de huttes Nissen réunies l'une à l'autre. L'expédition y remisait des outils, des pièces détachées, le matériel non utilisé, les vivres et autres provisions. Dès qu'il en eut franchi la porte, Gunvald Larsson se débarrassa de son lourd manteau et l'accrocha à une patère tout près de l'un des chauffages électriques. Le manteau était recouvert de glace et l'eau se mit à en ruisseler. Il ôta sa première paire de bottes.

La cabane abritant la radio n'était pas très éloignée de l'entrepôt, mais il avait eu froid comme s'il avait traversé une tempête de neige ou une bourrasque de glace. Il appréciait la chaleur des tentes.

Parfaitement silencieux, il se rendit au bout de la hutte. Il avait de lui-même une image déplaisante dont il ne parvenait pas à se débarrasser : celle d'un voleur aux aguets dans une maison vide.

La partie arrière de l'entrepôt était plongée dans l'obscurité. La seule lumière était celle prodiguée par la petite ampoule accrochée au-dessus de la porte. Un instant, il eut l'impression désagréable que quelqu'un l'attendait, tapi dans l'ombre.

Il était seul, bien entendu. S'il était mal à l'aise, c'est parce qu'il se sentait coupable. Il n'appréciait pas ce qu'il allait devoir faire. Il aurait voulu qu'on le surprenne.

Il leva la main, trouva la chaînette et tira dessus. Une ampoule de cent watts projeta une lumière crue. Quand il relâcha la chaînette, l'ampoule se balança au bout de son fil et l'entrepôt s'emplit d'ombres dansantes.

Sur le mur du fond, neuf casiers métalliques s'alignaient les uns à côté des autres comme des cercueils posés verticalement. Au-dessus de chaque grille de ventilation, un nom était inscrit au pochoir : H. CARPENTER, R. CARPENTER, P. JOHNSON, C. JOBERT, et ainsi de suite.

Gunvald se dirigea vers le râtelier à outils, où il prit un lourd marteau et un pied de biche. Il allait devoir forcer cinq de ces casiers. Et il avait l'intention de les ouvrir très vite, l'un après l'autre, pour ne pas s'accorder le temps de la réflexion.

Les précédentes expéditions organisées sur la calotte glaciaire avaient montré que chacun avait besoin d'un espace privé, aussi réduit fût-il, quelque chose qui n'appartînt qu'à lui seul et où il pût ranger ses affaires personnelles en toute sécurité. Dans l'environnement plutôt restreint d'une base de recherches perdue dans l'Arctique, tout particulièrement dans une station érigée sans grands moyens financiers, où le personnel se devait pourtant de séjourner assez longtemps, le désir de vie privée pouvait facilement tourner à l'obsession.

A la station Edgeway, il n'y avait pas de chambre où l'on pût dormir seul. La plupart des huttes abritaient deux personnes et du matériel d'équipement. Les vastes paysages n'offraient aucun refuge à quiconque recherchait la solitude. Celui qui tenait à la vie ne sortait jamais seul.

Bien souvent, la seule façon de jouir de quelques minutes d'intimité consistait à se rendre aux toilettes chauffées, mais ce n'était pas un endroit où l'on pouvait dissimuler des effets personnels.

Après tout, chacun avait au moins une poignée d'objets qu'il ne voulait montrer à personne : lettres d'amour, photos, notes, journal intime, n'importe quoi. Rien de honteux ne se dissimulait dans les casiers, rien qui pût scandaliser Gunvald et faire honte à son propriétaire. Les scientifiques de l'expédition étaient peut-être un peu trop obsédés par leur travail, mais ils étaient tous sains d'esprits ; en aucun cas, ils n'avaient de terrible secret à préserver. Les casiers servaient seulement à créer des espaces privilégiés.

Ranger ses effets personnels sous le lit ne satisfaisait personne, même si tous s'accordaient à dire que l'espace situé sous le matelas était sacro-saint. Cela ne signifiait pas que les membres de l'expédition se défiaient les uns des autres. La confiance n'avait rien à voir là-dedans. Le besoin de posséder un espace strictement privé était très profond, peut-être même irrationnel, mais il fallait en tenir compte et seuls les casiers métalliques pouvaient le satisfaire.

A l'aide de son marteau, Gunvald fracassa les cadrans à combinaison des cinq casiers. Les pièces brisées jonchaient le sol après avoir rebondi sur les murs.

Si un tueur psychopathe participait à l'expédition Edgeway, si l'un de ces doux agneaux de la science n'était en fait qu'un loup travesti, les casiers étaient, de toute évidence, l'unique endroit où il était logique de chercher. Harry en était certain. Et Gunvald s'était, à contrecœur, rangé à son idée. Il était normal de supposer qu'il y avait dans les objets personnels d'un psychopathe *quelque chose* qui le distinguait de ses compagnons. Quelque chose d'anodin. Le témoin d'une curieuse obsession. Ou peut-être même quelque chose d'horrible, un objet si inattendu, si inhabituel qu'on comprenait tout de suite qu'il appartenait à un fou dangereux.

Gunvald passa l'extrémité recourbée de son levier dans le trou qui abritait le cadran, appuya de toutes ses forces et arracha la serrure du premier casier. Le métal crissa et la porte s'ouvrit. Il ne prit pas le temps de regarder à l'intérieur et attaqua immédiatement les quatre autres casiers.

Quand il eut terminé, il jeta le levier.

Ses mains étaient en sueur. Il les essuya sur sa veste puis sur son pantalon.

Après d'être accordé trente secondes pour reprendre son souffle, il alla chercher contre le mur de droite une caisse pleine de nourriture congelée. Il la posa devant le premier casier et s'assit dessus.

Il ouvrit la fermeture à glissière de l'une des poches de sa veste et effleura le fourneau de sa pipe. Non, il ne fumerait pas. Il retira sa main. La pipe le détendait. Il l'associait à des choses agréables. Et cette fouille systématique n'en était décidément pas une. S'il prenait sa pipe, s'il tirait dessus tout en examinant le contenu du casier de ses amis... quelque chose lui disait qu'il ne connaîtrait plus jamais le bonheur de fumer une pipe en toute quiétude.

Bien. Par où allait-il commencer ?

Roger Breskin.

Franz Fischer.
George Lin.
Claude Jobert.
Pete Johnson.

Il y avait cinq suspects. Pour Gunvald, c'étaient tous de braves types, même si certains étaient plus ouverts et plus liants que d'autres. Ils étaient plus intelligents et équilibrés que la moyenne des gens. Il fallait qu'il en soit ainsi s'ils voulaient effectuer des recherches fructueuses dans l'Arctique ou l'Antarctique, où la rudesse du travail et la pression exceptionnelle éliminaient rapidement tous ceux qui ne faisaient pas preuve d'indépendance et de force de caractère. Personne ne pouvait être soupçonné d'être un tueur psychopathe, pas même George Lin dont le comportement n'avait présenté des aberrations que très récemment, alors qu'il avait déjà participé à de nombreuses expéditions polaires tout au long d'une carrière scientifique proprement admirable.

Gunvald décida de commencer par Roger Breskin, uniquement parce que son casier était le premier. Toutes les étagères étaient vides, sauf celle du haut. Il y avait un petit carton à chaussures dont Gunvald se saisit pour le déposer à terre.

Le Canadien s'embarrassait de peu de choses. Le carton ne contenait que quatre objets. Une photo jaunie, format 18 × 24, représentant sa mère : femme à la mâchoire carrée, mais au sourire triomphant, elle avait des cheveux gris tout bouclés et de petites lunettes cerclées de noir. Une brosse et un peigne à manche d'argent tout terni. Un rosaire. Un petit carnet plein de photographies et de coupures de journaux, toutes liées à sa carrière d'haltérophile amateur.

Gunvald laissa le tout à terre et déplaça la caisse de bois vers sa gauche. Il s'assit devant le casier de Franz Fischer.

Le sous-marin était une nouvelle fois en plongée, mais il se tenait juste sous la surface, à profondeur périscopique.

Au poste central navigation opérations, Nikita Gorov se tenait au périscope, les bras posés sur les « oreilles » horizontales de l'appareil. Même si le sommet du périscope se trouvait à près de trois mètres au-dessus du niveau de la mer, les vagues étaient tellement grosses qu'elles s'écrasaient dessus pour momentanément tout obscurcir. Quand la visibilité redevenait normale, les quatre fusées à la dérive éclairaient faiblement la mer.

La trajectoire de l'iceberg allait croiser celle du bateau. Il se trouvait à présent à six cents mètres au nord de la proue. La montagne blanche se détachait étrangement sur le noir de la nuit et des flots.

Joukov se tenait auprès du commandant. Il portait des écouteurs qui le mettaient en contact permanent avec l'officier responsable du système de tir. Il dit : « Tube numéro un prêt. »

A la droite de Gorov, un sous-officier était installé à un pupitre auxiliaire dont les ampoules vertes et rouges représentaient l'équipement et les portes de la salle de tir. Joukov écoutait le rapport de l'adjudant de lancement et répétait fidèlement ses phrases au sous-officier.

Après un processus assez long et délicat, le tube fut inondé, la porte ouverte. La torpille était prête.

L'*Ilya Pogodine* n'était pas un bateau de guerre, à proprement parler : il n'emportait aucun missile nucléaire. Le ministère russe de la Marine avait toutefois décidé que tout sous-marin devait être prêt à affronter l'ennemi en cas de conflit classique. C'est pourquoi le navire abritait douze torpilles électriques. Pesant plus d'une tonne et demie et bourré de près de trois cent cinquante kilos d'explosif, chacun de ces requins d'acier avait un énorme potentiel destructeur. Même s'il était seulement censé recueillir des informations, l'*Ilya Pogodine* pouvait infliger de sérieux dégâts à la flotte ennemie.

Joukov répéta que le tube numéro un était prêt.

Nikita Gorov se rendit pour la première fois compte que la préparation et le lancement d'une torpille constituaient une sorte de rituel quasi religieux. Peut-être parce que la guerre et la religion s'occupaient l'une et l'autre de la vie et de la mort.

Quand la litanie arriva pratiquement à son terme, le silence se fit au PCNO. On n'entendait que le doux ronronnement des machines et des ordinateurs.

« On lancera au prochain bien pointé », dit Nikita Gorov, et cet ordre fut retransmis à l'adjudant de lancement. Gorov regarda une dernière fois dans le périscope pour vérifier l'azimut de sa cible.

« Mise à feu », dit-il à Joukov, qui répéta l'ordre.

A son pupitre, le sous-officier vérifia que tout était paré. Une ampoule s'alluma. « Tir effectué. »

Gorov se colla à l'œilleton du périscope.

La torpille avait été programmée pour frapper à cinq mètres au-dessous du niveau de la mer. Avec un peu de chance, la configuration de la falaise faisant suite à l'explosion serait plus propice à l'établissement d'un appontement pour les canots et d'une base pour les grimpeurs.

La torpille toucha droit au but.

« Dans le mille ! » dit Gorov.

L'océan noir se gonfla et bondit au pied de la falaise. Pendant un instant, l'eau resplendit d'une lumière flamboyante, comme si des serpents de mer aux yeux éclatants faisaient brusquement surface.

L'écho du choc fit vibrer le blindage du sous-marin.

La partie inférieure de la falaise commença à se dissoudre. Un bloc de la taille d'une maison s'abattit dans l'eau, suivi d'un avalanche de glace.

Gorov fit la grimace. Il savait que les explosifs n'étaient pas assez puissants pour endommager sérieusement l'iceberg et encore moins le faire exploser. En fait, la cible était si énorme que la torpille ne pouvait en arracher qu'une infime partie. Mais, pendant quelques secondes, il eut quand même l'illusion d'une destruction totale.

L'adjudant de lancement annonça à Joukov que la porte était refermée.

Le commandant en second se tourna vers Gorov. « Qu'est-ce que ça donne, commandant ? »

L'œil rivé au périscope, Gorov dit : « C'est pratiquement pareil.

– Il n'y a pas de plate-forme ?

– Non. Mais la glace tombe toujours. »

Joukov entendit l'adjudant lui annoncer que le tube était à nouveau vidé. Il répéta la phrase au sous-officier.

Gorov n'écoutait pas vraiment les informations sur la fermeture du tube. L'iceberg accaparait son attention. Il se passait quelque chose d'anormal. La montagne flottante avait un comportement étrange. Mais peut-être son imagination lui jouait-elle des tours. Il cligna des yeux et observa plus attentivement le géant de glace à demi dissimulé par les vagues qui venaient régulièrement frapper le périscope. La cible ne semblait plus se diriger vers l'est. Gorov avait l'impression que la « proue » de l'iceberg s'orientait doucement vers le sud. Non. C'était absurde. Impossible. Il ferma les yeux et se dit qu'il se faisait des idées. Mais quand il les rouvrit, il eut la certitude que...

« La cible change de cap ! s'écria le technicien du radar.

– C'est impossible, dit Joukov. Pas aussi rapidement. Elle n'a pas d'énergie propre.

– Néanmoins elle dévie, dit Gorov.

– Ce n'est pas le fait de la torpille. Une torpille... même *toutes* nos torpilles ne pourraient affecter un objet de cette dimension.

– Il y a autre chose », dit Gorov, l'air soucieux. Le commandant abandonna le périscope et saisit un micro accroché au plafond. Il s'adressa au personnel du PCNO, mais aussi à celui du sonar. « Je veux une analyse multisystème du sol marin jusqu'à une profondeur de deux cent trente mètres. »

Une voix jaillit du haut-parleur. « Balayage immédiat, commandant. »

Gorov reprit le périscope.

L'analyse demandée avait pour objet de rechercher un courant marin assez fort pour affecter un objet aussi important que l'iceberg. Le sonar, les senseurs thermiques, le matériel d'écoute et les systèmes ultra-sophistiqués mis en place sur l'*Ilya Pogodine* allaient permettre aux techniciens de repérer les mouvements de toutes les créatures aquatiques à sang froid ou à sang chaud vivant sous le bateau et aux environs immédiats. Des bancs de petits poissons et des milliards de krills, minuscules crevettes dont les poissons se nourrissaient, étaient emportés par les courants ou choisissaient d'y vivre lorsque les flux sous-marins étaient plus chauds que les flots environnants. Si des masses de poissons et de krills, mais aussi d'épaisses couches de plancton, se déplaçaient dans la même direction, et si d'autres facteurs étaient mis en relation avec leurs mouvements, les techniciens pouvaient identifier un courant majeur, y envoyer un appareil destiné à en mesurer la vitesse et obtenir ainsi une mesure assez précise du flux marin.

Deux minutes après que Gorov eut ordonné le balayage, le haut-parleur résonna à nouveau. « Fort courant détecté, cap plein sud, limite supérieure cent dix mètres. »

Gorov reprit le micro. « Une idée de la limite inférieure ?

– Impossible à dire, commandant. Ça regorge de vie. On a l'impression d'avoir un mur devant soi. Nous avons bien des lectures jusqu'à deux cent dix mètres, mais ce n'est pas le fond.

– Quelle est la vitesse de déplacement ?

– Approximativement neuf nœuds, commandant. »

Gorov pâlit. « Répétez.

– Neuf nœuds.

– Impossible !

– Bon sang », fit Joukov.

Gorov lâcha le micro et se précipita au périscope. Ils se trouvaient sur la trajectoire d'un mastodonte. La massive île de glace avait tourné lentement, mais la force brutale du courant marin s'exerçait maintenant sur elle. La « proue » de l'iceberg était tournée vers le flanc du sous-marin et allait rester ainsi pendant plusieurs minutes.

« La cible se rapproche, dit l'opérateur radar. Cinq cents mètres ! » Il lut le dernier relevé effectué.

Avant même que Gorov pût répondre, le navire fut brutalement secoué comme par une main gigantesque. Joukov tomba. Des papiers glissèrent de la table lumineuse. L'événement ne dura que deux ou trois secondes, mais tout fut ébranlé.

« Qu'est-ce que c'est que ça ? s'écria Joukov qui cherchait à se relever.

– Une collision.

– Avec quoi ? »

L'iceberg se trouvait toujours à cinq cents mètres.

« Une glace flottante, probablement », dit Gorov. Il ordonna qu'on fasse le point sur les dégâts dans chaque partie du bateau.

Il savait qu'ils n'avaient pas heurté un objet de grande taille parce qu'ils auraient déjà été en train de couler. La coque du submersible n'était pas blindée, il lui fallait une certaine souplesse pour réagir aux rapides changements de température et de pression. De sorte qu'un bloc de glace d'une tonne, animé d'une certaine vitesse, pouvait s'enfoncer dans la coque aussi facilement que dans une maquette en balsa. Ce qu'ils venaient de percuter devait être de faibles dimensions, mais cela pouvait tout de même avoir causé des dommages mineurs.

L'opérateur du sonar indiqua la position de l'iceberg : « Quatre cent cinquante mètres ; la cible se rapproche ! »

Pour Gorov, le choix était difficile. Il lui fallait plonger immédiatement s'il ne voulait pas entrer en contact avec cette montagne de glace. Mais en plongeant tout de suite, avant même d'avoir fait le point sur les dégâts, il pouvait très bien ne plus jamais remonter. Il n'avait plus le temps de faire cap à l'est ou à l'ouest. L'iceberg se déplaçait à dix-sept kilomètres à l'heure. La seule solution, c'était la profondeur.

Il remonta les barres horizontales du périscope et le fit coulisser dans son tube hydraulique.

« Quatre cent vingt mètres ; elle se rapproche toujours !

– En plongée ! » cria Gorov sans attendre les premiers éléments du rapport.

Les signaux de plongée retentirent dans tous

les compartiments en même temps que l'alarme de collision.

« Il faut passer sous la glace avant qu'elle ne nous touche », dit Gorov.

Joukov était blême. « Elle va au moins jusqu'à deux cents mètres de profondeur ! »

Le cœur battant et la bouche sèche, Nikita Gorov lui répondit : « Je le sais bien. Et je ne suis pas certain de réussir. »

Un vent de tempête martelait en permanence les huttes Nissen. Les rivets des cloisons de métal ne cessaient de craquer. Sur les deux minuscules fenêtres à triple vitrage, les spicules de glace frappaient comme les ongles de milliers de morts demandant asile.

Dans l'entrepôt, Gunvald n'avait rien découvert d'intéressant bien qu'il eût inspecté le contenu des casiers de Franz Fischer et de George Lin. Si l'un de ces deux hommes avait des tendances meurtrières ou s'il s'écartait de la norme d'une manière ou d'une autre, rien ne le trahissait dans ses effets personnels.

Gunvald passa à l'armoire de Pete Johnson.

Gorov savait fort bien que les Russes passaient souvent pour des individus ombrageux, secrets, perpétuellement déprimés. Certes, une fâcheuse tendance historique les avait longuement poussés à se doter de chefs tyranniques et d'idéologies sectaires, mais cette idée préconçue était, comme toutes les autres, parfaitement erronée. Les Russes aimaient rire, boire, faire l'amour, chanter et s'amuser. En Occident, les gens ne lisaient bien souvent que Dostoïevski ou Tolstoï, et ils pensaient qu'on ne trouvait en Russie que leurs personnages torturés. Il faut pourtant dire que ces mêmes lecteurs auraient été confortés dans leurs opinions s'ils avaient vu les hommes présents en cet instant dans le PCNO de l'*Ilya Pogodine* : chacun des marins était sombre, tourmenté, les épaules courbées sous le poids du destin.

Le rapport venait de tomber : la coque n'avait pas été percée et il n'y avait pas de voie d'eau. Le choc avait été plus durement perçu à l'avant, principalement au poste de tir situé deux ponts au-dessous du poste central. Les tableaux lumineux n'indiquaient rien de sérieux : la coque extérieure était peut-être égratignée, mais les gouvernails de plongée étaient intacts.

La voix de l'officier chargé des barres de plongée était un peu forte, mais calme toutefois. « Soixante mètres en plongée ! »

L'opérateur du sonar fit son rapport : « Le profil de la cible s'amenuise. Elle se dirige toujours sur nous.

– Quatre-vingts mètres en plongée ! »

Ils devaient plonger à au moins deux cents mètres. Une trentaine de mètres de glace étaient visibles au-dessus du niveau de la mer et cela ne représentait qu'un huitième de la hauteur totale de l'iceberg. Pour plus de sécurité, Gorov préférait descendre à deux cent trente mètres, mais la vitesse de la montagne de glace était telle qu'il ne savait même pas s'ils arriveraient à deux cents mètres.

L'opérateur du sonar reprit la parole : « Trois cent quatre-vingts mètres ; elle se rapproche.

– Si je n'étais pas athée, dit Joukov, je me mettrais à prier. »

Personne ne rit. En cet instant crucial, plus personne n'était athée – pas même Emil Joukov, en dépit de ce qu'il venait de dire.

Même si tout le monde avait l'air tranquille et confiant, Gorov sentait la peur rôder dans le PCNO. Ce n'était pas une vaine expression : la peur avait son odeur bien à elle, et c'était celle, particulièrement âcre, de la sueur. De la sueur froide.

« Cent mètres en plongée ! »

La voix de l'opérateur du sonar répondit aussitôt : « Cible à trois cent cinquante mètres ; elle se rapproche toujours !

– Cent vingt mètres ! »

Ils effectuaient une plongée d'urgence et la coque était soumise à rude épreuve.

Les sous-mariniers s'affairaient devant leurs pupitres, mais ils ne pouvaient s'empêcher de jeter de temps en temps un coup d'œil en direction du pilote chargé des barres de plongée. Son pupitre constituait désormais le centre de la salle. L'aiguille du cadran indiquant la profondeur tombait à très vive allure.

Cent trente mètres de profondeur.

Cent quarante.

Cent quarante-cinq.

A bord, chacun savait que le sous-marin avait été conçu pour effectuer des manœuvres soudaines, mais cela ne rassurait personne. Ces dernières années, alors que le pays luttait pour s'arracher à la pauvreté dans laquelle l'avaient plongé des années de totalitarisme, le budget de la Défense avait été amputé – à l'exception de tout ce qui concernait le nucléaire – et la maintenance des systèmes était retardée, négligée, parfois même oubliée. L'*Ilya Pogodine* avait connu des jours meilleurs.

« Cent cinquante mètres, annonça l'officier de plongée.

– Cible à trois cents mètres !

– Cent soixante mètres en plongée ! »

Des deux mains, Gorov s'agrippait à son pupitre de commandement. Ses articulations blanchissaient, ses bras lui faisaient mal, tant la pression du pont incliné était forte.

« Cible à deux cents mètres ! »

Joukov dit : « C'est incroyable : elle accélère comme si elle dévalait une pente.

– Cent soixante-dix mètres en plongée ! »

Leur descente s'effectuait de plus en plus vite, mais ce n'était pas encore assez au goût de Gorov. Il leur faudrait encore une soixantaine de mètres avant de passer sans encombre sous l'iceberg.

« Cent quatre-vingts mètres !

– Je n'ai atteint une telle profondeur qu'à deux reprises en dix années de service, dit Joukov.

– C'est quelque chose, oui, fit Gorov.

– Cible à cent soixante mètres ! cria l'opérateur du sonar.

– Cent quatre-vingt-cinq mètres en plongée ! » dit l'officier, tout en sachant que chacun ne quittait pratiquement plus le cadran des yeux.

Trois cent vingt mètres, telle était la profondeur maximum accordée à l'*Ilya Pogodine.* Ce n'était pas un sous-marins nucléaires d'attaque ultra-rapides. Mais comme sa coque extérieure avait été éraflée, la limite de trois cent vingt mètres ne serait peut-être jamais atteinte. L'implosion risquait de se produire bien plus tôt que prévu.

« Cible à cent vingt mètres ! »

Gorov contribuait à donner au poste central son odeur si particulière. Il transpirait abondamment et sa chemise lui collait au dos ainsi qu'aux aisselles.

La voix de l'officier responsable de la plongée s'était changée en une sorte de murmure, mais tous les occupants du PCNO l'entendaient sans tendre l'oreille. « Deux cents mètres... »

Le visage d'Emil Joukov était aussi blême, aussi immobile que celui d'un cadavre.

Toujours agrippé à son pupitre, Gorov dit : « Je préférerais une trentaine de mètres supplémentaires pour que nous passions largement sous la glace.

Joukov acquiesça en silence.

« Deux cent cinq mètres. »

L'opérateur du sonar redoublait d'efforts pour maîtriser sa voix. Il ne put cependant s'empêcher d'ajouter un commentaire à l'annonce suivante : « Cible à soixante mètres ; elle est presque sur nous, elle va nous heurter !

– Il n'en est pas question ! dit sèchement Gorov. Nous allons réussir.

– Deux cent quinze mètres en plongée.

– Cible à trente mètres !

– Deux cent vingt mètres.
– Vingt mètres !
– Deux cent trente mètres.
– Cible perdue ! » s'écria l'opérateur du sonar dont la voix avait subitement grimpé d'une demi-octave.

Chacun retint son souffle dans l'attente du crissement fatal et du broiement de la coque.

Comment ai-je pu risquer ma vie et celle de mes hommes pour en sauver une poignée d'autres ? pensait Gorov en cet instant.

Le technicien responsable du sondeur de surface prit son micro. « Glace au-dessus ! »

Ils étaient passés sous l'iceberg.

« Marge de manœuvre ? demanda Gorov.
– Seize mètres. »

Personne n'acclama le commandant, tout le monde était trop tendu pour cela, mais chacun poussa tout de même un grand soupir de soulagement.

« Nous avons réussi, dit Joukov un peu surpris.
– Deux cent trente-cinq mètres en plongée, dit alors l'officier d'un air inquiet.
– Immersion stable à deux cent cinquante mètres, ordonna Gorov.
– Nous sommes en sécurité », fit Joukov.

Gorov caressa sa barbe bien taillée et la trouva trempée de sueur. « Non. Pas encore. La base des icebergs n'est jamais plate. Elle forme saillie. Nous risquons encore une collision. Nous n'aurons vraiment gagné que lorsque nous serons ressortis de l'autre côté. »

Quelques minutes après que l'impact de la torpille se fut propagé dans la glace, Harry et Pete revinrent vers la caverne, laissant les autres dans les scooters où ils s'étaient abrités. Ils s'arrêtèrent à l'entrée et tournèrent le dos au vent qui ne cessait de hurler.

Harry portait la radio et il leur fallait la placer dans un endroit tranquille avant d'appeler le lieutenant Timochenko pour savoir ce qui allait se passer. Le vent gémissait comme un millier de damnés ; même dans les cabines, sa voix déchirante empêchait toute communication.

Pete braqua sa torche sur le plafond de la grotte qu'il inspecta attentivement.

« Ça a l'air d'aller ! » cria Harry bien que sa bouche ne se trouvât qu'à quelques centimètres de l'oreille de son compagnon.

Pete le regarda sans bien comprendre.

« C'est bon ! » hurla Harry tout en levant les pouces.

Pete hocha la tête.

Ils hésitèrent toutefois : ils ignoraient si le sous-marin russe n'allait pas lancer une seconde torpille.

S'ils pénétraient dans la caverne avec la radio et si les Russes tiraient à nouveau, le choc risquait de provoquer la chute du plafond. Ils seraient broyés ou ensevelis vivants.

Le vent qui les poussait dans le dos était si âpre, si froid, que Harry avait l'impression qu'un mauvais plaisant avait mis des glaçons dans sa chemise. Ils ne pouvaient rester trop longtemps sur place, il fallait prendre une décision. Il entra. Pete le suivit avec sa lampe et les deux hommes se hâtèrent de gagner le fond de la caverne.

La cacophonie de la tempête s'amenuisait au fur et à mesure qu'ils s'enfonçaient dans la grotte de glace, mais il leur fallut tout de même régler le volume à fond.

Harry se saisit du cordon électrique branché sur la batterie de l'un des scooters et mit la radio en marche. Il préférait économiser les piles, ils en auraient peut-être besoin plus tard.

Pete dit : « Tu as remarqué la direction du vent ? »

Ils devaient toujours élever la voix pour se faire entendre, mais il ne leur était plus nécessaire de crier.

« Il y a quinze minutes de cela, il soufflait d'une autre direction.

– L'iceberg a encore tourné.

– Comment tu expliques ça ?

– Si je le savais !

– C'est toi, l'expert en explosifs. La torpille aurait-elle pu modifier le cap de l'iceberg ?

– Impossible, dit Pete en secouant pesamment la tête.

– Moi non plus, je ne le crois pas. »

Harry se sentit subitement très las, frappé par un terrible sentiment d'impuissance. Comme si Mère Nature avait finalement décidé d'avoir leur peau. Leurs chances de survivre diminuaient de minute en minute, elles seraient bientôt réduites à néant – si elles ne l'étaient pas déjà. Malgré la vaseline qui protégeait son visage et le masque en tricot d'ordinaire si efficace, malgré tous ses vêtements protecteurs en Gore-Tex ou en Thermolite, malgré la grotte qui les avait abrités quelque temps et les scooters qui leur avaient dispensé leur chaleur, Harry succombait au froid impitoyable. Ses articulations le faisaient souffrir. Ses mains étaient recouvertes de gants, mais il les aurait laissées au réfrigérateur pendant une demi-heure que cela n'aurait pas été pire. Ses pieds s'engourdissaient lentement. Si les réservoirs des scooters tombaient à sec et leur refusaient par la même occasion les brefs séjours au sein de leurs cabines, la gelure du visage constituerait un réel danger. Le peu d'énergie qu'ils avaient encore les abandonnerait. Ils seraient trop épuisés pour rester debout, éveillés, et pour aller à la rencontre des Russes.

La lassitude et le découragement l'envahissaient, mais il ne pouvait y céder : il y avait Rita. Il était responsable d'elle parce qu'elle ne se sentait pas aussi à l'aise que lui sur la glace : elle en avait même peur. Il était bien décidé à se trouver à ses côtés quand elle aurait besoin de lui, et il en serait ainsi jusqu'à la dernière minute de son existence. Elle lui donnait un espoir insensé, l'espoir de nombreuses années de bonheur, d'amour et de rire, et cela devait suffire à l'encourager, quelle que fût la violence de la tempête.

« La seule autre explication, dit Harry tout en tournant la mollette de la radio, c'est que l'iceberg est soumis à un nouveau courant marin, bien plus fort que le précédent, et que ce courant se dirige vers le sud.

– Ça va simplifier les choses pour les Russes ? Ils auront moins de mal à venir jusqu'à nous ?

– Non, je crois que ça va être encore plus difficile. Si c'est un vent du nord qui souffle, la seule partie abritée sera la pointe de l'iceberg. Ils ne pourront pas faire aborder des hommes sur un bloc qui leur fonce dessus.

– Et il est près de dix heures.

– Exactement, dit Harry.

– S'ils ne nous tirent pas de là à temps... si nous sommes encore là à minuit, tu crois qu'on s'en sortira vivants ? Ne me raconte pas de bobards. Qu'est-ce que tu en penses ?

– C'est plutôt moi qui devrais te poser la question, non ? C'est toi qui as conçu la chaîne de bombes. Tu sais mieux que moi les dégâts qu'elles vont causer. »

Pete se rembrunit. « Ce que je crois... c'est que les ondes de choc vont faire éclater la majeure partie de la glace. Il se peut que l'on obtienne à l'arrivée un bloc de cent cinquante ou cent soixante mètres de long. Tu sais ce qui se passera alors ? »

Harry ne le savait que trop bien. « L'iceberg mesurera cent soixante mètres de long et plus de deux cents de hauteur.

– Il ne pourra pas flotter dans cette position.

– Non. Son centre de gravité serait décalé. Il tournera sur lui-même pour adopter une nouvelle position. »

Les deux hommes se regardèrent longuement tandis que la radio produisait toutes sortes de sifflements qui semblaient répondre à ceux du vent.

Pete dit enfin : « Si au moins on avait pu désamorcer dix bombes...

– Oui, mais ce n'est pas le cas. » Harry prit le

micro. « Voyons un peu si les Russes ont de bonnes nouvelles à nous annoncer. »

Gunvald ne trouva rien de compromettant dans les armoires métalliques de Pete Johnson et de Claude Jobert.

Cinq suspects. Pas la moindre découverte révélatrice. Pas le moindre indice.

Il se leva et s'éloigna de la caisse de bois pour se rendre à l'autre bout de la pièce. A cette distance des armoires fracturées – bien que la distance ne le rendît pas moins coupable –, il se dit qu'il pouvait enfin s'offrir une bonne pipe. Il en avait besoin pour réfléchir et se calmer. Dans l'air flotta bientôt le riche arôme de son tabac préféré.

Il ferma les yeux, repensa aux divers objets qu'il avait extraits des casiers. A première vue, il n'y avait rien de marquant. Mais il se pouvait que les indices éventuels fussent autrement plus subtils. Il ne les identifierait peut-être qu'après mûre réflexion. Il s'efforça donc de visualiser chaque article arraché au secret des armoires et de l'étudier en détail, ainsi qu'il l'avait déjà fait quand il l'avait tenu en main.

Roger Breskin.

Franz Fischer.

George Lin.

Claude Jobert.

Pete Johnson.

Rien.

Si l'un de ces hommes était déséquilibré, si

c'était un tueur potentiel, il était aussi extrêmement intelligent. Il avait si bien dissimulé sa folie que rien ne la trahissait, même dans ses biens les plus intimes.

Frustré, Gunvald vida sa pipe dans un pot plein de sable avant de la ranger dans la poche de sa veste. Il revint près des armoires métalliques. Le sol était jonché de précieux détritus. Il ramassa les objets et les remit en place, tout honteux d'avoir ainsi violé la vie privée de ses camarades. Jamais auparavant il n'avait commis un tel acte, et il n'arrivait pas à se retrancher derrière les impératifs du moment.

C'est alors qu'il vit l'enveloppe. Format 26 × 32. Plus de deux centimètres d'épaisseur. Tout en bas du casier, plaquée contre la cloison du fond.

Dans sa hâte, il l'avait manquée, en grande partie parce que sa couleur grisâtre se rapprochait de celle du métal, mais aussi parce qu'elle était plaquée contre celui-ci et que la hauteur du casier du bas était justement de trente-deux centimètres. Gunvald était vraiment étonné de ne pas l'avoir vue plus tôt. Mais il avait aussi le sentiment d'avoir enfin trouvé la terrible preuve qu'il cherchait.

L'enveloppe était collée à la cloison. Quand il l'arracha, Gunvald constata que six morceaux de sparadrap la maintenaient en place. Elle n'était pas là par hasard, elle devait rester secrète même si le placard était visité.

Une patte de métal coinçait le rabat. Gunvald la souleva. L'enveloppe ne contenait qu'un carnet de notes à spirales bourré de photographies et d'articles tirés de la presse internationale.

Un peu surpris, mais sans la moindre hésitation, Gunvald ouvrit le carnet et le feuilleta. Le contenu lui causa un choc énorme ; il n'avait jamais éprouvé un tel dégoût. C'était ignoble. Page après page. Et il comprit tout de suite que l'auteur de cette compilation était un individu dangereux et profondément perturbé.

Il referma le carnet, tira sur la chaînette pour éteindre la lumière et enfila à la hâte ses vêtements. La tête baissée pour se protéger des grains de glace entraînés par le vent, il courut jusqu'à la cabane abritant le matériel de télécommunication. Il devait au plus tôt avertir Harry de ce qu'il avait découvert.

« Glace au-dessus. Trente mètres. »

Gorov quitta le pupitre de commandement et se plaça derrière le technicien qui lisait les chiffres du sondeur.

« Glace au-dessus. Quarante mètres.

– Comment peut-elle remonter ainsi ? » Gorov fronça les sourcils ; il ne voulait pas croire aux renseignements que lui offrait cette même technologie en laquelle il avait toujours eu confiance. « L'iceberg nous présente son profil le plus étroit, nous n'en avons pas encore franchi la moitié de la longueur. Il y a toujours une formidable montagne de glace au-dessus de nos têtes. »

Le technicien était aussi perplexe. « Je ne comprends pas, commandant. Pourtant la glace est maintenant à quarante-cinq mètres et elle s'éloigne toujours.

– Quarante-cinq mètres d'eau entre nous et la base de l'iceberg ?

– Oui, commandant. »

Le sondeur de surface était une version sophistiquée du sonar utilisé depuis des décennies pour renseigner sur le fond de l'océan. Il émettait vers le haut des ondes sonores à haute fréquence qui se réfléchissaient sur la glace – si c'était bien de cela qu'il s'agissait –, déterminant ainsi la distance entre le haut du massif et le plafond glacé de la mer. Ce système équipait tous les bateaux susceptibles de passer un jour sous la calotte pour préserver le secret ou échapper à des vaisseaux ennemis.

« Cinquante mètres, commandant. »

L'aiguille du sondeur s'agitait de plus en plus et la bande noire qu'elle dessinait ne cessait de s'élargir.

« Glace au-dessus, soixante mètres. »

La glace continuait de s'éloigner mystérieusement.

C'était totalement absurde.

Le haut-parleur placé au-dessus du pupitre de commandement siffla et craqua. La voix qui en jaillit était, comme toutes celles retransmises par interphone, rauque et métallique. L'adjudant de lancement prononça une phrase que Nikita Gorov avait espéré ne jamais entendre de sa vie, quelle que fût la profondeur et encore moins à deux cent cinquante mètres en plongée : « Commandant, la cloison avant transpire. »

Tous les hommes présents dans le PCNO se figèrent. Ils ne s'étaient intéressés qu'au sonar et au sondeur, leur plus grande crainte étant de percuter une stalactite de glace suspendue à la base de l'iceberg. Le rapport de l'adjudant rappelait surtout qu'ils étaient entrés en collision avec une glace flottante peu avant d'effectuer une plongée d'urgence ; ils se trouvaient maintenant à deux cent cinquante mètres de profondeur et chaque centimètre carré de la coque extérieure était soumis à une pression brutale. Des milliards de tonnes d'eau salée les séparaient de leur univers naturel : la surface, le ciel, le soleil.

Gorov attira à lui le micro suspendu au plafond. « Commandant à poste de tir. Il y a un isolant sec derrière cette cloison. »

Le haut-parleur constituait le nouveau centre d'intérêt ; plus personne ne s'inquiétait du sondeur. « Je sais, commandant, mais ça transpire quand même. L'isolant doit être trempé. »

Il était clair que le navire avait été sérieusement endommagé en percutant la glace flottante. « Il y a beaucoup d'eau ?

– C'est infime, commandant. Rien qu'une pellicule.

– Où l'avez-vous trouvée ?

– Sur la soudure, entre le tube quatre et le tube cinq.

– Un gauchissement du métal ?

– Non, commandant.

– Surveillez ça attentivement, dit Gorov.

– Je ne regarde que ça, commandant. »

Gorov lâcha le micro qui repartit vers le plafond.

Joukov se tenait devant le pupitre de commandement. « Nous pourrions changer de cap, commandant.

– Pas question. »

Gorov savait bien ce que pensait son second. Ils étaient en train de passer sous la longueur de l'iceberg et devaient encore parcourir trois ou quatre cents mètres. En virant à bâbord ou à tribord, ils retrouveraient la pleine mer en moins de deux cents mètres. Changer de cap paraissait raisonnable, en effet, mais ce serait un effort pour rien.

« Le temps de virer à bâbord ou à tribord, nous aurons déjà doublé la poupe de l'iceberg, dit Gorov. Maintenez le cap, lieutenant.

– A vos ordres, commandant. »

L'opérateur chargé du sondeur annonça alors : « Glace au-dessus. Quatre-vingts mètres. »

A nouveau le mystère de la glace qui s'éloignait...

Ils ne descendaient plus. L'immersion était parfaitement maintenue. Et Gorov se doutait bien que l'iceberg n'était pas en train de léviter au-dessus de l'océan. Alors pourquoi la distance ne cessait-elle d'augmenter ?

« Nous ne pouvons pas remonter, commandant ? lui suggéra Joukov. Nous rapprocher un peu de la glace ? A deux cents mètres, la pression sera bien moindre et le poste de tir arrêtera peut-être de transpirer.

– Maintenez l'immersion à deux cent cinquante mètres », répondit sèchement Gorov.

Il s'inquiétait plus de la transpiration de son équipage que de celle de la cloison. C'étaient de braves types et il avait eu bien des raisons de se montrer fier d'eux. Ils s'étaient souvent trouvés en position délicate ; toujours, ils avaient conservé leur sang-froid et leur professionnalisme. La patience et le savoir-faire leur avaient toujours suffi. Cette fois-ci, ce n'était pas assez. Il leur fallait également compter sur la chance. Confrontés à la pression formidable à laquelle la coque était soumise en permanence, les hommes ne pouvaient plus compter que sur eux-mêmes. Ils devaient faire confiance aux ingénieurs anonymes qui avaient conçu le navire et aux ouvriers des chantiers qui l'avaient construit. Dans n'importe quel pays, ce n'aurait pas été trop demander à des marins aguerris, mais là, les hommes ne savaient que trop bien que les réductions budgétaires dont souffrait la Russie portaient un rude coup à la maintenance des bâtiments et des docks.

« Il n'est pas question de remonter, dit Gorov. La glace est toujours au-dessus de nos têtes. Je ne comprends pas ce qui se passe, je ne sais pas pourquoi elle semble s'éloigner, mais il vaut mieux se montrer extrêmement prudent.

– Glace au-dessus, quatre-vingt-dix mètres. »

Gorov se tourna vers le sondeur de surface.

« Cent mètres, commandant. »

Brusquement l'aiguille cessa de s'agiter : une ligne noire, rectiligne, se dessinait au milieu du tambour.

« Plafond dégagé ! s'écria le technicien étonné. Plus de glace au-dessus.

– Nous sommes déjà sortis ? » demanda Joukov.

Gorov dit : « C'est impossible. Cet iceberg est énorme, il fait plus d'un kilomètre de long. Nous n'en avons pas encore...

– Glace au-dessus ! lança l'opérateur du sondeur de surface. Cent mètres. Glace à cent mètres. Elle se rapproche ! »

Gorov examina attentivement l'aiguille. L'espace libre entre le sous-marin et l'iceberg diminuait à toute allure.

Quatre-vingt-dix mètres. Soixante-dix.

Soixante mètres. Cinquante. Trente.

Vingt-cinq. Vingt.

La distance fut de moins de vingt mètres pendant quelques secondes, puis ce furent des fluctuations brèves et brutales : quinze mètres, cent cinquante, quinze mètres à nouveau, trente mètres, vingt-cinq, quinze, soixante-dix. L'aiguille ne cessait de bondir sur le papier. Quand elle retomba enfin à quinze mètres, elle ne dessina plus que des pics de faible importance.

« Hauteur stabilisée, dit le technicien chargé du sondeur. Entre quinze et vingt mètres. Variations mineures. Toujours stable... toujours stable...

– Est-ce que le sondeur aurait pu nous jouer des tours ? lui demanda Gorov.

– Non, commandant, je ne crois pas. Il fonctionne parfaitement.

– Est-ce que je me trompe si je dis que nous passons sous *un trou* au milieu de l'iceberg ? »

Le technicien ne quittait pas des yeux le tambour, il était prêt à crier si le plafond de glace tombait subitement à moins de quinze mètres. « Non, je pense que c'est ça. Tout indique qu'il y a un trou. Approximativement au milieu.

– Un trou en forme d'entonnoir.

– Oui, commandant. Au début cela ressemblait à une assiette renversée. Mais quand nous étions juste dessous, les deux tiers supérieurs de la cavité se sont brusquement resserrés. »

Gorov ne pouvait dissimuler son impatience. « Et c'est ainsi jusqu'au sommet de l'iceberg ?

– Je l'ignore, commandant, mais cela va a au moins jusqu'au niveau de la mer. »

Le sondeur de surface ne pouvait effectuer de relevés au-dessus du niveau de la mer, bien entendu.

« Un trou, dit Gorov d'un air pensif. Comment a-t-il pu se produire là ? »

Nul n'aurait pu lui répondre.

Gorov haussa les épaules. « Un des membres d'Edgeway le saura peut-être. Ce sont des spécialistes de la glace. En tout cas, ce trou existe bel et bien, et c'est cela qui compte.

– Pourquoi y accordez-vous tant d'importance ? » lui demanda Joukov.

Gorov avait une vague idée. Dans sa tête germait un plan de sauvetage. Si ce trou était...

« Plafond dégagé, annonça le technicien. Pas de glace au-dessus. »

Emil Joukov enfonça quelques touches du pupitre de commandement avant de se tourner vers l'écran d'ordinateur placé à sa droite. « Si l'on tient compte du courant direction sud et de notre propre cap, nous devrions être sortis d'affaire. Cette fois-ci, l'iceberg n'est vraiment plus là.

– Plafond dégagé », répéta le technicien.

Gorov consulta sa montre. Dix heures et deux minutes. Dans moins de deux heures, les cinquante-huit charges d'explosif déchiquetteraient la glace. Avec un laps de temps aussi bref, l'équipage de l'*Ilya Pogodine* ne pouvait espérer réussir un sauvetage conventionnel. Le plan peu orthodoxe que le commandant élaborait était parfaitement insensé, mais il avait au moins le mérite d'être applicable dans les délais impartis.

Joukov s'éclaircit la voix. Le commandant en second ne cessait de penser aux cloisons du poste de tir et il attendait l'ordre de faire surface.

Gorov attira à lui le micro. « Commandant à poste de tir. Rapport sur la situation.

– Ça transpire toujours, commandant. Ce n'est pas mieux ; ce n'est pas pire non plus.

– Ouvrez l'œil. Et restez calmes. » Gorov lâcha le micro et regagna le pupitre de commandement. « Moteurs à demi-régime. Barre à bâbord toute. »

L'étonnement se dessina sur le long visage d'Emil Joukov. Il ouvrit la bouche, mais ne put produire le moindre son. Il dut avaler sa salive avant de dire : « Vous ne comptez pas faire surface ?

– Pas tout de suite, lui dit Gorov. Nous allons passer une nouvelle fois sous le colosse. Je veux revoir ce fameux trou. »

Le volume de la radio était réglé au maximum de sorte que l'on pouvait entendre l'officier russe, malgré le vent qui hurlait comme une bête à l'entrée de la caverne et frappait les dalles de glace du plafond. Les parois renvoyaient des craquements d'électricité statique et des sifflements : on eût dit le bruit terriblement amplifié d'ongles qui crissent sur un tableau noir.

Les autres s'étaient joints à Pete et à Harry pour entendre les nouvelles. Le petit groupe s'était rassemblé près du mur du fond.

Quand le lieutenant Timochenko eut décrit le trou en forme d'entonnoir qui marquait la base de leur prison flottante, Harry proposa une explication. L'iceberg avait été arraché à la calotte par un tsunami, lequel avait été déclenché par un séisme du fond marin survenu pratiquement au-dessous d'eux. Dans cette région du monde, l'activité volcanique était très fréquente, comme en témoignaient les violentes éruptions d'Islande quelques décennies auparavant. Ladite activité s'était associée au séisme sous-marin et d'énormes quantités de lave s'étaient déversées dans la mer, projetées vers le haut avec une force terrible. La glace avait fondu. Les millions de tonnes d'eau bouillante avaient sculpté la glace, créant les différences de hauteur signalées par le sondeur.

Le sous-marin avait fait surface et ne se trouvait qu'à quelques centaines de mètres à vol d'oiseau des rescapés, mais la voix de Timochenko était ponctuée de crachotements. La communication ne fut toutefois pas interrompue. « Selon le commandant Gorov, il y a trois possibilités. Premièrement, le trou ouvert dans le plancher de l'iceberg est obstrué par la glace quelques mètres au-dessus du niveau de la mer. Deuxièmement, il débouche dans une caverne ou au fond d'une crevasse étroite. Enfin, il mesure une trentaine de mètres de haut et débouche à l'air libre. Cette analyse vous paraît-elle exacte, docteur Carpenter ?

– Oui, dit Harry, impressionné par le raisonnement du commandant du sous-marin. Et je crois savoir quelle est la bonne réponse. » Il parla à Timochenko de la crevasse qui s'était ouverte lorsque les ondes sismiques étaient passées sous la glace. « Elle n'existait pas quand nous avons enterré les explosifs, mais elle nous attendait à notre retour. C'est là que j'ai perdu mon scooter.

– Vous croyez que le fond de cette crevasse communique avec la mer ? lui demanda Timochenko.

– Je l'ignore, mais c'est très possible. D'après mes calculs, elle se situe juste au-dessus du trou que vous avez découvert. Même si la coulée de lave n'a pas fait fondre trente mètres de glace, la chaleur dégagée a au moins craquelé la glace. Les fissures descendent certainement jusqu'à la poche que votre sondeur a repérée.

– Si le trou se situe bien au fond de la crevasse – je suppose que nous ne devrions plus parler de trou, plutôt de puits ou de tunnel –, voudriez-vous essayer de l'atteindre en descendant au fond ? »

Harry trouva cette proposition plutôt bizarre. Il ne voyait pas l'intérêt de s'aventurer dans la faille où reposait son scooter. « Si cela se révélait vraiment nécessaire, je pense que nous pourrions improviser une sorte de descente en rappel. Mais pourquoi ? Je ne comprends vraiment pas où vous voulez en venir.

– C'est ainsi que nous allons tenter de vous arracher à la glace. Vous passerez par le tunnel et vous arriverez sous l'iceberg, où nous vous récupérerons. »

Dans la caverne, tout le monde doutait de la réussite d'une telle opération.

Harry fit signe à ses compagnons de se taire. « Nous descendons dans la crevasse, dit-il à l'officier russe. Ensuite nous passons par le tunnel et nous entrons dans le sous-marin. C'est cela ? Mais comment faisons-nous ?

– Vous porterez des scaphandres, dit Timochenko.

– Nous n'en avons pas.

– Mais nous, nous en avons. » Timochenko expliqua comment le matériel leur parviendrait.

Harry était extrêmement impressionné par l'imagination des Russes, mais il nourrissait toujours des doutes. « J'ai fait un peu de plongée dans le temps. Je ne suis pas un spécialiste, mais je sais qu'on ne peut pas descendre à une telle profondeur sans être entraîné et sans disposer d'un équipement spécial.

– Nous avons ce type d'équipement, dit Timochenko. Je crains que vous ne deviez vous passer de l'entraînement. » Pendant cinq minutes, il exposa en détail le plan conçu par le commandant Gorov.

C'était brillant, imaginatif, audacieux. Harry aurait aimé rencontrer l'auteur d'un tel projet. « Ça peut marcher, mais c'est quand même risqué. Et rien ne nous garantit que votre tunnel débouche sur notre crevasse. Nous ne trouverons peut-être pas de passage.

– C'est possible, reconnut Timochenko. Mais c'est votre seule chance. Tout va sauter dans une heure et demie. Nous ne pouvons pas mettre des canots à l'eau, escalader l'iceberg et vous récupérer comme nous le pensions. Pas en quatre-vingt-dix minutes. L'iceberg a tourné et le vent souffle également sur ses deux longueurs. Nous devrions amarrer les canots à la proue de l'iceberg, mais c'est impossible avec cette masse qui file neuf nœuds. »

Harry savait que c'était vrai. Il avait dit la même chose à Pete une demi-heure plus tôt. « Lieutenant Timochenko, je dois discuter de tout cela avec mes camarades. Accordez-moi une minute, je vous prie. » Toujours accroupi devant la radio, il se tourna vers les autres. « Alors ? »

Rita devrait surmonter sa phobie encore plus qu'elle ne l'avait fait jusqu'ici : elle n'était jamais entrée *dans* la glace. Elle fut malgré tout la première à se prononcer en faveur de ce projet. « Ne perdons pas de temps. Nous pouvons y arriver. On ne va tout de même pas rester ici à attendre la mort.

– Nous n'avons pas le choix, fit Claude Jobert.

– Nous n'avons qu'une chance sur mille de nous en sortir, dit Franz Fischer. Ce n'est pas totalement désespéré.

– Ah, le pessimisme germanique », dit en souriant Rita.

Fischer s'efforça de sourire à son tour. « Tu as dit la même chose quand je redoutais qu'un tremblement de terre ne nous coupe de la base.

– J'en suis, dit Brian Dougherty.

– Moi aussi, fit Roger Breskin.

– Je me joins à vous, dit Pete Johnson. Mais si je m'en sors, je vous jure que je ne bougerai plus de chez moi et que je passerai le temps au coin du feu avec un bon bouquin. »

Harry se tourna vers Lin. « George ? »

Lin avait relevé ses lunettes et baissé son

masque. Son visage nu révélait toute sa détresse. « Si nous restons là, si nous ne partons pas avant minuit, est-ce qu'il y a une chance pour que nous nous retrouvions sur un fragment d'iceberg capable de nous porter ? J'avais l'impression que nous comptions tous là-dessus avant que ce sous-marin ne se manifeste. »

Harry n'y alla pas par quatre chemins. « Nous n'avons peut-être qu'une chance sur mille de nous en sortir en appliquant le plan imaginé par le commandant Gorov, mais nous n'en avons qu'une sur un million de survivre aux explosions. »

Lin se mordait si fort la lèvre inférieure que Harry n'aurait pas été surpris de voir le sang perler.

« George ? Tu es avec nous, oui ou non ? »

Lin hocha enfin la tête.

Harry reprit le micro. « Lieutenant Timochenko ?

– Je vous reçois, docteur Carpenter.

– Nous acceptons le plan de votre commandant puisqu'il n'y a pas d'autre possibilité. Nous y arriverons... si c'est faisable.

– C'est très faisable, docteur, nous en sommes convaincus.

– Il va falloir faire vite, dit Harry. Nous n'atteindrons pas la crevasse avant onze heures. Il ne nous restera même pas soixante minutes.

– Ne cessons jamais de penser à ce qui va se passer à minuit, dit Timochenko. Cela nous donnera l'énergie nécessaire. Bonne chance à vous.

– A vous aussi », dit Harry.

Quelques minutes plus tard, ils s'apprêtaient à quitter la caverne. Harry n'avait toujours pas été appelé par Gunvald. Il ignorait toujours tout du contenu des cinq armoires. Il essaya bien de joindre par radio la station Edgeway, mais n'obtint pour seule réponse que des sifflements et des crachotements furieux.

Apparemment, ils allaient devoir descendre dans cette crevasse et s'engager dans ce tunnel sans savoir lequel d'entre eux risquait, si l'occasion se présentait, d'attenter une nouvelle fois à la vie de Brian Dougherty.

Le matériel de communication le plus sophistiqué ne peut éliminer les interférences qui accompagnent une tempête quand elle survient au cœur de l'hiver sous des latitudes polaires. Gunvald ne recevait plus d'informations de la part de la base militaire américaine de Thulé. Il essaya toutes les bandes de fréquence, en vain. Les seuls sons d'origine humaine qu'il détectait parfois étaient des fragments très lointains de musique orchestrale. Les haut-parleurs étaient saturés par l'électricité statique : ce n'était que gémissements, sifflements, grondements, hurlements. Pas la moindre trace d'une voix humaine.

Il reprit la fréquence qui lui permettait de communiquer avec Harry et plaqua le micro à sa bouche comme si cela devait faciliter les choses. « Harry, tu m'entends ? »

Rien.

Pour la cinquantième fois, il déclina son identité

et celle de son correspondant. Il levait la voix et criait comme pour se montrer plus fort que les interférences.

Toujours pas de réponse.

Ce n'était pas une question de mauvaise transmission, dans un sens ou dans l'autre. Non, ils ne le captaient pas, tout simplement.

Il n'avait plus qu'à abandonner.

Il lança un coup d'œil au carnet posé sur la table, à côté de lui. Il avait déjà regardé cette page plus de dix fois. Pourtant il frissonna.

Non, il n'abandonnerait pas. Il leur fallait connaître l'identité du monstre que leur groupe recelait.

A nouveau il appela.

Rien.

V

LE TUNNEL

22:45
EXPLOSION DANS UNE HEURE QUINZE MINUTES

Nikita Gorov portait des vêtements destinés à le protéger du froid qui régnait en maître. Debout sur la passerelle de l'*Ilya Pogodine,* il scrutait méthodiquement un tiers de l'horizon à l'aide de ses jumelles à infrarouge et recherchait tout fragment de glace flottante autre que l'iceberg sur lequel étaient bloqués les membres de l'expédition Edgeway. La formidable montagne blanche se dressait devant le sous-marin, toujours poussé par un courant marin qui sévissait jusqu'à plus de deux cent cinquante mètres de profondeur.

Secouée par le vent, la mer ne présentait pas son aspect habituel, il n'y avait plus de régularité dans les vagues. Elles affectaient le bateau de manière totalement imprévisible et Gorov ne pouvait se préparer à la prochaine attaque. Sans prévenir, le sous-marin roula du côté de bâbord avec une telle violence que tous ceux présents sur la passerelle furent déséquilibrés ; le commandant tomba sur Emil Joukov et Semichastny. Il se dégagea et s'agrippa au bastingage couvert de glace juste au moment où une muraille d'eau s'abattait sur le massif et inondait la passerelle.

Le bateau reprit sa position. Joukov cria : « Je préférais encore plonger à deux cents mètres !

– Ah, vous voyez ? fit Gorov. Vous ne savez pas apprécier les bonnes choses.

– Je ne me plaindrai plus jamais, c'est promis ! »

L'iceberg n'offrait plus de paroi sous le vent au pied de laquelle l'*Ilya Pogodine* pût trouver abri. La tempête soufflait par l'arrière et les deux flancs étaient pareillement exposés au vent impitoyable. Le sous-marin était ballotté en tous sens, il roulait et tanguait, plongeait et se redressait brusquement comme une bête en proie aux affres de la mort. Une vague monumentale s'abattit sur le côté de tribord, grimpa à l'assaut du massif et retomba à bâbord non sans avoir arrosé les trois hommes. La plupart du temps, le navire gîtait vers bâbord, poussé par une force monstrueuse et noire qui était à la fois monotone et terrifiante. Tout comme le bastingage, les hommes présents sur la passerelle semblaient recouverts de glace.

Gorov portait d'épaisses lunettes et une capuche ; les parties exposées de son visage était enduites de lanoline. Son nez et ses joues étaient cruellement mordues par l'air froid ; son grade n'exigeait pourtant pas qu'il s'exposât ainsi.

Emil Joukov avait entouré d'une écharpe la partie inférieure de son visage. Il lui fallait affronter directement la tempête. C'était impossible sans la moindre précaution : la peau aurait été arrachée par des spicules de glace semblables à des millions d'aiguilles projetées par un vent soufflant à près de cent soixante-dix kilomètres à l'heure. Dès qu'il sentit son écharpe se défaire, il se retourna, brisa entre ses doigts gantés l'épaisse pellicule de glace qui la recouvrait et s'empressa de la nouer à nouveau. Misérable mais stoïque, il se remit à scruter son tiers d'horizon.

Gorov abaissa ses jumelles pour regarder les deux hommes qui s'affairaient tout en haut du massif, en avant de la passerelle. L'ampoule rouge de la passerelle et un arc lumineux portable leur dispensaient un peu de lumière. Il projetaient des ombres grotesques et ressemblaient à des démons occupés à faire tourner de sinistres machineries infernales.

Un des hommes se tenait entre les deux périscopes et le mât du radar : selon son appréhension du danger, c'était soit extrêmement plus terrifiant soit infiniment plus passionnant qu'une chevauchée sur un étalon furieux dans un rodéo texan. Il portait toutefois autour de la taille une longe qui le reliait au mât de télécommunication. Il offrait l'un des spectacles les plus étranges auxquels le commandant Gorov eût jamais assisté. Il avait revêtu tant de vêtements imperméables qu'il lui était très difficile de se mouvoir librement. Semblable à un paratonnerre humain fiché au sommet de la superstructure du sous-marin, il offrait une cible de choix au vent qui soufflait en tempête, à la pluie glacée et aux embruns. La couche de glace qui le recouvrait ne mesurait pas loin de plusieurs centimètres d'épaisseur. Au niveau du cou, des épaules, des coudes, des poignets, des hanches et des genoux, sa carapace de glace présentait des cassures bien délimitées, mais le vêtement n'était jamais visible. Des pieds à la tête, le pauvre diable n'était que glace scintillante. Il rappelait à Gorov ces bonshommes en pain d'épice décorés de sucre que l'on offrait parfois aux enfants moscovites à l'occasion du Nouvel An.

Le second marin était monté sur la petite échelle menant de la passerelle au sommet du massif. Fermement attaché à l'un des barreaux pour avoir les mains libres, il fixait plusieurs caissons en aluminium étanches à une grande chaîne en alliage de titane.

Satisfait de voir le travail presque achevé, Gorov regagna son poste et braqua à nouveau ses jumelles sur l'horizon.

22:56
EXPLOSION DANS UNE HEURE QUATRE MINUTES

Le vent de tempête soufflait derrière eux et ils purent emprunter les scooters pour se rendre au bord de la crevasse. C'était une chance. Si le vent était venu d'une autre direction, ils se seraient retrouvés avec une visibilité pratiquement nulle ; dans ce cas, ils auraient dû aller à pied sans oublier de s'encorder. En roulant dans le sens du vent, ils voyaient à dix ou quinze mètres, même si la visibilité diminuait de minute en minute.

Quand ils furent à proximité du gouffre, Harry immobilisa son scooter. Un peu à contrecœur, il en descendit. Il se tenait fermement à la poignée de la portière, mais une saute de vent atteignant les cent quatre-vingts kilomètres à l'heure le fit tomber à genoux. Dès que cela se calma un peu, il se releva avec effort et, toujours accroché à la porte, pesta contre le mauvais temps.

Les autres scooters s'arrêtèrent derrière lui. Le dernier de la file ne se trouvait qu'à une trentaine de mètres, pourtant Harry ne voyait que de vagues halos jaunes là où il aurait dû y avoir des phares. Ils étaient si pâles qu'on aurait pu les prendre pour des hallucinations.

Harry osa enfin lâcher la poignée et, courbé en deux pour présenter le moins de surface possible au vent, il avança, lampe à la main, et examina la glace jusqu'à ce qu'il fût certain que les trente prochains mètres ne présentaient aucun danger. Il faisait si froid que l'air franchissait son masque pour lui glacer la gorge et lui faire mal aux poumons. Péniblement, il regagna son scooter et sa chaleur bienveillante avant de rouler à nouveau. Au bout d'une trentaine de mètres, il descendit une seconde fois et reprit son travail de reconnaissance.

Il avait retrouvé la crevasse, mais, cette fois-ci, il n'avait pas failli tomber dedans. La fracture mesurait trois ou quatre mètres de large et se resserrait au fond ; l'obscurité y était si épaisse que le faisceau de sa lampe n'y pouvait rien.

A travers le verre de ses lunettes dont il ne cessait d'ôter la pellicule de glace, il constata que la paroi qu'il allait devoir suivre était relativement plate et sans danger. Il ne pouvait être totalement sûr de ce qu'il voyait. L'angle sous lequel il observait la crevasse, la façon curieuse dont la glace reflétait et réfractait la lumière, les ombres qui se tordaient comme des possédés dès qu'il faisait bouger sa lampe, la neige qui se précipitait au-dessus du trou avant d'y tomber en spirale, tout cela conspirait à lui refuser une vision exacte de ce qui l'attendait. Moins de trente mètres en contrebas, il semblait y avoir un plancher ou une corniche assez large, et Harry pensait pouvoir l'atteindre sans grande difficulté.

Il fit pivoter son scooter et recula jusqu'au bord de la crevasse. C'eût été une manœuvre extrêmement périlleuse en temps ordinaire, mais il ne leur restait plus qu'une soixantaine de minutes et la témérité était non seulement justifiable, mais encore essentielle. On ne fait jamais rien en restant immobile, sauf quand on est mannequin professionnel ou Premier Ministre anglais. Rita, elle-même sujet de Sa Majesté, adorait cet adage et Harry souriait toujours quand il se remémorait. Ce n'était pas le cas aujourd'hui. Il prenait un risque calculé, les chances d'échouer étaient plus grandes que celles de réussir. La glace pouvait s'ébouler sous lui et l'emporter dans le gouffre.

Il était pourtant décidé à tenter le tout pour le tout. Il remettait son destin entre les mains des dieux. S'il régnait un peu de justice en ce bas monde, ses efforts seraient récompensés.

Les autres garèrent leurs scooters, en descendirent et vinrent le rejoindre. Harry avait déjà fixé à l'anneau de son véhicule deux cordages de nylon pouvant supporter une tonne chacun. Le premier constituait une sécurité de plus de vingt-cinq mètres de long et l'arrêterait tout près du plancher s'il avait le malheur de tomber. Il le noua donc autour de sa taille. La seconde corde, celle dont il se servirait pour descendre, mesurait près de trente-cinq mètres de long. Il en jeta l'extrémité libre dans le ravin.

Pete Johnson arriva au bord de la faille et tendit sa lampe à Harry, qui avait déjà fixé la sienne à sa ceinture porte-outils. Accrochée à sa hanche droite, elle était inclinée, lentille tournée vers le bas. Il fixa de l'autre côté la torche de Pete. Les deux faisceaux de lumière jaune lui couraient le long des jambes.

Ni Pete ni Harry n'avaient envie de parler. Le vent hurlait comme une créature arrachée des entrailles de l'enfer au jour du Jugement dernier. Il était si bruyant que c'en était stupéfiant. Même en s'époumonant, les deux hommes n'auraient pu s'entendre.

Harry s'allongea à plat ventre sur la glace et prit la corde à deux mains.

Pete se pencha et lui tapota l'épaule comme pour le rassurer. Puis il le poussa doucement vers le rebord de la crevasse.

Harry pensait être bien agrippé à sa corde et pouvoir maîtriser sa descente, mais il avait tort. La corde lui fila entre les doigts comme si elle avait été graissée. Peut-être était-ce dû à la couche de glace qui lui recouvrait les mains ou au fait que le cuir avait été assoupli par la vaseline – à maintes reprises, depuis plusieurs jours, il avait sans s'en rendre compte touché son visage plein de gras. Toujours est-il que la corde était pareille à une anguille et qu'il se trouvait précipité dans l'abîme.

La paroi de glace passa à toute allure à huit ou dix centimètres de son visage, tout étincelante du reflet des deux torches qui le précédaient. Il s'accrochait du mieux possible à la corde et essayait également de la coincer entre ses jambes, mais, en fait, il était en chute libre.

Trompé par le tourbillon de neige et la réfraction inhabituelle de la lumière sur la glace, Harry avait cru la paroi plate et raisonnablement lisse – sans en être totalement sûr. La corde de secours ne le sauverait pas s'il rencontrait une flèche de glace faisant saillie hors de la muraille. En tombant dessus à toute allure, il risquait de déchirer ses vêtements protecteurs, d'être exposé au froid, de s'empaler...

La corde brûlait la surface extérieure de ses gants. Il réussit quand même à s'arrêter à une vingtaine de mètres de la corniche. Son cœur battait la chamade, ses muscles étaient plus noués que la corde autour de sa taille. Il se balança à plusieurs reprises et heurta violemment – puis plus doucement – le mur de glace tandis que l'ombre et la lumière jouaient frénétiquement comme des hordes d'esprits échappés de l'Hadès.

Il n'osa pas s'arrêter pour se calmer. Le tic-tac des cinquante-huit charges hantait son esprit en permanence.

Il arriva enfin au fond de la crevasse. Celle-ci mesurait trente mètres de profondeur, l'estimation initiale était donc assez juste.

Il détacha une des lampes de sa ceinture et chercha l'entrée du tunnel dont le lieutenant Timochenko lui avait fait la description. Il se souvenait que la crevasse mesurait une bonne quinzaine de mètres de long et trois ou quatre mètres de large pour se resserrer aux deux extrémités. Pour l'instant il n'avait pas une vue globale du plancher sur lequel il reposait. Une partie de la paroi n'avait pas résisté au poids de son scooter et s'était effondrée. Elle formait maintenant un mur de trois mètres de haut qui coupait la fissure en deux parties sensiblement égales. La carcasse calcinée du scooter semblait trôner au sommet de ce mur de séparation.

La partie dans laquelle Harry était descendu constituait une impasse. Il n'y avait pas de passage, aucune fissure latérale assez large pour qu'il s'y aventurât, pas la moindre trace de tunnel.

Harry redoutait de voir les dalles de glace empilécs les unes sur les autres s'écrouler sous lui et le broyer impitoyablement, mais il escalada le mur de séparation, dépassa les restes de son scooter et se laissa glisser de l'autre côté.

Là, dans la seconde partie du gouffre, il semblait y avoir une issue, quelque chose qui menait à un royaume de glace plus profond, plus mystérieux encore. Le mur de droite ne présentait pas d'anfractuosité ni de fissure, mais celui de gauche n'arrivait pas jusqu'au sol : il s'arrêtait en effet à un mètre vingt du plancher de la crevasse.

Harry se coucha sur le ventre et braqua sa torche. Le passage devait mesurer une dizaine de mètres de large, mais pas plus d'un bon mètre de haut. Il allait tout droit avant de bifurquer brusquement.

Est-ce que cela valait le coup de l'explorer ?

Il regarda sa montre.

11:02.

Explosion dans cinquante-huit minutes.

Harry tint la lampe devant lui et s'engagea à quatre pattes dans le boyau horizontal. Le plafond était si bas qu'il lui fallait parfois baisser la tête.

Il n'était pas claustrophobe. La peur qu'il éprouvait était somme toute assez logique : quand on avance dans un couloir étroit sous trente mètres de glace, en plein désert arctique, avec cinquante-huit bombes qui ne demandent qu'à exploser, il y a de quoi avoir peur.

Cela ne l'empêchait pas de se trémousser, d'avancer sur les coudes et les genoux. Quand il eut franchi une petite dizaine de mètres, Harry se rendit compte que le passage débouchait dans une sorte de salle. Il braqua sa lampe vers la gauche et vers la droite, mais sa position l'empêchait de se faire une idée précise des dimensions de la caverne. Il sortit du boyau, se releva et prit l'autre lampe.

Il se trouvait dans une chambre circulaire d'une trentaine de mètres de diamètre aux parois marquées de dizaines de fissures plus ou moins larges. Apparemment le plafond avait été formé par un formidable surgissement d'eau chaude et de vapeur : c'était un dôme presque parfait, bien trop lisse pour avoir été formé par autre chose qu'un phénomène exceptionnel – une éruption volcanique sous-marine, par exemple. Quelques fissures, quelques stalactites aussi marquaient cette voûte qui s'élevait à près de vingt mètres de hauteur. Le sol descendait vers le centre de la salle en formant sept marches de taille inégale. On se serait cru dans un amphithéâtre antique. Là où aurait dû se trouver la scène, s'étalait un lac d'eau de mer d'une douzaine de mètres de diamètre.

Le tunnel.

Quelque deux cents mètres plus bas, le tunnel débouchait directement dans l'océan Arctique. Et c'était là que les attendait l'*Ilya Pogodine*.

Harry était hypnotisé par cette piscine sombre comme il l'aurait été par une porte permettant de communiquer d'un univers à l'autre ou par le tourbillon qui emporte Dorothée au pays d'Oz.

« Bon sang. » Sa voix résonna sous le dôme.

L'espoir lui donna un sursaut d'énergie.

Bien qu'il ne l'eût jamais dit, il avait toujours eu quelques doutes quant à l'existence de ce tunnel. Il était enclin à penser que le sondeur de surface de l'*Ilya Pogodine* ne fonctionnait pas très bien. Dans une mer aussi froide, combien de temps un tunnel percé dans la glace pouvait-il rester ouvert ? Pourquoi ne s'était-il pas refermé ? Il n'avait pas demandé aux autres ce qu'ils en pensaient. Il ne voulait pas les inquiéter inutilement. Il valait mieux que l'espoir les accompagnât tout au long de la dernière heure de leur vie. C'était malgré tout une énigme pour laquelle il n'avait pas eu de solution.

Mais maintenant il avait la réponse. L'au contenue dans le tunnel était toujours affectée par les formidables courants sous-marins. Elle ne stagnait pas, elle n'était même pas calme. Elle se gonflait et retombait avec force, s'élevait à deux ou trois mètres le long des parois de la caverne pour retomber à nouveau, et cela incessamment. Ce mouvement perpétuel empêchait l'ouverture de se refermer sous l'effet du froid, mais il interdisait aussi la progression de la glace dans le boyau.

Naturellement, dans deux ou trois jours, le tunnel rétrécirait. De la glace se formerait sur ses murs, son diamètre diminuerait, le passage deviendrait impraticable.

Deux ou trois jours, c'était un avenir qui ne voulait rien dire. Ce tunnel, ils en avaient besoin *maintenant*.

La nature s'était dressée contre eux au cours des douze dernières heures. Peut-être travaillait-elle pour eux à présent et leur témoignait-elle un peu de pitié.

La survie.

Paris. L'hôtel George V.

Du Moët & Chandon.

Le Crazy Horse Saloon.

Rita...

Une évasion était encore possible.

Harry accrocha l'une des lampes à sa ceinture et tint l'autre à la main. Il reprit sa lente reptation sur le sol, quittant le dôme de glace pour l'étroit couloir puis le fond de la crevasse. Il avait hâte de faire signe aux autres de descendre et d'entamer avec lui leur fuite éperdue.

23:06
EXPLOSION DANS CINQUANTE-QUATRE MINUTES

Installé au pupitre de commandement, Nikita Gorov surveillait la batterie de vidéos installée au plafond. Sans grand effort, il suivait les calculs, parfois exprimés sous forme de diagrammes tridimensionnels, que fournissaient les cinq programmes chargés de collecter en permanence toute donnée concernant la position du bateau et celle de l'iceberg, leurs comportements et leurs vitesses relatives.

« Plafond dégagé, dit le technicien responsable du sondeur de surface. Pas de glace audessus. »

Gorov avait amené l'*Ilya Pogodine* sous la concavité longue de quatre cents mètres que présentait la base de l'iceberg. Le massif du sous-marin se situait exactement sous le tunnel de treize mètres de large ouvert au centre de cette concavité. En un mot, le bâtiment avait pris place sous un entonnoir de glace inversé et devait y rester jusqu'à la fin des opérations.

« Vitesse réglée sur celle de la cible », dit Joukov, répétant le message que venait de lui adresser le poste de conduite propulsion.

Un des techniciens travaillant près de la cloison de gauche dit : « Vitesse réglée, paré.

– Barre de plongée stabilisée, dit Gorov.

– Barre de plongée stabilisée, commandant. »

Incapable de détourner les yeux des écrans, Gorov semblait s'adresser à eux plutôt qu'aux hommes du PCNO. « Et surveillez-moi de près le compas de dérive.

– Plafond dégagé, pas de glace au-dessus. »

Une énorme structure de glace existait au-dessus d'eux, bien entendu, mais pas *juste au-dessus* du sondeur de surface installé dans le massif. L'appareil était braqué sur le tunnel occupant le sommet de la cavité et le signal en retour indiquait un dégagement parfait jusqu'à la surface de la mer, deux cents mètres plus haut, là où le tunnel débouchait au fond de la crevasse que le docteur Carpenter avait décrit à Timochenko.

Le commandant hésita, il voulait être absolument certain d'occuper une position idéale avant de passer à l'action. Pendant une trentaine de secondes, il étudia les graphiques que lui offraient les ordinateurs. Quand il eut constaté que la vitesse du sous-marin coïncidait, autant qu'il était humainement possible, avec la progression de l'iceberg, il attira à lui le micro et dit : « Commandant à poste de communication, larguez l'antenne linéaire. »

La voix de Timochenko retentit dans le haut-parleur : « Antenne linéaire larguée. »

Huit caissons d'aluminium étanches étaient disposés entre les mâts, les périscopes et le schnorchel qui hérissaient le massif. Ils étaient maintenus par de nombreux cordages de nylon, mais certains avaient cassé au cours de la seconde plongée à près de deux cent cinquante mètres de profondeur.

Quand Timochenko largua l'antenne linéaire, un ballon gonflé à l'hélium fut éjecté du tube pressurisé installé au sommet du massif. Si tout se passait correctement – et il n'y avait pas de raison pour qu'il en fût autrement –, le ballon effectuerait son ascension dans la mer sombre, traînant derrière lui l'antenne linéaire et ses hydrophones passifs. C'était une manœuvre que l'*Ilya Pogodine,* navire destiné à recueillir des informations sensibles, avait déjà effectué à plusieurs milliers de reprises.

Les huit caissons étanches entassés sur le massif n'avaient en revanche rien d'habituel. Une solide chaîne en alliage de titane les reliait à l'antenne. Quand le ballon d'hélium fut à six mètres au-dessus du massif, la chaîne se déroula, assez brutalement pour briser les derniers cordages de nylon, et les caissons d'aluminium entamèrent leur ascension.

En quelques secondes, la sphère emplie d'hélium se trouva à deux cents mètres de profondeur, cent soixante-dix, cent cinquante – bien à l'intérieur de l'entonnoir inversé. Cent trente mètres. Les caissons d'aluminium devaient filer dans son sillage. Cent vingt mètres. Les bulles d'air issues du tube pressurisé remontaient à la surface, mais elles étaient très rapidement dépassées par l'antenne et ses caissons. A cent trente mètres de profondeur environ, le ballon devait pénétrer doucement dans le tunnel et continuer à s'élever en un mouvement uniforme...

Penché sur le graphique du sondeur de surface,

l'opérateur dit : « J'enregistre une obstruction partielle du tunnel.

– Ce n'est pas de la glace ? demanda Gorov.

– Non, l'obstruction se déplace à la verticale.

– Les caissons.

– Oui, commandant.

– Ça marche, dit Joukov.

– On dirait, reconnut le commandant.

– Si les membres d'Edgeway ont repéré l'autre extrémité du tunnel...

– Le plus dur reste encore à faire », conclut Gorov.

Des chiffres et des images défilaient à toute allure sur les cinq moniteurs vidéo.

Le haut-parleur crachota et le lieutenant Timochenko dit : « Antenne linéaire déployée. Ballon en surface, commandant. »

Gorov prit le micro, toussota et dit : « Forcez les systèmes automatiques, lieutenant. Ajoutez vingt mètres de fil. »

Un instant plus tard, Timochenko parla à nouveau. « Vingt mètres supplémentaires ajoutés, commandant. »

Emil Joukov passa la main sur son long visage. « Maintenant, commandant, il ne nous reste plus qu'à attendre.

– Oui, il ne nous reste plus qu'à attendre », répéta Nikita Gorov.

23:10
EXPLOSION DANS CINQUANTE MINUTES

Le ballon gonflé à l'hélium trouva la sortie du tunnel et rebondit à la surface du petit lac. Bien que sa couleur grisâtre n'eût rien de très gai, il était, aux yeux de Harry, infiniment plus beau que le plus coloré des ballons d'anniversaire.

L'un après l'autre, au fur et à mesure que Timochenko larguait le fil supplémentaire, les huit caissons d'aluminium crevèrent la surface. Ils rebondirent les uns contre les autres en émettant des bruits si ternes qu'ils en étaient inaudibles.

Harry n'était plus seul sous le dôme. Rita, Brian, Franz, Roger et Claude l'avaient déjà rejoint. George Lin devait avoir posé le pied au fond de la crevasse et Pete Johnson était certainement en train de se laisser glisser le long de la corde.

Harry empoigna le grappin qu'ils avaient confectionné à partir de tuyaux de cuivre et de sept mètres de cordage. « Bon, dit-il, sortons tout ça de l'eau. »

Aidé par Roger et Franz, il parvint à accrocher la chaîne et à tirer les caissons hors du petit lac. Les trois hommes étaient trempés jusqu'aux genoux ; en quelques secondes, leurs pantalons de protection s'étaient solidifiés autour de leurs mollets. Leurs bottes et leurs vêtements étaient imperméables, mais cette immersion partielle les avait tout de même privés d'une partie de leur chaleur corporelle. Grelottants, ils s'empressèrent d'ouvrir les caissons pour en extraire le contenu.

Chaque caisson recelait un scaphandre de plongée autonome d'un modèle tout à fait extraordinaire. Les combinaisons avaient été conçues pour la plongée à grande profondeur dans des eaux particulièrement froides. Une batterie fixée à une ceinture était reliée au pantalon et à la veste, dont la doublure fournissait de la chaleur ainsi que le ferait une couverture électrique.

Harry déposa son propre équipement sur la rive, loin des vagues qui ne cessaient de battre le rebord de glace. Son scaphandre était accompagné d'une bouteille d'air comprimé. Le masque de plongée était assez grand pour recouvrir la majeure partie du visage ; il n'y avait pas d'embouchure et le plongeur pouvait respirer directement par le nez.

Techniquement parlant, ils ne respireraient pas de l'air, mais un mélange d'oxygène et d'hélium auquel étaient adjointes certaine substances permettant à l'utilisateur de descendre à de très grandes profondeurs. Timochenko leur avait expliqué que ce mélange de gaz donnait accès à des profondeurs records tout en ne présentant que « des risques minimes » pour les systèmes respiratoire et circulatoire. Harry n'avait pas été rassuré pour autant. L'image des cinquante-huit charges de plastic l'avait toutefois incité à avoir une confiance illimitée dans la technologie russe.

Sur des points de moindre importance, les scaphandres différaient également des tenues de plongeur classiques. Les pantalons étaient munis de pieds comme les grenouillères d'enfant et les manches de la veste se terminaient par des gants. La capuche recouvrait la tête, naturellement, mais aussi toute la partie du visage non protégée par le masque, comme si l'exposition d'un seul centimètre carré de peau allait entraîner une mort instantanée. En bref, les scaphandres ressemblaient beaucoup à ceux que portaient les astronautes lors des sorties dans l'espace.

George Lin était entré dans la caverne alors que les autres vidaient les caissons d'aluminium. Il en examina le contenu avec un air plus que soupçonneux. « Harry, il doit bien y avoir un autre moyen, une autre façon de se...

– Non, répliqua Harry qui, pour une fois, oubliait sa diplomatie et sa patience légendaires. C'est ça ou rien. On n'a pas le temps de discuter. Tu la boucles et tu t'habilles. »

Lin avait l'air sinistre.

Mais il n'avait pas l'air d'un tueur.

Harry regarda les autres, occupés comme lui à défaire les caissons. Aucun d'eux ne ressemblait à un tueur. Il y en avait pourtant un qui, pour quelque invraisemblable raison, avait assommé Brian et pouvait s'attaquer à nouveau à lui lors du franchissement du tunnel.

Pete Johnson déboucha à son tour du boyau. Le cheminement lui avait été particulièrement pénible, vu sa stature.

« Habillons-nous », dit Harry. Sa voix résonnait tout particulièrement dans cet amphithéâtre de glace. « Il n'y a pas une minute à perdre. »

Ils quittèrent leurs vêtements spécialement conçus pour l'Arctique et endossèrent leurs tenues de plongeur avec un empressement que justifiaient la gêne et le désespoir. Harry, Franz et Roger souffraient beaucoup d'avoir été mouillés jusqu'aux genoux en descendant dans le lac : leurs pieds avaient été à demi engourdis, ce qui n'était pas bon signe, mais le choc thermique leur avait provisoirement apporté *trop* de sensibilité et la partie inférieure de leurs jambes les brûlait atrocement. Cette souffrance supplémentaire avait été épargnée aux autres, mais ils juraient tout de même et se plaignaient amèrement en se dévêtant. Il n'y avait pas de vent, pas la moindre circulation d'air dans cette caverne ; la température avoisinait quand même les trente degrés au-dessous de zéro. Il fallait donc se changer par étapes pour éviter de se retrouver entièrement dévêtu, complètement vulnérable. Les deux paires de bottes, les chaussettes, les pantalons et les sous-vêtements étaient remplacés par le pantalon de plongée, doublé et très moulant. Ensuite ils quittaient leurs vestes, leurs pulls, leurs chemises et leurs maillots de corps pour endosser les vestes de caoutchouc munies de capuche.

La pudeur n'était pas de mise ici. Quand il eut enfilé son pantalon de plongée, Harry releva la tête et vit les seins nus de Rita alors qu'elle passait sa veste. Sa peau était d'un blanc bleuté et elle avait la chair de poule. Elle remonta la fermeture à glissière de sa veste, capta le regard de Harry et lui adressa un clin d'œil.

C'était stupéfiant. Elle plaisantait alors qu'elle devait mourir de peur. Rita ne se trouvait plus *sur* la glace, non, mais bien *à l'intérieur* de celle-ci. Comme en un tombeau. Sa terreur devait être absolue. Avant de ressortir du tunnel et de trouver l'entrée du sous-marin, elle allait sans aucun doute revivre la mort de ses parents et se rappeler les plus horribles détails de cette épreuve endurée alors qu'elle n'avait que six ans.

Pete avait du mal à passer son costume de plongeur. « Ce sont des Russes ou des pygmées ? » s'écria-t-il.

Ils éclatèrent de rire.

Ce n'était pas spécialement drôle, mais tout le monde était extraordinairement tendu, et Harry sentait chacun au bord d'une crise de panique.

[illegible]

[illegible] alors qu'elle n'avait que six ans.

[illegible]

Ils eurent une fille.

Ce n'était pas seulement [illegible]. Mais tout le [illegible]

23:15
EXPLOSION DANS QUARANTE-CINQ MINUTES

Le haut-parleur apporta les mauvaises nouvelles auxquelles s'attendait chacun des hommes présents dans le PCNO. « La cloison transpire à nouveau, commandant », déclara l'adjudant de lancement.

Gorov se détourna des moniteurs pour attirer le micro pendu au plafond. « Commandant à poste de tir. C'est une infime pellicule, comme tout à l'heure ?

– Oui, commandant. C'est la même chose.

– Surveillez-la de près. »

Emil Joukov dit : « Maintenant que nous connaissons la configuration de l'iceberg, nous pourrions remonter à deux cents mètres, juste dans l'entonnoir.

– Pas question, fit Gorov en secouant la tête. Pour l'instant, une seule chose nous intéresse : la transpiration de la cloison du poste de tir. Si nous remontons à deux cents mètres, nous aurons certainement toujours ce problème sur le dos, mais il faudra aussi veiller à ce que l'iceberg ne tombe pas dans un autre courant. »

S'ils remontaient de trente ou quarante mètres et s'inséraient dans la concavité afin de diminuer la pression exercée sur la coque, l'*Ilya Pogodine* se trouverait, au sein de la montagne de glace, dans la même position qu'un fœtus dans le ventre de sa mère. Si l'iceberg en venait à se déplacer plus vite ou moins vite qu'il ne le faisait actuellement, ils risquaient de ne s'en rendre compte qu'au dernier moment : il serait alors trop tard. La proue ou la poupe du sous-marin percuterait violemment la falaise de glace.

« Maintenez l'immersion », dit Gorov.

Le carnet avait un pouvoir maléfique auquel Gunvald ne pouvait échapper. Son contenu le choquait, le dégoûtait, mais il ne parvenait pas à s'empêcher de lire une page de plus, puis une autre et une autre encore. Il était devenu une sorte d'animal sauvage tombé par hasard sur les entrailles et la chair à demi dévorée d'un représentant de sa propre race auquel un prédateur aurait réservé un sort terrible : il enfouissait ses narines dans la dépouille et humait abondamment, effrayé mais curieux, honteux mais irrésistiblement fasciné par le destin cruel qui pouvait s'abattre sur l'un des siens.

Ce carnet représentait, d'une certaine façon, une sorte de voyage au pays de la démence ; c'était la chronique hebdomadaire d'un esprit qui franchit les frontières de la raison pour s'aventurer au royaume de la folie – même si, de toute évidence, son auteur ne voyait pas les choses ainsi. Pour cet individu dérangé, cela ressemblait plus à un projet de recherche, une compilation à partir de sources publiques pour témoigner d'un complot imaginaire à l'encontre de la démocratie en général et des États-Unis en particulier. Des articles découpés dans des quotidiens et des magazines avaient été classés selon la date de publication et fixés avec du ruban adhésif aux pages du carnet. Dans la marge, l'individu avait inscrit ses propres commentaires.

Les premiers textes semblaient issus de plusieurs magazines politiques à diffusion limitée, publiés aux États-Unis par des groupuscules extrémistes de droite ou de gauche. L'homme trouvait là le combustible permettant d'alimenter sa propre paranoïa. Ces textes boursouflés n'avaient ni queue ni tête, mais ils étaient proprement scandaleux : le président était un communiste pur et dur – même si, dans un autre article, ce n'était qu'un fasciste notoire ; le président était un homosexuel honteux appréciant tout particulièrement les petits garçons – ou alors un insatiable satyre pour qui dix nymphettes étaient livrées chaque semaine à la Maison Blanche ; le pape était indifféremment un immonde zélateur de droite dont le soutien allait aux dictateurs du tiers-monde *et* un maniaque de gauche désireux de saper la démocratie et de confisquer toutes les richesses du monde pour les donner aux jésuites. Dans ces coupures, on racontait que les Rockefeller et les Rothschild étaient les descendants des conspirateurs qui cherchaient à dominer le monde depuis le XIVe siècle, à moins que ce ne fût le XIIe ou encore l'époque où les dinosaures avaient disparu de la planète. Un texte expliquait qu'en Chine, de petites filles étaient élevées depuis leur naissance dans des

« fermes à putes » et livrées à l'âge de dix ans aux politiciens occidentaux en échange de secrets tenant à la sécurité de leur pays. Les businessmen rapaces polluaient la planète, ils ne pensaient qu'à l'argent et se moquaient bien de savoir s'ils tuaient jusqu'au dernier bébé phoque, s'ils transformaient les forêts de séquoias en meubles au goût du jour, empoisonnaient les enfants et détruisaient la Terre au nom du sacro-saint dollar ; leurs sombres complots étaient si vastes que l'on devait se méfier de tous et, pourquoi pas, de sa propre mère. Les extraterrestres venus d'autres galaxies cherchaient à s'emparer de la planète avec la complicité scélérate, au choix, du Parti républicain, du Parti démocrate, des Libéraux, des juifs, des Noirs, des sectes chrétiennes, des conservateurs, des cadres supérieurs blancs de l'industrie automobile et des directeurs des sociétés d'affacturage. La teneur de ces articles était telle que Gunvald n'aurait pas été surpris de lire qu'Elvis n'était pas vraiment mort et qu'il dirigeait les grandes banques de la planète depuis son bunker construit au cœur des montagnes suisses.

Avec la coupure de presse de la page 24, le ton se faisait plus personnel, plus ignoble aussi. Il s'agissait d'une photographie représentant le défunt président Dougherty. Un gros titre disait : ASSASSINAT DE DOUGHERTY – DIX ANS DÉJÀ. Dans la marge, en lettres rouges serrées mais bien formées, un texte délirant : *Son cerveau a pourri. Son esprit n'existe plus. Sa langue ne peut plus produire de mensonges. Il a rejoint les vers et nous avons sauvé bien plus d'enfants qu'il ne l'aurait fait. Aujourd'hui j'ai vu une affiche qui disait :*

« Je ne puis convaincre un homme de ma vérité en l'obligeant à faire silence chaque fois qu'il veut exprimer la sienne. » Eh bien, c'est un mensonge. La mort sait être convaincante. Et je crois qu'elle aide à convaincre ses fidèles. J'aurais tant voulu le tuer de mes propres mains.

A partir de là, les pages consacrées à la famille Dougherty étaient de plus en plus nombreuses. Vers la page 100, soit le tiers du carnet, elle était devenue l'unique obsession : les deux cents dernières pages ne parlaient plus que d'elle. Des anecdotes tantôt futiles, tantôt intéressantes avaient été consignées : un extrait d'un discours de campagne électorale prononcé deux ans plus tôt par le père de Brian, la soirée d'anniversaire surprise de la veuve du président assassiné, une dépêche d'UPI relatant les exploits de Brian dans un village de Sumatra...

Page 110, il y avait une photo de groupe de la famille Dougherty, prise lors du mariage de la sœur de Brian et reproduite par *People*. Dessous, deux mots terribles à l'encre rouge : *Voilà l'ennemi.*

Page 130, toute trace de santé mentale avait définitivement disparu. La folie pure se révélait dans toute son horreur. Le collectionneur avait collé une page provenant d'un magazine, une photo en couleurs représentant Emily, la sœur aînée de Brian. Une jolie jeune femme. Un petit nez. De grands yeux verts. Des taches de rousseur. Des cheveux auburn qui lui tombaient jusqu'aux épaules. Elle se tenait de profil et riait d'une plaisanterie lancée par un personnage hors champ. Autour de son visage, des mots écrits avec précision dessinaient une spirale qui emplissait toute la page jusqu'aux bords de la photographie. Trois mots, toujours les mêmes, inlassablement répétés : *fumier, salope, crève, fumier, salope, crève, fumier, salope, crève...*

Les pages suivantes étaient tout bonnement hallucinantes.

Gunvald tenta une fois encore de joindre Harry. Pas de réponse. Il ne pouvait communiquer avec qui que ce fût. La tempête était sa seule compagne.

Pour l'amour du Ciel, que se passait-il sur l'iceberg ?

Brian Dougherty et Roger Breskin étaient les seuls membres du groupe à avoir une bonne expérience de la plongée sous-marine. Brian ne participait pas réellement à l'expédition, il n'était qu'observateur, et Harry ne pensait pas que le jeune homme devait entrer en premier dans le tunnel : des dangers qu'il n'avait pas imaginés pouvaient encore les y attendre. Roger Breskin ouvrirait donc la colonne.

Viendraient ensuite, dans l'ordre, Harry, puis Brian, Rita, George, Claude, Franz et Pete. Harry avait longuement réfléchi. Brian se trouverait entre Harry et Rita, les seules personnes en qui il pût avoir réellement confiance. George Lin suivrait Rita : il pouvait la menacer, elle et Brian. Claude Jobert était, de par son âge et son tempérament jovial, le moins soupçonné de tous : il passerait juste derrière Lin, dont il ne manquerait pas d'empêcher une éventuelle mauvaise action. Si Franz était le coupable, sa liberté d'action serait sérieusement réduite par la proximité de Pete. Et si, par malheur, Pete était l'assassin, il lui serait difficile de doubler Franz, Claude, Lin et Rita pour arriver à hauteur de Brian.

S'ils avaient dû franchir le tunnel dans l'obscurité, leur place dans la file n'aurait rien changé, car, dans le noir, tout pouvait arriver. Heureusement, les caissons d'aluminium contenaient aussi trois lampes à halogène puissantes, capables de fonctionner dans l'eau à de très fortes pressions. Roger en tiendrait une, en tête de la procession ; au milieu, Lin aurait la sienne ; et Pete en porterait également une pour fermer la marche.

Si chaque membre du groupe demeurait à quatre mètres de celui qui le précédait et de celui qui le suivait, une quarantaine de mètres sépareraient la première torche de la troisième et dernière. Ils ne nageraient pas dans une vive lumière, mais l'éclairage suffirait tout de même à décourager l'assassin. Du moins Harry l'espérait-il.

Chacune des tenues chauffantes était accompagnée d'une montre présentant un gros cadran phosphorescent. Harry regarda la sienne dès qu'il eut fini de s'habiller. Onze heures dix-huit.

Explosion dans quarante-deux minutes.

« Prêts ? » dit-il.

Tout le monde hocha la tête. Tous avaient mis leur masque. Même George Lin.

« Bonne chance, mes amis », dit Harry. Il mit son masque, ouvrit la bouteille et respira à plusieurs reprises pour s'assurer du bon état de son équipement. Il se tourna vers Roger Breskin et lui fit signe que tout allait bien.

Roger prit sa lampe, s'avança au bord du petit lac, hésita une seconde – et sauta pieds en avant dans la gueule du tunnel.

Harry le suivit en projetant moins d'eau que Roger. Il s'attendait à ce que le froid glacial de la mer lui coupe le souffle et le paralyse, et il paniqua un peu quand l'eau se referma sur lui. Mais la batterie et la doublure chauffante de son scaphandre fonctionnaient à merveille, et il ne remarqua pas la moindre variation de température par rapport à la caverne.

L'eau était floue. Des millions de particules de poussière, des diatomées si nombreuses qu'une baleine aurait pu s'en nourrir et des fragments de glace se balançaient dans le faisceau jaunâtre de sa lampe. Derrière la lueur halogène, Roger n'était qu'une forme entrevue ; parfaitement noir et mystérieux dans sa tenue de plongeur, il était semblable à une ombre arrachée à son maître ou à la Mort, privée de sa faux toutefois.

Comme on le lui avait demandé, Brian plongea sans attendre afin d'échapper à une éventuelle agression maintenant que Harry et Roger avaient quitté la caverne.

Roger s'agrippait déjà à l'antenne linéaire larguée par l'*Ilya Pogodine*.

Harry approcha le poignet de son visage pour mieux voir les chiffres lumineux de sa montre. 11:20.

Explosion dans quarante minutes.

Il suivit Roger Breskin dans l'inconnu.

23:22
EXPLOSION DANS TRENTE-HUIT MINUTES

« Mess des officiers à commandant. »

Nikita Gorov décrocha le micro pendu au plafond du PCNO. « Au rapport. »

Les mots jaillissaient du haut-parleur avec une telle hâte qu'ils se bousculaient et en devenaient incompréhensibles. « La cloison commence à transpirer.

– Quelle cloison ? demanda Gorov avec beaucoup de calme, même si son estomac se nouait en cet instant.

– A tribord, commandant.

– C'est important ?

– Pas trop, commandant. Pas encore. Il y a une traînée de deux mètres de long et quelques centimètres de large, juste sous le plafond.

– Des traces de gauchissement du métal ?

– Non, commandant.

– Tenez-moi informé », dit-il sans révéler son inquiétude. Il lâcha le micro.

Le technicien chargé du sondeur de surface dit alors : « Commandant, je relève une nouvelle obstruction partielle du trou.

– Des plongeurs ? »

Le technicien examina un instant le graphique. « Oui. C'est une interprétation possible. Des plongeurs. Le tracé présente des mouvements descendants. »

Cette bonne nouvelle réjouit tout le monde. Les hommes n'étaient pas moins tendus, mais, pour la première fois depuis plusieurs heures, ils pouvaient se laisser aller à un certain optimisme.

« Poste de tir à commandant. »

Gorov essuya sur son pantalon ses paumes trempées de sueur, puis il prit le micro. « J'écoute. »

L'adjudant de lancement parlait très calmement, mais il parvenait mal à dissimuler son inquiétude. « La transpiration de la cloison entre le tube quatre et le tube cinq s'est aggravée, commandant. Ça ne m'inspire pas confiance.

– Etat des dégâts ?

– Il y a un écoulement d'eau sur le pont.

– C'est important ? » demanda Gorov.

Le haut-parleur émit des sifflements tandis que l'adjudant de lancement évaluait la situation. « Quelques centilitres, dit-il enfin.

– C'est tout ?

– Oui, commandant.

– Pas de gauchissement à signaler ?

– Rien de visible.

– Les rivets ?

– Pas de distorsion de la ligne de rivets.

– Une indication de la fatigue du métal ?

– On vient d'écouter au stéthoscope, commandant. Pas de bruit alarmant, pas de signature douteuse. Le bruit habituel.

– Dans ce cas pourquoi vous montrez-vous si

inquiet ? demanda Gorov, qui en avait assez de tergiverser.

L'adjudant de lancement ne lui répondit pas immédiatement. « C'est que, eh bien... dit-il enfin. Quand on pose la main contre l'acier... il y a une étrange vibration...

– Ce sont les vibrations du moteur.

– Non, commandant, c'est autre chose. Je ne sais pas quoi au juste. C'est quelque chose que je n'ai jamais senti avant aujourd'hui. Je crois...

– Quoi ?

– Commandant ?

– Qu'est-ce que vous croyez ? dit Gorov. Allez-y, bon sang ! Qu'est-ce que vous croyez sentir quand vous posez la main sur l'acier ?

– La pression. »

Gorov se rendait compte que tous les occupants du PCNO avaient perdu leur peu d'optimisme. « La pression ? dit-il à l'adjudant de lancement. On ne peut pas sentir la pression à travers l'acier. Je vous suggère de refréner votre imagination. Il n'y a aucune raison de paniquer. Surveillez l'écoulement de près, c'est tout. »

De toute évidence, l'adjudant de lancement s'attendait à une autre réaction de la part de Gorov. D'un ton morose, il dit : « A vos ordres, commandant. »

Le visage de prédateur de Joukov était déformé par la peur, mais aussi par le doute et le danger. Un commandant en second se devait de maîtriser ses émotions s'il voulait un jour monter en grade. Il parla si doucement que Gorov dut tendre l'oreille · « Un trou d'épingle, une fissure grosse comme un cheveu sur la coque extérieure et le bateau implose. »

C'était tout à fait exact. Et cela pouvait se passer en une fraction de seconde. Tout serait terminé avant même que l'on se rendît compte de quoi que ce fût. La mort aurait pitié d'eux, c'était déjà cela.

« Tout ira bien », insista Gorov.

Il lut le doute dans les yeux de son second et se demanda s'il n'était pas en train de se fourvoyer. Ne devait-il pas remonter de plusieurs dizaines de mètres afin de diminuer la pression que subissait l'*Ilya Pogodine* et, par là même, abandonner les scientifiques de la mission Edgeway ?

Il pensa à Nikki.

Le sauvetage des membres de l'expédition n'était-il pas devenu une sorte d'obsession maladive ? Ne faisait-il pas passer son intérêt personnel avant celui des hommes de l'*Ilya Pogodine* ? Dans ce cas, il n'était plus maître de lui-même.

Il était donc indigne de commander.

Est-ce que, par ma faute, nous allons tous mourir ? se demandait-il.

23:27
EXPLOSION DANS TRENTE-TROIS MINUTES

La descente le long du câble de l'antenne linéaire se révéla plus difficile et plus fatigante que Harry Carpenter ne l'avait imaginé. Son expérience de la plongée n'avait rien de comparable à celle de Brian ou de Roger, même s'il s'était servi plusieurs fois de l'équipement standard au cours de ces dernières années. Lui qui croyait savoir à quoi s'attendre, avait cependant négligé un élément capital : un plongeur ordinaire passe la majeure partie de son temps à l'horizontale, parallèlement aux fonds marins ; là, il fallait descendre la tête la première pendant deux cent trente mètres, perpendiculairement au fond, et c'était épuisant. *Inexplicablement* épuisant, en fait, parce qu'il n'y avait aucune raison physique qui expliquât pourquoi cette plongée devait être plus pénible que toutes celles effectuées jusqu'ici. Quel que fût l'angle, le plongeur n'avait pratiquement pas de poids une fois sous l'eau, et les palmes étaient aussi utiles que lorsque l'on nageait parallèlement au fond de la mer. Harry soupçonnait cette lassitude d'être surtout psychologique, mais cela ne changeait rien à l'affaire. Son scaphandre autonome était lesté de plomb, mais il lui fallait constamment lutter contre sa flottabilité naturelle. Ses bras lui faisaient mal. Le sang battait à ses tempes et derrière ses yeux. Il comprit très vite qu'il lui faudrait s'arrêter à plusieurs reprises et se mettre la tête en haut pour recouvrer son équilibre ; sinon, il s'évanouirait, même si sa lassitude et son manque d'orientation relevaient entièrement du psychisme.

Devant lui, Roger Breskin paraissait nager sans effort. Sa main gauche suivait l'antenne, sa main droite tenait la lampe et il ne comptait que sur ses jambes pour le propulser en avant. Sa technique ne différait pas vraiment de celle de Harry, mais il profitait d'une musculature solide, acquise à force de soulever des haltères.

Harry sentait ses épaules craquer, sa nuque se raidir, des ondes de douleur lui parcourir les bras – et il regrettait d'avoir négligé l'entraînement physique, contrairement à Roger qui entretenait sa forme depuis près de vingt ans.

Il regarda derrière lui pour voir si Brian et Rita s'en tiraient bien. Le jeune homme était à quatre mètres de lui. Ses traits étaient à peine visibles sous le masque. Des grappes de bulles s'échappaient du détendeur, elles se teintaient brièvement d'or en passant dans le halo de la lampe de Roger, puis se noyaient dans l'obscurité. Malgré tout ce qu'il avait subi au cours de la journée, Brian semblait ne pas rencontrer de problème.

Derrière lui, Rita était tout juste visible. Sa silhouette se détachait dans le halo de la torche portée par George Lin. Le faisceau jaunâtre avait du mal à franchir les eaux troubles. Dans ce brouillard lumineux mais pâle, elle n'était qu'une ombre, parfois si déformée, si étrange qu'on eût dit non pas un être humain, mais bien un habitant inconnu des contrées arctiques. Harry ne voyait pas le visage de Rita, mais il savait qu'elle vivait là une terrible épreuve psychologique.

Cryophobie : la peur de la glace.

L'eau froide du tunnel était sombre comme si des dizaines de pieuvres y avaient lâché leur encre. Il y flottait toutes sortes de diatomées, de fragments de glace, de particules inorganiques. Rita ne voyait pas les parois du tunnel, pourtant distantes de six ou sept mètres, mais elle sentait leur présence. Parfois sa peur était si forte que sa poitrine se gonflait, sa gorge se serrait et elle était incapable de respirer. Au dernier instant, au lieu de céder à la panique, elle avalait goulûment le mélange gazeux au goût métallique et repoussait la crise d'hystérie.

Frigophobie : la peur du froid.

Elle ne frissonnait pas dans le scaphandre russe. Elle avait même plus chaud qu'elle n'avait eu depuis plusieurs mois, depuis ce jour où ils étaient arrivés sur la calotte pour installer la station Edgeway. Elle ne pouvait cependant s'empêcher d'avoir conscience du froid terrible de l'eau, ce froid dont elle n'était séparée que par une infime couche de caoutchouc et de matériau chauffant. La technologie russe était impressionnante, mais, si la batterie accrochée à sa ceinture se vidait avant qu'elle n'atteignît le sous-marin, sa chaleur corporelle se dissiperait en un instant. Le froid insidieux de la mer pénétrerait au cœur de ses muscles, dans la moelle de ses os, pour torturer son corps et annihiler son esprit...

Plus bas, toujours plus bas. Entourée d'un froid qu'elle ne sentait pas. Encerclée par une glace qu'elle ne voyait même pas. Des parois blanches et incurvées sur sa gauche et sur sa droite, devant elle et derrière elle, sous elle et au-dessus d'elle. Des murailles qui la retenaient. Un tunnel de glace. Une prison de glace. Noyée dans la nuit et le froid. Silencieuse hormis le souffle de la respiration et les battements sourds du cœur. Une prison dont on ne s'échappe jamais. Plus profonde encore qu'une tombe.

Tandis qu'elle s'enfonçait dans l'inconnu, Rita avait parfois une conscience plus aiguë de la lumière qui la précédait : elle revenait alors immanquablement à l'hiver de ses six ans.

Heureuse. Tout excitée. Pour la première fois, elle part en vacances de ski avec son père et sa mère ; ils connaissent bien les pentes neigeuses et ont hâte de l'initier. Sa mère et son père sont assis à l'avant de l'Audi, elle est seule à l'arrière. Ils montent pour atteindre des domaines fantastiques, toujours plus blancs, par une route en lacet dans les Alpes françaises. C'est le pays des merveilles qui les entoure, partout de vastes forêts de sapins couvertes de neige ou de pics rocheux austères, semblables aux visages à traits humains de dieux de pierre à la barbe de glace. De gros flocons blancs tombent soudain en spirale. Rita est une enfant de l'Italie, de la Méditerranée, du pays du soleil et des oliviers, et c'est la première fois qu'elle découvre la montagne. L'aventure exalte son jeune cœur. Tout est si joli : la neige, les paysages aux pentes abruptes, les vallées touffues où se nichent de minuscules villages. Même si elle arrive à l'improviste, la Mort, resplendissante dans sa robe blanche, est d'une surprenante beauté. Sa mère est la première à voir l'avalanche débouler sur la droite depuis les hauteurs, et elle pousse un cri. Rita regarde par la vitre latérale, elle voit la muraille blanche glisser le long de la montagne, gonfler aussi vite qu'une vague qui déferle sur la plage, projeter des nuages de neige pareils à des embruns, une muraille si blanche et silencieuse qu'elle ne peut la croire dangereuse. Son père dit : « On va l'éviter », il a l'air terrifié, écrase du pied l'accélérateur tandis que sa mère le supplie : « Dépêche-toi, je t'en supplie, dépêche-toi », et l'avalanche se rapproche, silencieuse et blanche, immense et surprenante, grossissant d'une seconde à l'autre... silencieuse... puis c'est un roulement à peine audible comme un coup de tonnerre dans le lointain...

Rita entendait des bruits bizarres. Des voix creuses et lointaines. Des cris, non, des lamentations. Comme lors d'une séance de spiritisme, des voix de damnés qui supplient qu'on abrège leurs souffrances.

Puis elle se rendit compte qu'il n'y avait qu'une voix. La sienne. A l'intérieur de son masque, elle produisait des sons désespérés, mais ses oreilles ne les percevaient que répercutés par les maxillaires. Si cela ressemblait aux gémissements d'une âme damnée, c'est parce qu'en cet instant l'Enfer résidait en elle, au plus profond de son cœur.

Son regard dépassa Brian et se concentra désespérément sur la forme vague entrevue plus loin : Harry. L'eau était si trouble qu'elle le dissimulait à moitié, si près d'elle et pourtant si loin. Quatre mètres la séparaient des palmes de Brian, la tête du jeune homme était à la même distance des pieds de Harry. Une dizaine de mètres en tout. Un kilomètre, c'eût été pareil. Rita cessait de hurler à l'intérieur de son masque et nageait normalement tant qu'elle pensait à Harry et à tout ce qui les attendait quand cette épreuve serait enfin terminée. Paris. L'hôtel George V. Une bouteille de champagne. Et ses baisers. Ses caresses. Tout cela, ils le partageraient à nouveau si elle ne laissait pas ses phobies prendre le dessus.

Harry se retourna pour voir Rita. Elle était à la place qu'il lui avait assignée, à quelques mètres de Brian.

A nouveau il regarda devant lui. Et il se dit qu'il s'inquiétait trop. Les femmes étaient bien plus résistantes que les hommes. Si c'était vrai en général, ce l'était encore plus pour Rita.

Il sourit et dit doucement : « Allez, accroche-toi », comme si elle pouvait l'entendre.

Devant Harry, alors qu'ils s'étaient enfoncés d'une cinquantaine de mètres dans le tunnel, Roger Breskin s'arrêta enfin pour souffler. Il exécuta une sorte de saut périlleux et se retrouva face à Harry dans une position plus naturelle, tête vers le haut et pieds vers le bas.

Cinq mètres derrière, Harry s'arrêta à son tour.

Il se préparait à faire également un saut périlleux quand la lampe de Roger s'éteignit. Deux lumières brillaient encore derrière Harry, mais leurs faisceaux se perdaient dans les eaux troubles. Harry était baigné de ténèbres.

L'instant d'après, Roger entra en collision avec lui. Harry ne put s'agripper au câble de l'antenne. Les deux hommes roulèrent vers la paroi du tunnel et Harry ne comprit pas tout de suite ce qui se passait. Puis il sentit une main l'empoigner à la gorge, et il comprit qu'il était en danger. Il se défendit et frappa Breskin de toutes ses forces, mais l'eau absorba l'énergie de ses coups de poing pour les transformer en douces caresses.

La main de Breskin serra davantage la gorge de Harry, qui essaya de rejeter la tête en arrière pour se dégager, mais en vain. L'haltérophile avait une poigne de fer.

Breskin lança son genou dans l'estomac de Harry, mais l'eau travailla contre lui en amortissant le coup.

Plus tôt qu'il ne s'y attendait, plus violemment aussi, Harry percuta la paroi et la douleur irradia dans tout son dos. L'athlète le plaqua à la glace.

Les deux autres lampes halogènes, celle de George et celle de Pete, étaient trop hautes et trop au centre du tunnel. Ce n'étaient que des taches vaguement lumineuses qui dansaient dans la grisaille. Harry était pratiquement aveugle. Même de très près, il ne pouvait voir son assaillant.

La main qui le tenait à la gorge remonta et palpa son menton. Son masque facial lui fut arraché.

Ce geste lui ôtait toute faculté de respirer et

Harry se retrouvait exposé au froid mortel de l'eau. Impuissant, désorienté, il ne constituait plus une menace pour Roger Breskin, et le Canadien le relâcha.

Le froid lui fit l'effet d'une poignée de clous jetée au visage, sa chaleur corporelle s'écoula hors de lui comme un liquide visqueux.

Terrifié, au bord de la panique mais tout à fait conscient qu'il signerait son arrêt de mort en y cédant, Harry tendit les mains et retrouva derrière lui le précieux masque qui flottait au bout du tuyau d'arrivée d'air.

Une seconde après l'extinction de la lampe qui marquait le début de la procession, Rita comprit tout. C'était Breskin l'ennemi juré de Brian Dougherty. Et aussitôt, elle sut ce qu'elle avait à faire.

Elle ne pouvait voir ni Harry ni Breskin, mais elle était certaine que les deux hommes se battaient à mort. Aussi robuste fût-il, Harry n'avait aucune chance contre un plongeur expérimenté. Elle voulut se porter à son secours, mais c'était une idée stupide qu'elle rejeta aussitôt. Son amour, ses émotions la poussaient vers Harry, mais elle ne devait pas céder à ses impulsions : elle risquait en effet de précipiter tout le monde dans la mort. Si Harry ne faisait pas le poids contre Roger Breskin, elle le faisait encore moins. Le mieux à faire était de croire en Harry et d'attendre dans le noir, loin du câble de l'antenne, pour prendre Breskin à revers quand il s'attaquerait à Brian.

Elle abandonna donc le câble et quitta le halo ambré de la torche de George Lin. Tout en espérant que Breskin ne remarquerait pas sa manœuvre, elle nagea vers la paroi du tunnel, une paroi... de glace.

Le roulement se transforme en grondement et son père dit une fois encore : « On va l'éviter », mais ses mots ressemblent plus à une prière qu'à une promesse. La grande muraille blanche fonce sur eux toujours plus vite toujours plus vite et sa mère se met à hurler...

Rita chassa le passé et s'efforça de repousser sa peur de la glace. Elle s'adossa à la paroi. Non, celle-ci ne s'abattrait pas sur elle. C'était du solide, plusieurs dizaines de mètres d'épaisseur, et rien ne pouvait l'ébranler. Pour l'instant, tout au moins, parce que à minuit...

Tournée vers le câble, attirée vers le bas par son propre poids, Rita agitait doucement les pieds tout en se tenant d'une main à la glace.

La glace. Ce n'était pas un être vivant, ce n'était pas une entité consciente. Elle ne le savait que trop bien. Elle avait malgré tout l'impression que la glace *l'appelait.* Elle sentait son désir, sa faim, son sentiment de propriété. Elle n'aurait pas été surprise si une bouche s'était ouverte dans la paroi, une gueule béante qui l'aurait sauvagement mordue au poignet avant de l'avaler tout entière.

Rita sentait le goût du sang. Elle luttait si fort pour étouffer la terreur qui montait en elle qu'elle s'était mordu la lèvre inférieure. Le goût salé, cuivré, mais aussi la douleur, l'aidèrent à se concentrer sur la seule chose qui menaçât sa survie.

Au centre du tunnel, Roger Breskin jaillit des

ténèbres et passa devant le halo pâle de la lampe de George Lin.

Harry avait disparu dans l'abysse, comme perdu dans l'infini.

Breskin fonça droit sur Brian.

Heureusement, celui-ci venait de comprendre ce qui se passait. C'était lui aussi un plongeur émérite, mais il ne serait jamais assez rapide pour échapper à son agresseur.

Rita se propulsa loin de la paroi et suivit Breskin. Une arme lui aurait été bien nécessaire en cet instant, mais la surprise était la seule chose dont elle pût tirer profit.

Dès que Brian vit Roger jaillir des profondeurs avec toute la vivacité d'un requin, il se rappela une conversation qu'il avait eue en début d'après-midi, juste après avoir secouru George. Brian avait été remonté sur la falaise, il tremblait, il était épuisé.

Incroyable...

De quoi tu parles ?

Je ne pensais pas qu'on y arriverait.

Tu n'avais pas confiance ?

Ce n'est pas cela. Je pensais que la corde allait casser ou se déchirer.

Bah, tu mourras comme tout le monde, mais ce n'était ni le jour ni l'heure.

Brian avait cru que Roger se laissait aller à philosopher. Il comprenait maintenant la portée de ses paroles, la violence sourde qu'elles contenaient.

Roger Breskin ne voulait peut-être pas que

George assistât à son geste. Pour quelque obscure raison, l'heure de tuer n'avait peut-être pas encore sonné. Toujours est-il qu'il avait maintenant plusieurs témoins potentiels et que cela ne le dérangeait pas pour frapper.

Alors même que Brian se remémorait leur conversation, il essaya d'éviter Breskin et fonça vers la paroi du tunnel. Mais les deux hommes se heurtèrent et disparurent ensemble dans le noir. Les jambes puissantes de Breskin se refermèrent sur Brian comme les pinces d'un crabe. Sa main se porta à sa gorge. A son masque. *Non !*

George Lin se croyait attaqué par des plongeurs russes venus du sous-marin.

Dès l'instant où les Russes avaient offert de leur venir en aide, George avait compris qu'ils avaient une idée derrière la tête. Il avait essayé de deviner laquelle, mais *ça,* il n'y aurait jamais pensé : un acte de trahison à l'intérieur même du tunnel ! Pourquoi se donneraient-ils tant de mal pour éliminer un groupe de scientifiques occidentaux déjà destinés à périr à minuit par immersion ou par explosion ? C'était insensé, c'était de la folie pure. D'un autre côté, il savait que tout ce qu'avaient entrepris les communistes n'avait jamais eu de sens, que ce fût en Russie, en Chine ou dans le reste du monde. Leur idéologie n'était rien d'autre qu'une quête effrénée du pouvoir, une sorte de religion démente totalement coupée de la morale et de la raison. Il était impossible d'analyser ou de comprendre leurs actes sanglants et leur inimaginable cruauté si l'on n'était soi-même aussi fou qu'eux.

Il préférait faire marche arrière, nager jusqu'au petit lac, revenir sur la glace, trouver l'une des charges et se coucher dessus pour qu'à minuit l'explosion le déchiquette entièrement. Cela valait mieux que de tomber aux mains de ces gens !

Mais il était incapable de bouger. Sa main gauche serrait si fort le câble de l'antenne qu'on l'y eût dit soudée. Et sa main droite se refermait sur la lampe halogène avec tant de nervosité que ses articulations lui faisaient mal.

Il attendait de mourir comme sa sœur. Comme sa mère. Comme son grand-père et sa grand-mère. Le passé avait surgi, qui supplantait le présent.

Il avait été stupide de croire qu'il pourrait jamais fuir l'horreur de son enfance. Non, un agneau n'échappe pas à l'abattoir.

Le tuyau se balançait près de sa tête. Harry attira le masque qui flottait doucement et le plaqua sur son visage. Comme il était plein d'eau, il n'osa pas respirer tout de suite, même si ses poumons étaient déjà en feu. Il souleva l'un des coins de caoutchouc et le mélange gazeux chassa l'eau hors du masque. Quand la purge fut terminée, il put enfin rabaisser le coin de caoutchouc et respirer librement, goulûment, à s'en étrangler. L'odeur et le goût étrange de ce cocktail gazeux étaient infiniment plus délicieux que tout ce qu'il avait pu savourer tout au long de sa vie.

Sa poitrine était douloureuse, ses yeux le brûlaient. Il avait si mal à la tête qu'il croyait que son crâne allait exploser. Il n'avait envie que d'une chose, rester tapi dans l'ombre et récupérer. Mais il pensa à Rita et aussitôt il fonça vers les deux dernières torches.

Brian tenait des deux mains le bras gauche de Breskin et tentait d'éloigner de son visage la poigne d'acier de l'athlète, mais il ne put résister. Le masque de plongée lui fut arraché.

La mer était plus froide que l'eau ordinaire quand elle atteint son point de congélation, mais le sel faisait qu'elle ne s'était pas encore changée en glace. Quand elle inonda son visage, le choc fut aussi brutal que celui d'une torchère enflammée sur sa peau.

Brian réagit cependant avec un tel calme qu'il se surprit lui-même. Il ferma les yeux pour que l'eau n'en durcisse pas les tissus, serra les poings et réussit à ne respirer ni par la bouche ni par le nez.

Il ne tiendrait pas très longtemps. Une minute. Une minute et demie peut-être. Puis il respirerait malgré lui, comme en un spasme...

Les jambes de Breskin serrèrent plus fort la taille de Brian, ses doigts gantés palpèrent ses lèvres et les écartèrent pour lui faire ouvrir la bouche.

Rita arriva derrière Roger Breskin qu'éclairait vaguement la lampe de George. Elle s'accrocha à son dos et l'emprisonna entre ses longes jambes ainsi que lui-même l'avait fait à Brian.

Elle avait l'impression de chevaucher un étalon sauvage. Il se tordait en tous sens et ruait comme une bête puissante, mais elle ne desserrait pas son étau et cherchait son masque.

Breskin était fou, mais loin d'être stupide. Quand il comprit ce qu'elle voulait faire, il attrapa les poignets de Rita au moment où elle posait les doigts sur le verre du masque. Il se pencha en avant, battit des palmes et fit un saut périlleux pour projeter la jeune femme par-dessus sa tête. Elle lança furieusement les pieds, mais aucun de ses coups ne porta.

Quand elle eut recouvré son équilibre, elle vit que Pete et Franz avaient fondu sur Breskin. Franz essayait de lui tordre le poignet tandis que Pete tentait une clef.

Roger avait l'habitude de la plongée sous-marine, pas eux. Ils étaient lents, maladroits, surpris par l'apesanteur du milieu où ils évoluaient, tandis que Breskin se mouvait avec la souplesse d'une anguille. L'eau était son domaine. Il se dégagea sans encombre, envoya son coude dans le visage de Pete, lui faisant remonter le masque sur le front, puis le poussa sur Franz.

Brian était accroché au câble à cinq mètres au-dessous de George Lin. Claude était à ses côtés. Le Français tenait d'une main la torche de Pete ; de l'autre, il s'efforçait de calmer le jeune homme qui cherchait à chasser l'eau de son masque.

D'un coup de pied rapide, Breskin s'éloigna de Pete et de Franz et se rua une nouvelle fois sur Brian.

Du coin de l'œil, Rita vit quelque chose bouger. Elle tourna la tête. Harry jaillissait des ténèbres.

Harry savait que Breskin ne pouvait pas le voir venir. Certain d'avoir provisoirement anéanti toute opposition, l'athlète avait abandonné Pete et Franz pour utiliser toute la force de ses jambes et foncer sur son ennemi juré. Il était persuadé d'en finir rapidement avec un homme de l'âge de Claude. Il tuerait Brian avant que celui-ci eût eu le temps de retrouver sa respiration.

Harry aurait très bien pu se jeter sur Roger et l'empêcher d'atteindre Brian. Il préféra faire un écart au dernier moment et, tout en le doublant, saisir le tuyau d'arrivée d'air et l'arracher violemment à la bouteille à laquelle il était fixé. Sous le choc, le tuyau se détacha également du masque de plongée.

L'eau glacée ne pénétra pas dans le masque de Roger quand il fut privé de son tuyau. Il devait y avoir une sorte de valve, un mécanisme de sécurité.

Breskin chercha le tuyau à tâtons, mais il s'était déjà éloigné. De toute façon, il eût été impossible de le remettre en place.

Pris de panique, il battit rapidement des jambes et se dirigea vers l'entrée du tunnel. Son seul espoir était d'atteindre la surface.

Et puis il se souvint que le petit lac présent au centre de la caverne de glace se trouvait à une cinquantaine de mètres de lui. C'était bien trop loin, et sa ceinture plombée l'empêchait de remonter comme il voulait. Frénétiquement, il chercha le système d'ouverture afin de se débarrasser de sa ceinture, mais il ne le trouva pas : la ceinture avait été conçue par des Russes, et il ne s'était jamais servi de matériel russe.

Roger cessa de battre des pieds pour se concentrer sur le mécanisme d'ouverture. Il retombait lentement dans le tunnel. Ses doigts palpaient nerveusement la ceinture, mais, Dieu Tout-puissant ! il n'arrivait à rien. Il sut alors qu'il avait déjà perdu trop de temps, qu'il ne pouvait gaspiller une seconde de plus et qu'il lui faudrait remonter ainsi à la surface. Les bras plaqués aux flancs, droit comme une flèche pour offrir le moins de résistance possible, il frappa régulièrement des pieds. Il avait mal à la poitrine, son cœur martelait ses côtes comme s'il allait exploser. Soudain il ne put résister au besoin de respirer. Il ouvrit la bouche et avala frénétiquement le peu d'air qui subsistait à l'intérieur du masque. Ses poumons étaient en feu, il savait que l'obscurité qui l'entourait n'était plus celle du tunnel, non, elle se trouvait *derrière* ses yeux. Il perdrait conscience s'il ne respirait pas ; et en respirant, il mourrait. Alors il arracha son masque et avala avec impatience l'air de la caverne en forme de dôme. Seulement il n'était pas dans la caverne, il en était même très loin – pourquoi s'était-il cru près de la surface, comment avait-il pu se montrer aussi stupide ? – et ce fut une eau glaciale qu'il avala à pleins poumons. Il ferma la bouche, toussa violemment et chercha à respirer de nouveau. Mais là encore, ce n'était que de l'eau, de l'eau, rien que de l'eau. Des deux mains, il écarta l'élément liquide comme si c'était un rideau destiné à l'empêcher d'avaler l'air si précieux. Il se rendit compte que ses jambes ne battaient plus. Il dérivait, il retombait, suffoquant, et ses poumons étaient désormais plus lestés que sa ceinture...

Il vit que la Mort ne ressemblait ni à un crâne ni à un homme. Non, c'était une femme. Une femme pâle, à la mâchoire énergique. Elle n'était pas dépourvue d'une certaine beauté. Ses yeux étaient d'un beau gris transparent. Roger scruta ce visage sortant de l'eau pour se présenter à lui, et il se rendit compte que c'était celui de sa mère dont il avait tant appris, cette mère dans les bras de qui il avait compris que le monde était un lieu hostile où des êtres particulièrement mauvais régissaient en secret l'existence des hommes et des femmes ordinaires, par des complots tortueux ayant pour seul objectif de broyer l'esprit et la liberté de tous ceux qui osaient se dresser contre leur pouvoir. Roger s'était aguerri pour lutter contre ces conjurés le jour où ils s'en prendraient à lui, il avait suivi de longues études pour les vaincre par la connaissance, mais il avait tout de même perdu la partie. Oui, ils avaient gagné en fin de compte, ainsi qu'ils le faisaient toujours – sa mère l'avait bien prévenu. Ce n'était cependant pas si terrible de perdre. Il y avait une certaine quiétude dans la défaite. Avec ses yeux gris et ses cheveux gris, la Mort lui souriait. Comme il voulait l'embrasser, elle le serra dans ses bras en une étreinte maternelle.

Harry regarda le cadavre lesté tomber lentement au fond de la mer, les poumons pleins d'eau. Des bulles d'air s'échappaient de sa bouteille.

23:37
EXPLOSION DANS VINGT-TROIS MINUTES

La tension nerveuse avait contraint Nikita Gorov à regarder en face une situation certes désagréable, mais indiscutable. Il le comprenait enfin, la frontière qui sépare le héros de l'imbécile est si ténue qu'elle en est pratiquement invisible. Il désirait tant être un héros. Mais pour quoi ? Pour qui ? Pour un enfant mort ? L'héroïsme ne pouvait changer le passé. Nikita était mort et enterré. Mort ! Et l'équipage de l'*Ilya Pogodine,* les soixante-dix-neuf hommes placés sous sa responsabilité, étaient bien vivants, eux ! Il était inexcusable de risquer leur vie parce qu'il se sentait dans l'obligation de payer une dette à son fils défunt. Il avait joué les héros, oui, mais il s'était conduit comme un imbécile.

Indépendamment du danger et de tout ce qu'il *aurait* dû faire, lui, le sous-marin était désormais engagé dans une mission de sauvetage. Il ne pouvait abandonner si près du but. A moins que les deux cloisons ne présentent, en plus d'une certaine transpiration, des signes de détérioration de la structure. Il avait entraîné ses hommes dans cette aventure et il devait les en sortir, sauver leur peau sans leur faire connaître l'humiliation. Des marins aussi courageux ne méritaient pas d'être humiliés par son échec, mais ils le seraient encore plus s'ils devaient tourner casaque sans raison. Il avait joué les héros, c'est vrai, mais maintenant il ne désirait plus qu'une chose : leur conférer le titre de héros aux yeux du monde entier et les ramener sains et saufs dans leurs foyers.

« Des changements ? demanda-t-il au jeune technicien responsable du sondeur de surface.

– Non, commandant. Les plongeurs sont stationnaires. Ils n'ont pas bougé depuis plusieurs minutes. »

Le commandant contempla le plafond comme s'il pouvait voir jusqu'au bout du tunnel à travers la double coque. Que pouvaient-ils bien faire ? Avaient-ils un problème ?

« Ils ne se rendent pas compte qu'ils n'ont plus le temps ? dit Joukov. A minuit, quand les explosifs vont faire éclater la glace, il faudra que nous soyons partis. Il le faudra absolument. »

Gorov étudia les écrans vidéo et regarda l'horloge. Il tira sur sa barbe et dit : « S'ils n'ont pas repris leur progression dans cinq minutes, nous devrons les abandonner. Sinon ils ne pourraient pas monter à bord avant minuit.

11:38

Rita nagea jusqu'à Claude qu'elle enlaça. Il la serra contre lui. Des larmes baignaient les yeux de la jeune femme.

Ils plaquèrent l'un contre l'autre le plexiglas de

leurs masques. Quand elle parla, il l'entendit comme si elle se trouvait dans une pièce voisine. Le plexiglas conduisait assez bien la voix.

« Brian n'était pas tombé tout seul. Quelqu'un l'avait assommé. Nous ne savions pas qui c'était. Jusqu'à maintenant. »

Claude attendit que Rita eût finit de parler. « Je me demandais ce qui se passait. Je voulais le bloquer, mais Pete m'a fourré sa torche dans la main et m'a écarté. J'ai soudain eu conscience de mon âge.

– Tu n'as même pas soixante ans.

– Eh bien, je me sens plus vieux que je ne le suis.

– Nous allons reprendre notre descente, dit-elle. Je vais rendre sa lampe à Pete.

– Il n'a rien ?

– Non. Il a eu le nez un peu écorché quand l'autre lui a arraché son masque, c'est tout.

– George, ça n'a pas l'air terrible...

– Harry est en train de lui expliquer pour Roger.

– Tu as les joues couvertes de larmes, dit Claude.

– Je sais.

– Quelque chose ne va pas ?

– Rien, dit-elle. Harry est vivant. »

11:39

Franz reprit sa progression le long du câble de l'antenne, juste derrière Claude Jobert. Il pensait à ce qu'il dirait à Rita s'ils parvenaient à vivre au-delà de minuit.

Tu as été géniale. Oui, vraiment. Tu sais, je t'aimais. Et je t'aime toujours. Je n'ai jamais pu t'oublier. Tu m'as beaucoup appris, même si cela ne se voit pas. Oh! je suis toujours suffisant et méprisant, mais je m'améliore. C'est dur de changer. Je me suis comporté comme un idiot ces derniers mois, à me quereller avec Harry et à t'ignorer. Mais c'est fini. Nous ne serons plus jamais amants. Je vois ce que vous formez, Harry et toi, c'est quelque chose d'unique, bien supérieur à ce que nous avons connu ou aurions pu connaître. J'aimerais tant que nous restions amis.

Il espérait de tout son cœur pouvoir lui dire cela.

11:40

Brian suivait le câble.

Les charges d'explosif ne l'inquiétaient pas vraiment. Il était de plus en plus convaincu d'atteindre le sous-marin et d'échapper à l'explosion. Depuis que Rita lui avait parlé, il ne pensait plus qu'au livre qu'il avait l'intention d'écrire.

Son thème, ce serait l'héroïsme. C'était décidé. Il avait compris que cette qualité se présentait sous deux formes. Il y avait l'héroïsme recherché, comme lorsqu'on escalade une montagne ou que l'on défie un taureau dans des arènes madrilènes. Un homme se doit de connaître ses limites ; c'est pourquoi l'héroïsme recherché est important. Malgré tout, sa valeur est bien moindre que celle de l'héroïsme naturel. Harry, Rita et les autres avaient tout consacré à leur travail parce qu'ils croyaient sincèrement que ce qu'ils faisaient contribuait au bien de l'humanité et non pas parce qu'ils voulaient se dépasser. Même s'ils le niaient farouchement, ils s'étaient chaque jour comportés en héros. Des héros comme le sont les flics et les pompiers, comme le sont aussi ces millions de pères et de mères de famille qui tentent de faire de leurs enfants des citoyens responsables. Des héros comme ces prêtres qui osent encore parler de Dieu dans un monde où chacun doute de son existence et où il est de bon ton de se moquer des derniers fidèles. Des héros comme ces enseignants qui travaillent dans des lycées-poubelles ravagés par la violence et s'efforcent d'apprendre aux gosses le minimum pour survivre dans un monde impitoyable à l'égard de ceux qui n'ont pas d'instruction. Le premier type d'héroïsme, l'héroïsme recherché, recèle un certain égoïsme. Ce n'est absolument pas le cas de l'héroïsme naturel. Brian comprenait maintenant que c'était l'héroïsme naturel, et pas la gloire clinquante acquise en politique ou dans des arènes, qui révélait le courage le plus profond, la vertu la plus noble. Quand il aurait fini d'écrire son livre, quand il aurait exprimé tout ce qu'il pensait, il serait enfin prêt à entamer une vie d'adulte. Une vie dont l'héroïsme naturel serait le trait dominant.

11 : 41

Le technicien leva les yeux. « Ils sont repartis.

– Ils descendent ? demanda Gorov.

– Oui, commandant. »

Le haut-parleur résonna de la voix de l'adjudant de lancement. Son débit était plus rapide.

Gorov empoigna le micro suspendu comme s'il s'agissait d'un serpent. « Je vous écoute.

– Il y a de plus en plus d'eau sur le pont, commandant. Je dirais un litre ou deux. La cloison avant transpire sur toute sa hauteur.

– Une distorsion de la ligne de rivets ?

– Non, commandant.

– Vous entendez quelque chose d'inhabituel au stéthoscope ?

– Non, commandant.

– Nous appareillons dans dix minutes. »

11:42

Par endroits, le tunnel se rétrécissait à tel point que la lampe halogène se reflétait sur la glace. On ne pouvait plus oublier l'emprisonnement comme lorsque l'obscurité régnait en maître.

Rita était tiraillée en permanence entre le passé et le présent, la vie et la mort, le courage et la lâcheté. De toutes ses forces, elle espérait que cette tourmente intérieure allait s'apaiser, mais elle ne faisait que se renforcer.

Un bouquet d'arbres se dresse sur la colline juste au-dessus de la route de montagne. Les arbres sont clairsemés, mais on peut s'attendre à ce qu'ils forment une barrière qui brisera la force de l'avalanche et en endiguera le flux : ce sont de grands sapins, forts et anciens, au tronc épais. Mais la marée blanche percute les arbres, qui se cassent comme de simples baguettes. Sa mère hurle, son père crie et Rita ne peut détourner les yeux de ce raz de marée de neige, cette vague haute de plus de dix mètres qui s'élève jusqu'au ciel, omniprésente comme le visage de Dieu. Le colosse frappe l'Audi, il renverse la voiture, la projette de l'autre côté de la route et l'entraîne dans le précipice. La voiture effectue d'innombrables tonneaux, glisse sur la pente, roule à nouveau. Le pare-brise explose, puis c'est le calme soudain et un silence plus profond que celui qui règne dans une église désaffectée.

Rita se tordait, en proie à ses souvenirs ; elle émettait des gémissements pathétiques.

George Lin la poussa par-derrière.

Elle avait cessé de nager.

Elle se ressaisit, battit des pieds et reprit la descente.

11:43

A quelque cent trente mètres, ayant couvert plus de la moitié de la distance qui le séparait de l'*Ilya Pogodine,* Harry se mit à douter de la réussite de leur entreprise. Il avait conscience de la formidable pression ; ses tympans ne cessaient de vibrer. Le bruit de son sang dans ses veines était pareil à un roulement de tonnerre. Il s'imaginait entendre des voix lointaines, féeriques, mais leurs mots n'avaient aucun sens et il se dit que ce serait vraiment grave quand il leur en trouverait un. Il se demandait si une pression extrême le broierait pour faire de lui une informe bouillie de sang et d'os.

A plusieurs reprises, le lieutenant Timochenko leur avait dit qu'ils pouvaient réussir, il leur avait même cité des exemples bien précis. En 1961, des Suisses et des Américains avaient plongé dans le lac Majeur, ils avaient atteint une profondeur record, deux cent vingt-cinq mètres, avec des scaphandres autonomes classiques. 1961. Des Suisses et des Américains. Deux cent vingt-cinq mètres. En 1990, des Russes étaient descendus jusqu'à... Il ne s'en souvenait plus. Mais plus profond que le lac Majeur. Des Russes, des Suisses, des Américains... C'était faisable, oui, mais par des plongeurs *professionnels,* équipés et entraînés...

Cent quarante mètres.

11 : 44

George Lin suivait le câble de l'antenne et se répétait que les Russes n'étaient plus communistes. Du moins les dirigeants russes ne l'étaient-ils pas. Pas encore, tout au moins. Parce que un jour, bientôt peut-être, cela recommencerait. Ils reprendraient le pouvoir. Le mal ne disparaît jamais vraiment. Pourtant, les hommes du sous-marin risquaient leur vie et leurs mobiles n'avaient rien de sinistre. Il essayait de s'en convaincre, mais c'était vraiment difficile parce qu'il vivait depuis si longtemps dans la crainte de voir déferler la marée rouge.

Canton. Automne 1949. Trois semaines avant le départ de Chiang Kai-shek. Le père de George s'était absenté pour préparer l'arrivée de sa famille sur l'île de Taiwan. En tout, ils étaient cinq dans la maison : en plus de lui, il y avait son grand-père et sa grand-mère, sa mère et Yun-ti, sa sœur âgée de onze ans. A l'aube, des partisans de Mao avaient envahi la maison. Neuf hommes armés jusqu'aux dents cherchaient son père. Sa mère avait réussi à cacher le petit George dans la cheminée, derrière un lourd écran de métal. Yun-ti était cachée ailleurs, mais les hommes l'avaient trouvée. Depuis la cheminée, George avait vu ses grands-parents roués de coups avant d'être abattus d'une balle dans la tête. Leur cervelle avait éclaboussé les murs. Dans la même pièce, la mère et la fille avaient été violées par les neuf hommes. Rien ne leur avait été épargné de ce qui peut humilier ou dégrader une femme. George était un enfant, il n'avait pas sept ans : petit, terrorisé, impuissant. Les soldats étaient restés jusqu'à trois heures du matin pour attendre son père. Avant de partir, ils avaient égorgé Yun-ti, puis sa mère. Son père n'était revenu que douze heures plus tard. George était toujours terré dans la cheminée, incapable de parler. Il demeura muet pendant les trois années qui suivirent son arrivée à Taiwan. Quand il réussit à briser le silence où il était enfermé, ce fut pour prononcer les noms de sa mère et de sa sœur. Il pleura sans pouvoir s'arrêter et un médecin dut venir lui administrer un sédatif.

Les hommes du sous-marin n'étaient pas des Chinois, mais des Russes, et ils n'étaient plus communistes. Peut-être même ne l'avaient-ils jamais été sincèrement. Après tout, des soldats et des marins peuvent se battre pour leur pays même s'ils savent que leurs dirigeants sont des voleurs et des criminels.

Les hommes qui l'attendaient ne pouvaient pas être semblables à ceux qui avaient violé sa mère et sa sœur avant de les abattre. Ils étaient différents, l'époque était différente. Il pouvait leur faire confiance. Il *devait* leur faire confiance.

Cela ne l'empêchait pas de redouter l'équipage de l'*Ilya Pogodine* plus que tous les explosifs du monde.

11:46

« Mess des officiers à commandant.

– Je vous écoute.

– La cloison tribord fuit, commandant.

– Un gauchissement ?

– Non, commandant.

– Il y a beaucoup d'eau ?

– Un demi-litre, commandant. »

Des problèmes au poste de tir et au mess des officiers. Il allait bientôt falloir déguerpir.

« Le stéthoscope ? demanda Gorov.

– Il y a pas mal de bruit de l'autre côté de la cloison, commandant, mais pas de signature de stress.

– Nous quittons les lieux d'ici quatre ou cinq minutes. »

11:47

Le sous-marin n'était plus très loin et Harry voulait reprendre espoir. Selon le lieutenant Timochenko, au centre hyperbare de la COMEX, à

Marseille, des Français avaient effectué une plongée fictive, en caisson, et travaillé à la profondeur de 560 mètres.

Cela aurait pu le rassurer si cette plongée avait été effectuée dans la mer, mais elle avait été faite « en caisson ».

Ici, c'était du réel, du tangible.

Le tunnel s'élargit. Les parois de glace s'éloignèrent pour ne plus refléter aucune lumière.

Harry eut l'impression que l'espace qui l'entourait était plus vaste. L'eau était plus limpide, probablement parce qu'il y avait moins de particules de glace. Quelques secondes plus tard, il vit des lumières colorées, rouges d'abord, puis vertes. Et sa torche révéla une grande masse grisâtre qui se dressait dans l'abîme.

Harry avait atteint le massif de l'*Ilya Pogodine* et s'appuyait au mât du radar, mais il ne se faisait pas beaucoup d'illusions sur leurs chances de résister à la pression. Il était pratiquement convaincu que ses poumons exploseraient avec autant de force que des grenades et que ses vaisseaux sanguins éclateraient comme des ballons de baudruche. Il ne connaissait pas grand-chose aux effets des fortes pressions sur le corps humain : ses poumons n'exploseraient peut-être pas, après tout, mais l'image était si forte qu'il ne pouvait la repousser.

Et puis Harry n'aimait pas l'allure de ce sous-marin. En attendant les autres, il disposait de près d'une minute pour l'observer. Tous les feux étaient allumés : rouges à bâbord, verts à tribord, blancs sur le massif... Ses mécanismes mentaux étaient peut-être affectés par la pression et la fatigue, mais il trouvait l'*Ilya Pogodine* trop clinquant pour être vrai. Après tant d'obscurité, le bateau ressemblait à une machine à sous ou à un arbre de Noël. Il paraissait fragile, délicat, une structure de cellophane...

11 : 49

Rita crut que la peur allait l'abandonner quand elle parvint au bout du tunnel et que la glace ne l'encercla plus de toutes parts. Mais l'iceberg se dressait toujours au-dessus d'elle, haut comme un immeuble de soixante-dix étages et long de plusieurs centaines de mètres. Elle savait que c'était une masse solide qui ne s'effondrerait pas sur elle pour l'écraser au fond de l'océan, mais elle était malgré tout terrorisée et n'osait même pas lever la tête.

Il fait froid dans l'Audi, le moteur est mort et le chauffage ne marche plus. De la neige et des branches d'arbre recouvrent les sièges avant, elles ont arraché le pare-brise, submergé le tableau de bord et enfoui ses parents jusqu'à la taille. Ils restent silencieux, ils ne bougent plus. Ils sont morts tous les deux et Rita sait qu'elle ne leur survivra pas si on ne vient pas à son secours. Les lumières du tableau de bord sont toujours allumées de même que l'ampoule du plafonnier. Il ne fait pas sombre dans l'Audi. Elle voit la neige qui se presse contre les vitres. C'est une petite fille intelligente, elle sait qu'il y a au moins trente mètres d'épaisseur et qu'elle ne pourra pas se creuser un tunnel. Les sauveteurs n'arriveront pas de sitôt. Elle a besoin du gros manteau de son père et, après avoir longtemps hésité, elle se prépare à découvrir le pire et se glisse à l'avant de la voiture. Des traînées glacées de sang écarlate sortent des oreilles et des narines de son père, une branche d'arbre a perforé la gorge de sa mère. Leur visage est déjà gris. Leurs yeux ouverts sont tout blancs, le froid les a vitrifiés. Rita les regarde, rien qu'une fois, puis elle baisse la tête et enlève la neige qui recouvre son père. Elle n'a que six ans, c'est une fillette active et forte pour son âge, mais elle est quand même petite. Elle ne réussirait pas à ôter le manteau du cadavre de son père s'il avait passé les bras dans les manches, mais il avait eu chaud et l'avait retiré à moitié. Il est assis dessus et, au prix de nombreux efforts, elle réussit à s'en emparer. Elle revient à l'arrière, là où il n'y a pas de neige, elle s'enroule dans le manteau et se pelotonne en attendant les secours. Elle se cache la tête pour conserver le maximum de chaleur, son souffle la réchauffe. Elle a du mal à rester éveillée et son esprit quitte la voiture glacée pour des endroits encore plus froids. Chaque fois qu'elle échappe au sommeil, elle se sent plus abrutie que la fois précédente, mais elle sait qu'elle doit prêter attention au moindre bruit que peuvent faire les sauveteurs. Au bout de ce qui lui semble un très long temps, elle entend – ou croit entendre – autre chose. Cela vient des sièges avant : c'est le craquement de la glace – ses parents morts se lassent de rester assis et décident de passer à l'arrière, avec elle. Ils veulent profiter de la chaleur du manteau. Un craquement : c'est la glace qui se détache des narines de son père. Un autre craquement : ça y est, ils bougent. Un troisième craquement, plus terrible encore : ils passent à l'arrière de la voiture. Et la glace craque craque craque... mais n'est-ce pas une voix qui l'appelle par son nom, une voix familière qui murmure à son oreille ? Et cette main froide qui se glisse sous le manteau pour lui voler sa chaleur...

Quelqu'un avait touché Rita. Elle poussa un cri d'horreur, mais cela eut au moins le mérite de renvoyer l'Audi et l'avalanche dans le passé.

Pete était à côté d'elle, Franz de l'autre côté. De toute évidence, elle avait cessé d'avancer. Ils la tenaient par les bras pour lui faire parcourir les derniers mètres. Le sous-marin était là. Elle vit Harry accroché au mât du radar, sur le massif.

11:50

Harry eut un frisson de soulagement quand il vit Rita entre Pete et Franz. Et aussi un sursaut d'espoir.

Quand ses six compagnons l'eurent rejoint, il se glissa le long du massif, descendit la petite échelle menant à la passerelle et s'agrippa aux taquets disposés le long de la superstructure avant. S'il lâchait le bateau, il lui serait assez difficile de le rattraper : un courant de neuf nœuds n'affecte pas de la même façon un homme et un vaisseau de cent mètres de long.

Sa relation au sous-marin était comparable à celle d'un astronaute lors d'une sortie dans l'espace – l'immobilité n'est qu'illusion, l'homme et l'engin se déplacent tous deux à des vitesses considérables.

Prudent, mais conscient de la nécessité de se hâter, il suivit les taquets jusqu'au panneau du sas dont Timochenko lui avait fait la description.

11:51

L'alarme se mit à hurler.

Les chiffres verts et les diagrammes tridimensionnels quittèrent l'écran situé au-dessus du pupitre de commandement. Des lettres rouges s'affichèrent à la place : ÉTAT D'URGENCE.

Gorov enfonça une touche marquée AFFICHAGE. L'écran s'éteignit immédiatement et les sirènes se turent. Un nouveau message s'afficha en vert : PANNEAU EXTÉRIEUR ARRACHÉ SUR TUBE TORPILLE NUMÉRO CINQ. TUBE INONDÉ JUSQU'À PANNEAU DE CULASSE.

« Voilà, dit simplement Joukov, ça y est. »

Le tube numéro cinq avait dû souffrir lorsque le sous-marin avait été percuté par une glace flottante.

« C'est seulement le panneau extérieur, s'empressa de dire Gorov. Pas celui de culasse. Il n'y a pas infiltration d'eau. Pas encore. Et il n'y en aura pas. »

Le marin chargé de la surveillance des tableaux de bord dit : « Commandant, nos visiteurs ont ouvert l'écoutille du sas.

– On va y arriver, dit Gorov aux hommes du PCNO. Je vous dis qu'on va y arriver ! »

11:52

Le panneau du sas de sauvetage fut déverrouillé

depuis le poste central. Harry découvrit un petit compartiment vaguement éclairé. Le lieutenant Timochenko les avait prévenus, le sas ne pouvait recevoir que quatre plongeurs à la fois – et encore était-il deux fois plus grand que les sas de sauvetage de bon nombre de sous-marins.

L'un après l'autre, Brian, Claude, Rita et George descendirent dans la petite cabine et s'assirent le dos au mur.

De l'extérieur, Harry referma le sas.

Il regarda sa montre fluorescente.

11:53

Gorov contemplait les écrans vidéo. L'angoisse se lisait sur son visage.

« Sas de sauvetage prêt », dit Joukov, qui répétait le message qu'on venait de lui adresser. Simultanément, l'information s'afficha sur l'un des moniteurs.

« Traitez les plongeurs », dit Gorov.

11:54

Dans le sas, Rita s'agrippa aux poignées murales quand de puissantes pompes évacuèrent toute l'eau en moins de trente secondes. Elle n'ôta pas son masque et continua, comme on le lui avait demandé, de respirer le mélange gazeux de sa bouteille.

Une écoutille s'ouvrit au centre de la cabine. Un jeune marin russe au sourire timide leur fit signe de la main.

Ils s'empressèrent de quitter le sas par une petite échelle. le marin referma l'écoutille et gagna le panneau de contrôle. Dans un rugissement, l'eau inonda à nouveau le sas.

Parfaitement conscients qu'une montagne de glace bourrée d'explosifs se dressait toujours au-dessus d'eux, Rita et ses trois compagnons pénétrèrent dans la chambre de décompression.

11:56

Harry ouvrit une seconde fois le panneau.

Il attendit que Franz et Pete fussent entrés, puis il les suivit et referma le panneau.

Ils s'assirent le dos au mur.

Harry n'avait même pas besoin de consulter sa montre. Son horloge interne était là pour lui dire que l'explosion se produirait dans quatre minutes.

Les pompes vidèrent l'eau du sas.

11:57

La montagne de glace allait se désintégrer dans trois minutes et le bateau subirait le même sort s'il était encore là. La mort surviendrait si rapidement que la plupart des hommes n'auraient même pas le temps de crier.

Gorov se saisit du micro et appela le poste de conduite propulsion pour ordonner que le bateau fasse machine arrière.

Le PCP confirma l'ordre. Un instant plus tard, le bateau frémit quand la poussée des moteurs se modifia brusquement.

Gorov fut projeté contre son pupitre, Joukov faillit tomber.

Une voix sortit du haut-parleur. « Poste conduite propulsion à commandant. Moteurs inversés.

– Machine arrière toute.

– Machine arrière toute. »

L'iceberg faisait route vers le sud à la vitesse de neuf nœuds. Le sous-marin se dirigeait vers le nord et filait dix... douze... quinze nœuds. Le courant sous-marin de neuf nœuds l'affectait toujours, de sorte que sa vitesse de séparation réelle était de quinze nœuds.

Gorov ne savait pas si cela suffirait à les sauver, mais il ne pouvait faire mieux pour l'instant. Une vitesse supérieure eût requis trop de temps.

« Glace au-dessus », annonça le responsable du sondeur de surface. Ils avaient quitté le centre de l'entonnoir renversé. « Vingt mètres. Glace au-dessus à vingt mètres. »

11:58

Harry pénétra dans la chambre de décompression et s'assit à côté de Rita. Ils se prirent la main et regardèrent la montre.

11:59

Dans le PCNO, chacun fixait l'horloge numérique à six chiffres placée au-dessus du pupitre de commandement. Nikita Gorov avait l'impression que les hommes sursautaient chaque fois qu'une seconde s'écoulait.

11:59:10

11:59:11

« Quoi qu'il arrive, dit Emil Joukov, je suis heureux d'avoir donné à mon fils le nom de Nikita.

– C'est peut-être celui d'un fou.

– Oui, mais d'un fou de génie. »

Gorov sourit.

11:59:30

11:59:31

Le technicien chargé du sondeur de surface dit : « Plafond dégagé.

– Nous sommes sortis, dit quelqu'un.

– Mais nous ne sommes pas encore tirés d'affaire », rectifia Gorov, qui savait qu'ils étaient encore à portée des projections de glace.

11:59:46

11:59:47

« Plafond dégagé. »

11:59:49

Pour la seconde fois en moins de dix minutes, la sirène retentit et les mots ÉTAT D'URGENCE s'affichèrent en rouge sur l'un des écrans.

Gorov demanda l'affichage et découvrit que l'un des autres tubes avait également été endommagé lors de la collision : PANNEAU EXTÉRIEUR ARRACHÉ SUR TUBE TORPILLE NUMÉRO QUATRE. TUBE INONDÉ JUSQU'À PANNEAU DE CULASSE.

Gorov arracha le micro et hurla : « Commandant à poste de tir ! Abandonnez vos positions et scellez les portes étanches !

– Oh, mon Dieu ! fit Joukov, l'athée.

– Les panneaux de culasse tiendront », dit Gorov avec fermeté comme pour se convaincre lui-même.

11:59:59
12:00:00
« Accrochez-vous !
– Plafond dégagé. »
12:00:03
« Qu'est-ce qui se passe ?
– Qu'est-ce qu'il y a ? »
12:00:07
L'onde de choc arriva jusqu'à eux. Atténuée par les eaux, elle se présenta sous la forme d'une sorte de grondement lointain. La coque frémit doucement. Gorov attendit une montée en puissance qui n'arriva jamais.

L'opérateur du sonar signala une forte fragmentation de l'iceberg.

Vers minuit deux minutes, quand le sonar n'eut repéré aucune masse importante de glace aux alentours de l'*Ilya Pogodine,* Gorov sut qu'ils étaient enfin sains et saufs.

« Faites surface », ordonna-t-il au poste de conduite propulsion.

L'équipage poussa un hourra.

APRÈS...

[1]

18 JANVIER
DUNDEE, ÉCOSSE

Peu avant midi, soit deux jours et demi après s'être échappés de leur prison de glace, les survivants arrivèrent en Écosse.

Depuis qu'il avait quitté la Chine sur un frêle esquif en compagnie de son père, George Lin n'avait pratiquement jamais mis les pieds sur un bateau, et il était particulièrement heureux de retrouver la terre ferme.

A Dundee, le temps n'était ni doux ni épouvantable. Le ciel bas et gris avait quelque chose de menaçant. La température avoisinait les six degrés au-dessous de zéro. Un vent froid soufflait de la mer du Nord et l'eau ondulait curieusement sur toute la longueur de l'estuaire du Tay.

Plus d'une centaine de journalistes du monde entier étaient arrivés à Dundee pour assister à l'épilogue de la tragédie de la station Edgeway. Pourtant célèbre dans le monde entier pour ses confitureries et sa marmelade d'orange, Dundee n'avait jamais vu un tel rassemblement de professionnels de la presse.

George Lin avait quitté l'*Ilya Pogodine* à midi et demi et était resté une demi-heure sur le quai, le visage battu par le vent. L'air du port sentait infiniment meilleur que l'atmosphère confinée du sous-marin. De plus, et pour la première fois depuis des mois, il ne craignait pas la morsure du froid.

Suivi d'une nuée de journalistes, il arpenta plusieurs fois le quai dans toute sa longueur. « Ce bateau, c'est une merveille, non ? » ne cessait-il de répéter.

A l'ancre dans un port de mouillage, le sous-marin arborait un immense drapeau russe et, par courtoisie envers le pays qui l'accueillait, un pavillon écossais de plus petite taille. Soixante-huit hommes d'équipage en uniforme impeccable formaient une double rangée sur toute la longueur du pont. Nikita Gorov, Emil Joukov et les autres officiers étaient superbes dans leurs longs manteaux gris à boutons dorés. Un certain nombre de personnages importants se trouvaient également sur le massif ainsi que sur la passerelle de débarquement jetée entre le navire et le quai. Il y avait là un représentant du gouvernement de Sa Majesté, l'ambassadeur russe en Grande-Bretagne, deux attachés diplomatiques, le maire de Dundee, deux représentants des Nations Unies et une poignée de fonctionnaires du comptoir commercial russe de Glasgow.

Un des photographes demanda à George de poser à côté d'une pile de béton avec l'*Ilya Pogodine* à l'arrière-plan. Il accepta en souriant.

Un journaliste lui demanda quel effet cela lui faisait d'apparaître en héros à la une des journaux du monde entier.

« Je ne suis pas un héros », répliqua George. Il se retourna et désigna les officiers et les hommes d'équipage du sous-marin. « Ce sont eux, les vrais héros. »

[2]

20 JANVIER
STATION EDGEWAY

Au cours de la nuit, le vent faiblit pour la première fois depuis cinq jours. Quand vint le matin, les spicules de glace cessèrent de frapper le toit et les murs de la cabane abritant le centre de communication. De petits flocons flottèrent à nouveau dans l'air. Les violents orages qui avaient affecté tout l'Atlantique nord commençaient à s'atténuer.

C'est seulement vers deux heures de l'après-midi que Gunvald Larsson réussit à établir le contact avec la base militaire américaine de Thulé. L'opérateur radio commença par lui annoncer que le projet Edgeway était suspendu pour le reste de l'hiver.

« On nous a demandé de vous récupérer. Si le beau temps s'installe comme on nous le prédit, on devrait être là après-demain. Vous aurez assez de temps pour boucler les installations ?

– Oui, largement, lui répondit Gunvald, mais, pour l'amour du Ciel, les autres, est-ce qu'ils sont vivants ? »

L'Américain se trouva un peu gêné. « Oh, excusez-moi. Vous ne pouviez pas le savoir, isolé comme vous l'êtes. » Il donna lecture de deux articles de presse et ajouta ce qu'il savait.

Après cinq jours de tension permanente, Gunvald se dit que l'événement méritait d'être célébré. Il alluma sa pipe et termina sa bouteille de vodka.

[3]

25 JANVIER
FAX EN PROVENANCE DE MONTEGO BAY, JAMAÏQUE, À DESTINATION DE PARIS

Claude, Franz et moi sommes arrivés le 23 janvier. Dès notre arrivée, le chauffeur du taxi qui nous a chargés à l'aéroport et le portier de l'hôtel nous ont qualifiés de « groupe bizarre ». Ils sont encore loin de la vérité !

Le soleil tape fort. Même moi, je bronze.

Je crois que j'ai rencontré la femme de mes rêves. Elle s'appelle Majean. Franz s'est fait draguer dans un bar par une femme « libérée » qui est contre les principes. Il essaie d'apprendre à la laisser ouvrir seule sa porte. Il s'arrache les cheveux. Parfois ils se disputent devant une porte, mais il fait des progrès. Pendant ce temps, Claude est en permanence en compagnie d'une blonde de vingt-huit ans qui le trouve terriblement mignon et ne jure que par son accent français.

Nous nous demandons si nous n'allons pas changer de carrière et ouvrir un bar sur une plage des tropiques. Rita et toi, vous voudrez peut-être vous associer à nous. On passerait la journée à boire des cocktails avec de petites ombrelles en papier plantées dedans. C'est quand même mieux que la morsure du froid, les explosifs et les bagarres sous-marines contre des psychopathes. Ici, le problème le plus sérieux, c'est l'humidité

Bien à vous, Pete.

[4]

26 JANVIER

PARIS

Une bouteille de Moët & Chandon reposait dans un seau à champagne, sur la table de nuit d'une suite de l'hôtel George V.

Ils étaient dans les bras l'un de l'autre, aussi près que l'on peut l'être sans former une entité unique, et l'énergie qu'irradiaient leurs deux corps eût suffi à chauffer pendant tout l'hiver un avant poste perdu dans l'Arctique. Cela faisait plus d'une semaine qu'ils avaient été sauvés par l'*Ilya Pogodine*, mais ils étaient encore très nerveux. Harry s'assit dans le lit et Rita se déprit. Tous deux se retournèrent quand un bruit se fit entendre dans la pièce. Pourtant ils étaient seuls.

« C'est la glace, dit-elle.

– La glace ?

– Oui, la glace. Elle fond dans le seau à champagne. »

Il jeta un coup d'œil au seau posé sur un plateau d'argent. A nouveau la glace fondit en craquant.

« La glace », répéta-t-elle.

Il la regarda. Elle lui sourit. Il l'imita. Puis elle rit comme une écolière, et il éclata d'un rire sonore.

Cet ouvrage a été reproduit
par procédé photomécanique par la
SOCIÉTÉ NOUVELLE FIRMIN-DIDOT
Mesnil-sur-l'Estrée
pour le compte des éditions Pocket
en août 1999

POCKET - 12, avenue d'Italie - 75627 PARIS CEDEX 13
Tél. : 01-44-16-05-00

Imprimé en France
Dépôt légal : janvier 1996
N° d'impression : 46909